U0126252

南宋詠梅詞研究

何沛雄題

賴慶芳 著

臺灣學生書局印行

南宋詠梅詞研究

目　錄

黃 序

梅花的性格耐寒，故在嚴寒的天氣中開得最爲燦爛，特別嬌美。因此，在中國人的眼中，她是「堅忍」的象徵，她能夠堅強地忍受惡劣的環境，她有著一股不向惡勢力低頭的戰鬥精神。在文人的心目中，她是一個君子，一個性格「高潔」的君子，而且是「四君子」（梅、蘭、菊、竹）之首。她被選爲中國的國花是不無道理的。中國人就是一個堅強不屈、高尚貞潔的民族！

也許正因爲梅花的特性和中國人對此特性的認同，故中國文學很早便有詠梅花之作。早在南北朝時代便有鮑照的《梅花落》一詩了。南北朝以後的唐宋兩代，詠梅花的詩歌大量湧現。當時的大詩人，如唐代的盧照鄰、楊炯、杜甫、劉禹錫，宋代的林逋、蘇軾、黃庭堅、陳與義等都有詠梅花的詩篇。

那麼，詞這個文學形式在甚麼時候開始有詠梅花之作呢？大概是始於五代。據現存的資料，和凝應該是最早以詞的形式詠梅花的一個詞人，他的《望梅花・梅花》也應該是最早的一篇。到了北宋，詠梅花的詞篇已經很多了，大詞人如晏殊、張先、蘇軾、周邦彥等都有很好的詠梅花之作。整個北宋就有一百三十多篇。及至南宋，詠梅花的詞作更多，達到差不多六百首！是北宋的四倍有多。這個時代的大詞人，如張之幹、陸游、范成大、張孝祥、辛棄疾、陳亮、姜夔、史達祖、高觀國、劉克莊、吳潛、吳文英、劉辰翁、周密、王沂孫、仇遠、張炎等都無不有詠梅花的作品，而且都不止一篇。詠梅詞，一如其他詠物詞，到了南宋已經達至一個完全成熟的階段了。其中尤以姜夔的《暗香》、《疏影》兩闋和吳文英的《高陽臺・落梅》一篇最爲出色，最有代表性。張炎評論白石的《暗香》、《疏影》說：「詞之賦梅，惟姜白石《暗香》、《疏影》二曲，前無古人，後無來者，自立新意，真爲絕唱。」陳延焯則對夢窗之《高陽臺》最爲欣賞，說它「既幽怨，又清虛，是集中最高之作！」我相信，單是通過這幾首詞，已可看出南宋詠梅詞的高度成就了。

南宋既然有這麼多而好的詠梅詞，自然是一個很理想的研究課題。可是從來沒有被人所正視，沒有專書研究，就算單篇的論文亦不見有整體探討這個時代的詠梅詞的。慶芳這篇論文（實際上是本專書）是第一篇綜合性地有系統而深入研究南宋詠梅詞的專著，不獨內容充實，而且寫得相當好。

當初慶芳要隨我研究宋詞的時候，我向她提議詠物詞。她愛好梅花，結果決定做詠梅詞。我要求她先要爬梳一次唐圭璋的《全宋詞》，試試她的毅力和耐性。過了幾個月，她真的做到了。我就知道她一定可以繼續做下去，一定可以將這個課題研究得徹徹底底，也一定可以寫好她的論文。果然，兩三年後一本厚厚接近三百頁的論文便擺在我的眼前了！洋洋大觀，是甚有份量的一篇碩士論文。只要讀者細讀此書，便知道我的話不是瞎說的了。

慶芳是一個很好學而有毅力的年青人。她對於學問的追求是既認真而又徹底的，故取得了香港大學的碩士之後，又到英國倫敦大學攻讀博士。雖然博士學位現時仍未到手，但以她一向做學問的毅力和恒心，相信指日可待。到時，學術界又多了一名博士，自然又增加了一名學者，一支生力軍，我們老一輩的又多了一名接棒人。

我在香港大學任職十八年，指導過的研究生不下五十名（大約四十名碩士研究生，十名博士研究生），而慶芳是其中一名佼佼者。我對她的期望一向很高，希望她以此書爲出發點，繼續作出更佳的成績，寫出更好的文章！

黃兆漢　於西澳洲柏斯倚晴樓
二零零三年三月中旬

自　序

素來喜歡花草樹木，卻從未想過會喜愛梅花。撰寫此篇論文之時，才發現已愛上了梅花。它於冬末春初群芳未吐之時，凌寒而開，予人遺世獨立之感；也代表了清雅脫俗、孤高自賞、堅忍不屈三個元素。其純樸自然，才華不露，以頑強之志抵擋嚴冰寒霜之特質，實值得人效法。

此論文之完成，首先必須感謝指導老師黃兆漢教授及師母曾影靖女士。吾師 兆漢及師母一直從旁勉勵，督促研究進度，同時分嚐人生經歷及至善之理。又，非常感謝香港大學中文系諸位教授：何沛雄、李家樹、陳萬成、陳遠止、單周堯、廖明活、趙令揚、鄧昭祺。在校之求學、論文之考核，以及往海外之升讀，皆得諸位老師提點及協助，學生一直銘記於心，未忘那敲門求問的日子。三年本科、三年研究生涯，轉眼間成爲美麗的回憶。最後，必須謝謝一起同步成長的好友、同學、同事，及姐姐慶英、慶芬。徘徊人生路上，得各好友及姐妹相陪，經歷了不少苦樂與風雨，但願今後彼此滿載笑臉。

此書之出版實要鳴謝以下幾人：

孫善治先生——筆者於三年前寄上論文，得先生及學生書局之編輯很快尋得台灣一教授審核，並答應替筆者出版。對該名教授當時的評論，以及今日曾雅雯小姐的編輯，筆者同樣感激。

梁超華小姐——她是筆者相識近二十年之好友，過往之英文篇章、皆請她審校修訂，同時就吾撰寫論文及升學之事，她給予不少寶貴意見。封面的梅花圖便是其舅父李良暉先生之手筆。李先生百忙中爲此書趕畫梅圖，實在感激。

畢竟本文乃一九九八年撰寫之論文，若有未能盡善之處，還望獨具識力之讀者見諒。

Ci Poems on Plum Blossoms of the Southern Song Period (1127- 1279) 南宋詠梅詞研究

ABSTRACT

Plum Blossoms is a popular subject in the *Ci* poems written in the Song Dynasty. There were about one thousand *Ci* poems dealing with the theme, out of which more than 550 pieces were composed in the Southern Song Period (1127-1279), whilst only around 130 poems were produced by authors of the Northern Song Period (960-1127). Although Plum Blossoms had been such a favourite subject among Song *Ci* poets, it is strange enough to see that such poems did not attract great attention from researchers. Of the one thousand strong research papers written on Song *Ci* poems, there is hardly any that was concentrated on the topic of "plum poems". In view of the outstanding achievement both in quantity and quality of this category of *Ci* poems written in the Song dynasty, coupled by the fact that such category had long been neglected by scholars, the author of this book, therefore, has made an attempt to undertake research on the topic.

Plum Blossoms was the most favourite flowers among the people of the Song dynasty. It was considered as the symbol of beauty and nobility. Apart from being appreciated by ordinary people, the flower was often the subject portrayed by painters. Practically, the flower acted as ingredients for cooking, seasoning and even as medicine.

This book consists of six chapters. Chapter One is an account of the use of Plum Blossoms as a theme in Chinese literature, ranging from the Pre-Qin Period to the Song Dynasty. Chapter Two examines the images of plum blossoms (which symbolizes beauty, hermit and virtuous personalities) as portrayed by Song poets. Chapter Three tries to explore the reasons for the popularity of this category of poems in the Southern Song Period. Chapters Four and Five look into the content and writing techniques of those *Ci* poems using Plum Blossoms as the theme. Chapter Six tries to evaluate the literary achievement of those *Ci* poems on Plum Blossoms.

前　言

1.「南宋詞人」及「南宋詠梅詞」的定義:

首先，筆者必須先界定本文中「南宋詞人」及「南宋詠梅詞」的定義，以免有混淆不清之處。

「南宋詞人」:

大凡活躍於 1127－1279 時期的詞人皆稱爲「南宋詞人」。

生於北宋（1127 以前），而亡於南宋（1127 以後）的南渡詞人，亦可稱爲「南宋詞人」。條件是，他們必須在南宋活躍最少二十年或以上，或在南宋時期曾科舉登第、出仕爲官。如葉夢得（1077－1148）雖然在北宋長達五十年，南渡以後，活躍了二十一年，又曾在宋高宗紹興（1131－1162）期間在朝爲官，故筆者把他編入南宋詞人之列。又如王賞（1103－1150）、李光（1078－1159）、王庭珪（約 1080－1172）、朱敦儒（1081－1159）、周紫芝（1147－1157 在世）、孫覿（1081－1169）等皆因半生活躍於南宋，故亦被列入「南宋詞人」之中。

至於生於宋末，亡於元初的遺民，只要在南宋時期登第出仕，宋亡後不願爲官，亦入「南宋詞人」之列。詞人如劉辰翁（1232－1297，1263年進士）、黎廷瑞（？－1298，1271年進士）、王奕（約13世紀）在南宋亡國後，隱居不仕、杜門不出。

最後，《宋人傳記資料索引》中沒記錄的文人將不入本文範圍之內。如楊樵雲（約十三世紀）、王從叔（約十三世紀）、胡平仲（約十三世紀）及蔡士裕（約十三世紀）因未能確定是否宋人，故不入「南宋詞人」之列。

「南宋詠梅詞」：

大凡確定是南宋詞人所作之詠梅詞作，皆入南宋詠梅詞之列。故，凡未能確定爲南宋人的「無名氏」詞作，皆不入南宋詠梅詞之列。

所謂「詠梅詞」，是指以梅花爲主要吟詠對象的詞作，包括圍繞梅花而寫的「賞梅」、「觀梅」、「尋梅」或「墨梅」（畫中梅）。一首詞作，若有過半內容論及梅花，少半論霜雪，或別的花卉植物，也入詠梅詞之列。

筆者劃定一詞是否詠梅詞，主要依靠三點：⑴詞題或序言點明是賦詠梅花，⑵詠梅詞的選集如《梅苑》、《全芳備祖（前集）》（梅花部）、《永樂大典》卷二八〇八至二八一三（梅花部）有收錄的詠梅作品。若沒以上兩點，則依靠⑶詞中明顯的詠梅句子，或運用梅花的典故（詳見本文第五章節1・2）。

2. 前人在詠梅詞方面的研究概況

側重研究個別詞人

對於詠梅詞，至今沒有專書研究，亦鮮有整體探討詠梅詞的論文。前人討論詠梅詞，主要偏重個別詞人的研究。如評賞李清照詠梅詞作的論文有三篇；討論陸游詠梅詞的文章有 19 篇，其中 10 篇專論《卜算子》；探究姜夔詠梅詞的有 17 篇，其中 12 篇專門研究《暗香》《疏影》兩詞；評賞辛棄疾詠梅詞的僅有一篇。❶其餘詞人的詠梅詞無人問津。

析選梅詞多於論

對於詠梅詞的析賞及選注，現今多有著作。如孫映逵主編《中國歷代詠花詩詞鑑賞辭典》；李文祿、劉維治主編《古代詠花詩詞鑑賞辭典》；徐振維、吳春榮著《松竹梅詩詞選讀》；陳劍林等著《歷代詠梅詩詞選析》；葛世奇、楊春鼎著《歷代詠花詩詞三百譯析》，以及楊世明等注《歷代詠梅詩詞選》等，皆有綜合析譯歷代詠梅詞作。可惜多以賞析爲主，罕有論述；更沒有研究南、北宋

---

❶ 一切論文皆據黃文吉編：《詞學研究書目（下冊）》（台北：文津出版社，1993 年）、林玫儀主編：《詞學論著總目〔1901－1992〕》（台北：中央研究院中國文哲研究所，1995 年）第三冊，統計所得。兩書記錄論姜白石詠梅詞論文共 16 篇，筆者發現至 1996 年中為止實有 17 篇。）

詠梅詞的專著。

綜合論梅詞的著作

綜合研究宋代詠梅詞意象的，至今僅有顏崑陽一篇〈淺談宋詞中三梅花意象——美人姿態、隱者風標、貞士情操〉論述宋代詠梅詞的三類人物意象；以及俞玄穆 1985 年在國立政治大學的碩士論文《宋代詠花詞研究》第四章第一節〈詠梅詞之意象〉。除此以外，綜合評論詠梅詞的著作可謂鮮見。

3.本文研究的動機與發現

筆者甚好花木，亦好宋詞，對於前人未有就詠梅詞作出詳細研究，深感惋惜。希望可以補足這種缺失，故決心研究宋代詠梅詞。然而，爲何選取南宋詠梅詞？並非筆者偏愛南宋，輕視北宋。而是因爲南宋詠梅詞較北宋多四倍有餘，有足夠的研究對象。到南宋，詠物詞達至全盛時期，不論內容和寫作技巧日趨成熟多元化，故有很大的研究價值。詠梅詞盛興於南宋的源由，亦值得探索。

爲此，本文有以下的發現：

梅花早在《詩經》中已出現，詠梅作品始於南北朝時期，興盛於唐宋時期。芸芸眾多詠梅詞當中，以南宋最爲興盛，本文第三章就其興盛原因作出多方面探討及推論：

首先、在客觀有利條件的輔助下，詠梅詞得以興盛。這些條件主要包括君主的提倡，從者的附和；梅花的種植地點普遍，供給文人作閑來吟詠的題材；以及宋詞寫作技巧成熟，文壇受理學影響等。

其二、受南宋生活藝術的影響。南宋人愛好賞梅、論梅、畫梅。文人在賞梅之時，寫下不少詠梅之作。論梅著作的湧現，把文人的注意力轉移至花卉（如梅花）身上。不少著書人更參與詠梅詞創作，使論梅、詠梅、賞梅循環不息。而畫梅的盛行，令題詠畫梅及畫中梅花的詞順應而生。

其三、社會風尚的帶動。南宋文人好結詩社，詩友之間互相吟詠梅花，以顯示個人才華，加上文人之間酬唱、贈答的風氣甚盛，所以爲和韻、答贈的詠梅詞比比皆是。其次是蓄養歌妓的風氣，歌妓演唱詞作，令詠梅詞得以廣泛流傳。相對而論，歌妓的演唱亦鼓勵了文人的創作。他們甚至寫下一些爲歌妓而創作的詠梅詞。

本文第一章探討梅花在文學史上的地位，粗略追蹤梅花於文學出現的概況。第二章探討梅花在宋人心目中美人、隱士、貞士三種形象，並追尋其形成原因。三種形象反映當時文人對清秀、隱逸、堅貞情操的追求，同時解釋宋人爲何對梅花不期然的產生愛慕之心。第四章探討南宋詠梅詞的思想內容，發現詞人多借詠梅寄寓家國身世、相思懷人、離愁別緒等情感。第五章分述南宋詠梅詞的藝術特色，主要運用比興、典故、意象等手法；詠梅詞用字精淺，甚多幽冷用字，詞裡渲染的顏色多達 18 種。

雖然筆者識力有限，仍然希望藉拙文爲宋代詞學研究的千百缺口，補上小小的一方塊。

第一章　梅花在文學史上的概況

引　言

梅，學名「Prunus Mume」，屬薔薇科，落葉喬木，葉橢圓形而帶鋸齒，於初春先葉開花。花單生或兩朵齊出。花冠有五瓣，色澤主要有白、紅、淡紅之分，具清香。果實呈球形，直徑2－3厘米，生則色青，5－6月成熟轉黃，味極酸。❶梅性好溫暖濕潤之地，故多分佈於長江流域各地。❷李祖清編著的《中國十大名花》云：

「梅花原產西藏、山西、四川、雲南、貴州、廣西、湖北、安徽、浙江、江蘇、台灣等地，這些地區在海拔450－1600米的山地上，都生有野生梅花，但是主要分佈在雲南和四

❶ 參趙正達主編：《中國花卉盆景全書》（哈爾濱：黑龍江人民出版社，1989年），頁575。

❷ 參舒迎瀾著：《古代花卉》（北京：農業出版社，1993年），頁131。

川。雲南西部的橫斷山脈生長最多，這些地區大部分屬於亞熱帶濕潤性氣候，適宜梅花生長。」❸

野生梅花的生長環境比較偏僻（450 米以上的山地），喜歡溫暖的氣候。但是，它「卻有一定的耐寒能力，一般品種也能經受零下 10 度」❹，只是不可長期低於攝氏零下 18 度。故此，梅花可說是耐寒的霜花。

梅花在中國文學史上備受詩人詞家的喜愛，成爲吟詠的對象。這一節將會探討梅（或梅花）最早於文學作品出現的姿態，從而可以窺探梅花於文學作品的地位，以及詠梅作品的發展歷史。

第一節：梅一題材出現於先秦作品

1·1 梅於詩經

中國最早的詩歌《詩經》已有詠梅之作，但所詠的不是梅花而是梅實。《詩經·召南·摽有梅》中云：

「摽有梅，其實七兮。
求我庶士，迨其吉兮！
摽有梅，其實三兮。

---

❸ 李祖清編著：《中國十大名花》（香港：文化教育出版社，1991 年），頁 56。
❹ 同注❸。

求我庶士，迨其今兮！
摽有梅，頃筐塈之。
求我庶士，迨其謂之！」❺

描寫一位少女渴望被追求的心聲。她徘徊於梅樹之下，看見日漸成熟掉落的梅子，感覺時光流逝，青春易去，希望有青年早日向她求愛。

顯然，這是一首抒情詩。詩人所詠的是梅子而非梅花。但是，這首詩的重要性在乎：一、它是文學史上第一首提及梅的詩，又是大篇幅詠梅的作品；二、它把梅與愛情連繫起來，爲日後梅成爲相思懷人的意象打好基礎。

除了《摽有梅》，《詩經》中提及梅的尚有《小雅．四月》：

山有嘉卉，侯栗侯梅。
廢為殘賊，莫知其尤。❻

《四月》寫的是行役者的怨憤。詩中細訴行役之苦，冒風雨，歷寒冬，熬炎日。以上四句作者用栗、梅之被殘自喻，並指出自己長期行役被殘的原因不明。暗喻與小人誣衊有關，而殘害者又不知過錯。詩中充滿了對荒唐政治的斥怨憤怒；梅、栗是行役路途

❺ 此詩見故宮博物院編輯委員會編：《景印宋本纂圖互註毛詩》（臺北：故宮博物院，1995 年），第一冊，卷一，頁十五。

❻ 同注❺，第二冊，卷十三，頁四。

所見之物。詩中提及的「梅」就是梅樹。梅樹在詩中出現不外是點綴性質，並非主題。如果詩人不寫梅，也可以用別的植物代替。

《詩經》另一首詩篇亦有類似《四月》提及梅樹的，且看《曹風·鳲鳩》詩句：

鳲鳩在桑，其子在梅；
淑人君子，其帶伊絲。❼

詩人以鳲鳩棲於桑樹，其雛鳥立於梅樹爲起興，帶出君子賢人的衣著端莊鮮明。梅，於詩中亦是扮演一點綴角色，予詩人作爲起興的物象。

此外，梅的蹤影尚可以於《秦風·終南》以及《陳風·墓門》中找到。《秦風·終南》有兩句云：

終南何有？有條有梅。❽

在終南山（今陝西西安市南）有什麼呢？有山楸木又有梅。《陳風·墓門》云：

墓門有梅，有鴞萃止。❾

---

❼ 同注❺，第二冊，卷七，頁八。
❽ 同注❺，第二冊，卷六，頁十。
❾ 同注❺，第二冊，卷七，頁三。

意謂墓門有棵梅樹，有貓頭鷹棲息樹上。然而，這兩首詩中所敘述的「梅」，並不是指梅樹。毛箋云：「梅，枏也。鴞，惡聲之鳥也。」❿《中文大辭典》梅字注解中亦說：「……召南等之梅，與秦、陳之梅，判然二物。召南之梅，今之酸果也。秦、陳之梅，今之楠樹也。」⓫楠樹，是一種高大的喬木，可以做木材。

《詩經》有關梅樹的描寫稀少，純詠梅花之作更是欠缺。正如趙義山一書《君子的風範——松竹梅蘭》所說：

> 「雖然《詩經》中已經詠到梅：『摽有梅，其實三兮』，那顯然是『梅果』，而不是與松竹並提的梅花，那時，詩人們還沒有注意到花。」⓬

梅，於《詩經》出現主要是起著點綴的作用，讓詩人見物起興，道出更深一層的意思。即使在《摽有梅》中描寫的梅子，作用亦是一樣。可以肯定說：《詩經》沒有一首純詠梅花的作品。然而，「梅」字最早於詩歌上出現，還是源自《詩經》。故此，如欲探討詠梅作品的歷史，不能不從《詩經》說起。

---

❿ 同上注。

⓫ 中文大辭典編纂委員會：《中文大辭典》（台北：中國文化學院出版部，1996年）第17冊，頁237。

⓬ 趙義山著：《君子的風範——松竹梅蘭》（成都：四川人民出版社，1996年），頁47。

1·2 梅於楚辭

《楚辭》沒有任何詩賦寫及梅樹或梅花。《天問》雖然有「穆王巧梅」⓭以及「梅伯受醢」⓮之句，卻並非指梅。前者說穆王（約公元前 947－約前 928）巧於辭令而又貪好攻伐，後者是諸侯梅伯（約公元前十一世紀）因諫而被紂王剁成醬之事。此外，賈誼（約公元前 200－前 168）的《惜誓第十一》有「梅伯數諫而至醢兮」⓯一句。「梅伯」只是指同一人而已，而非指梅樹或梅花。梅花並沒有在楚辭出現過。《四庫全書·梅花字字香·提要》云：「離騷編擷香草，獨不及梅。」⓰趙義山在《君子的風範——松竹梅蘭》一書評說：

> 「屈原（公元前 343？－前 277？）在《離騷》中遍舉名花香草，但也就是不見梅花，看來並非屈原遺漏，而確實是人們比德審美的目光，還沒有注意到梅。」⓱

可見梅花或梅子並未出現於楚辭之中。

⓭ 〔宋〕洪興祖（1090－1155）撰：《楚辭補注》（台北：天工書局，1989 年）〈據汲古閣刊本點排〉，頁 110。

⓮ 同注⓭，頁 112。

⓯ 同注⓭，頁 230。

⓰ 見《景印文淵閣四庫全書》（台北：商務印書館，1986 年）第 1205 冊，集 144，頁 667。

⓱ 同注⓬。

1·3 梅於經書

在《詩經》、《楚辭》的先秦時代，梅花並未受到重視。人們重視的只是能調味和羹用的梅實，它有「鹽梅」之稱。在先秦各種經書(《周易》、《周禮》、《論語》、《儀禮》、《禮記》、《春秋左傳》、《春秋公羊傳》、《春秋穀梁傳》) 以及諸子 (《論語》、《莊子》、《孟子》、《荀子》、《墨子》) 皆沒有論及梅樹或梅花。除了《詩經》，只有《尚書》、《爾雅》及《山海經》談及梅。《尚書·說命下》云：

「若作和羹，爾惟鹽梅」⑱

點出梅子有調味之用。梅，於古人心中只是一種吃用的果實，文人亦沒有注意到梅花的美艷清香。然而，「若作和羹，爾惟鹽梅」一句更有深層意思：以鹽梅比作輔助國家的賢才。此乃商王武丁 (約公元前 1230－前 1171 在位) 欲立傅說 (公元前十二世紀) 爲宰相而說的話，「爾」是「你」，指傅說。故此，梅子非僅指調味食用之物，更進一步指輔佐治理國家的賢才。這便可解釋爲何於春秋戰國的先秦時代，梅子比梅花更能得到文人的重視。難怪這時期的文學作品並沒有提及梅花，只論述梅子。

《爾雅》〈釋木第十四〉云：

---

⑱ 《尚書》(四部備要本) 第二冊，卷五，頁十。

「梅枏，似杏實酢，枏音南。」[19]

指出梅與杏相似。《山海經》卷五則談及梅樹出現之地：

「又東北三百里曰靈山（注云：『今汝寧府信陽州有靈山，非此』），其上金玉……其木多桃李杏梅。」[20]
「又東北三百里曰岷山（注云：『今四川茂州東南』），江水出焉……其木多梅棠。」[21]
「又東北一百五十里曰崌山（注云：『今四川名山縣西』），江水出焉……其木多楢杻、多梅梓。」[22]
「又東北二百五十里曰岐山（注云：『今在扶風美陽縣西』），其上多白金，其下多鐵，其木多梅梓。」[23]

先秦時代，梅樹的所在處皆是山頭野嶺：靈山、岷山（即汶山，在今西川松潘縣北）、崌山、岐山（一名天柱山、鳳凰山，在今峽西岐山縣東北）。（有關梅花於先秦以後的記載可參見本文第六章〈梅花在古籍上的記載及用途〉一段。）

---

[19] 郭璞（276－324）註：《爾雅》（清嘉慶六年〔1801〕曾燠〔1759－1830〕藝學軒刻本）卷下前，〈釋木第十四〉，頁十九。

[20] 郭璞傳、郝懿行（1757－1825）箋疏：《山海經箋疏》（台北：中華書局，1969年）（据郝氏遺書本校刊），卷五，頁二十六。

[21] 同上注，頁二十八。

[22] 同上注，頁二十九。

[23] 同上注，頁三十。

第二節：詠梅作品始於南北朝

詠梅（吟詠梅花）作品最早見於南北朝時代。《四庫全書・梅花字字香・提要》云：「六代及唐漸有賦詠，而偶然寄意，視之與諸花等。」㉔劉維才編著《詠梅詩集錦》一書的序言〈詠梅詩淺談〉亦云：

> 「秦漢以來，現存最早的有關梅花的詩是南朝宋鮑照（約 414－466）的《梅花落》。」㉕

這說法為陳香在《梅詩九百首》一書中印證：「詠梅花的詩，始見於南北朝；南北之前，有人偶或以梅花入詩，惟只半言片語，純作點綴、陪襯之用。」㉖現存詠梅作品之中，最早的是出自南北朝文人之手。

2・1 詠梅之作產生於南北朝原因

詠梅之作為何會於此時期產生？相信主要有兩個原因：

㉔ 見《景印文淵閣四庫全書》（台北：商務印書館，1986 年）第 1205 冊，集 144，頁 667。

㉕ 劉維才編著：《詠梅詩集錦》（香港：金陵書社，1992 年），頁 2。

㉖ 陳香編著：《梅詩九百首》（台北：國家出版社，1985 年）下冊，頁 3。

一、梅花的受重視：

梅花受重視始於漢代，皆因其果實被看重而得以被留意。梅自漢代開始，漸受文士百官的重視。（晉）葛洪（284－364）《西京雜記》卷一〈上林名果異木〉已有記載漢武帝（公元前156－前87，公元前140－前87在位）擴建上林苑時，群臣及藩國獻上各種珍貴的果木。其中就有「梅七：朱梅、紫葉梅、紫花梅、同心梅、麗枝梅、燕梅、猴梅」[27]的記載。由此可推斷梅於西漢時代已是達官貴人眼中的珍貴果木之一。

這個現象則可以追溯至戰國時代（公元前475－前221），越王（？－約公元前333）遣使臣執一枝梅送梁王（？－約公元前641）之事。《說苑》云：

> 「越使諸發（約公元前770－前641時人）執一枝梅遺梁王。」[28]

越王以梅枝贈別國國君，此舉爲人取笑，但對於梅花卻有肯定其價值之用。雖然當時梁王的大臣韓子顧左右而言：

> 「惡有以一枝梅以遺列國之君者乎？請為二三子慚之。」[29]

---

[27] （晉）葛洪撰：《西京雜記》卷一，頁六。見《燕丹子、西京雜記》（北京：中華書局，1985年）頁六。

[28] （漢）劉向（公元前77？－前6？）著、（宋）曾鞏（1019－1083）編校：《說苑》（排印本），卷十二〈奉使〉，頁五。

意思是：哪有以一枝梅花來贈送別國君主的呢？請讓我爲你們羞辱他。這簡單的記述可以讓人明白，在某些諸侯國梅花並沒有特別的象徵意義。因爲沒有深藏之意，故此僅送一枝梅花，便被視爲寒酸之舉了。由於梅花在戰國時已受越王重視，在漢代受百官群臣的注意，至南北朝時代，文人雅士自然不會忽略這種特別的花了。

二、詠物詩的興盛：

南北朝時代，由於政治混亂，君主昏庸，文人雅士空有才華抱負未可在政壇上伸展，只有把精神付諸山水大自然，把才學寄諸詩文的創作之中，於是間接推動了詠物詩的發展。宋人張戒（十二世紀）《歲寒堂詩話》卷上云：

「建安（漢獻帝年號，196－220）陶阮（陶潛、阮藉）以前詩，專以言志；潘陸（潘岳、陸機）以後詩，專以詠物。」㉚

可窺見當時詠物詩的盛行。

三、樂府詩的影響：

南北朝時代已盛行創作樂府詩歌。在樂府歌曲中以《梅花落》

㉙ 同上注。

㉚ （宋）張戒撰：《歲寒堂詩話》（清乾隆39年（1774）武英殿聚珍本）卷上，頁一。

一笛子曲深受文人喜愛。文人競相以曲填詞，單以《梅花落》爲題的樂府詩歌就有十首（見附錄一），形成南北朝詠梅詩的數目大增。

現存南北朝詠梅詩約有二十六首㉛，另外尚有一首梁簡文帝（蕭綱，503-551）寫的《梅花賦》㉜，合共詠梅作品約二十七篇（詳見附錄一）。在這些詠梅作品之中，多少留著樂府民歌的痕跡，主要與男女情感的題材有關。劉維才編著《詠梅詩集錦》云：

> 「自南朝以至初唐，以詠梅落為命題的詠梅詩很多，這反映文人詠梅詩從樂府民歌脫胎而來的痕跡。詩人不但在形式上保留著樂府民歌的胎跡，而且在內容上，創作思想上也保留著樂府民歌的特色。」㉝

由這段評論可以得出兩點：一、南北朝的詠梅詩多以落梅爲題；二、南北朝詠梅詩帶著樂府民歌的特色。約二十六首南北朝詠梅詩之中，詠落梅的佔一半，共十三首。全是白描手法，淺白易明，

㉛ 此乃筆者根據丁福保（1874－1952）輯：《全漢三國晉南北朝詩》（北京：中華書局，1959 年）及（明）張溥（1602－1641）撰、（清）吳汝綸（1840－1903）評：《漢魏六朝百三家集選》（〔出版地區不詳〕都門書局，1917 年）統計所得。

㉜ 此賦存於《全梁文》卷八，頁八。亦見於（清）嚴可均（1762－1843）：《全上古三代秦漢三國六朝文》（上海：中華書局，1965 年）（廣雅書局刻本）冊 3，頁 2997 下－2998 上。

㉝ 同注㉕，序言，頁 4。

或多或少描繪了男女之情，相信是受到漢代樂府民歌的影響。

2·2 南北朝詠梅作品的題材內容

南北朝詠梅之作在題材內容方面可以劃分爲四大類：

一、詠梅落：

（梁）吳均（469-520）的《梅花落》云：

> 終冬十二月，寒風西北吹。獨有梅花落，飄蕩不依枝。[34]

梅花因寒風吹擊而飄落，引起詩人惜梅之情。除此以外，詠落梅之作尚有（陳）徐陵（公元502－589）《梅花落》：

> 「對戶一株梅，新花落故栽。燕拾還蓮井，風吹上鏡台」[35]

寫梅花的飄落，燕子拾梅瓣築巢於畫樑上，而落花又被風吹上了鏡台。（陳）張正見（公元547－582）《梅花落》云：

> 「芳樹映雪野，發早覺寒侵。落遠香飄急，飛多花徑深。」[36]

---

[34] 《全梁詩》卷八，見《全漢三國晉南北朝詩》下冊，頁1114。

[35] 《全陳詩》卷二，見《全漢三國晉南北朝詩》下冊，頁1368。

[36] 同上注，頁1393。

點出梅花開於寒雪之中，落花飄遠，淸香遠送，以致滿徑落花殘片。

這一類詠落梅詩作，佔了一半。主要表現詩人對梅花凋落的惋惜，以白描的手法描寫梅花的凋謝。其特點在於不寫梅瓣的殘敗，只寫其飄下情景。

二、寫梅的耐寒：

（北周）庾信（513-581）的《梅花》便是一個好例子。詩云：

「常年臘月半，已覺梅花闌。不信今春晚，俱來雪裡看。樹動縣冰落，枝高出手寒。早知覓不見，真悔著衣單。」[37]

詩人以「雪裡看」、「縣冰落」，正面寫出梅花生於冰雪之中，能夠在寒冷的初春盛放，直接點明梅花的耐寒。從側寫而言，詩人以個人的感受：「枝高出手寒」和「真悔著衣單」點出天氣之寒，覓梅人也嫌衣衫單薄，間接歌頌了梅花的耐寒品質。又如（梁）王筠（481-549）的《和孔中丞雪裡梅花詩》：

「水泉猶未動，庭樹已先知。翻光同雪舞，落素混冰池。」[38]

寫雪中梅花，先早春而破開；梅花與雪同舞，花瓣有的混落冰池

---

[37] 《全北周詩》卷二，見《全漢三國晉南北朝詩》下冊，頁 1604。

[38] 《全梁詩》卷十，見《全漢三國晉南北朝詩》下冊，頁 1188。

之中。謝燮（569－582 在世）《早梅》更直接讚美梅花的耐寒：「迎春故早發，獨自不疑寒。」㊴意思謂梅花為了迎接美好的春天故意早開，顯得獨立而不畏嚴寒。

此類題材的作品不少，詩人主要歌頌了梅花兩個特點：一、梅花於春天特別早開；二、梅花耐寒，能盛放於嚴霜之中。梁簡文帝的《梅花賦》同樣描寫了這兩個特點。賦云：「梅花特早，偏能識春。或承陽而發金，乍染雪而被銀。」㊵描寫了梅花早放，披霜戴雪的在陽光下閃現。何遜（？—約 518）的《詠早梅》是自古以來著名的詠梅作品，也讚美了梅花的耐寒：「銜霜當路發，映雪擬寒開。」㊶指出梅花含霜盛放於路旁的品格。

三、寫折梅寄贈以及折梅活動：

折梅寄贈詩以（南朝宋）陸凱（420－476）的《揚州法曹梅花盛開》（一名《贈范曄詩》）為代表。詩云：

「折花逢驛使，寄與隴頭人。江南無所有，聊寄一枝春。」㊷

㊴ 《全陳詩》卷四，見《全漢三國晉南北朝詩》下冊，頁 1442。

㊵ 同注㉜。

㊶ 《全梁詩》卷九，見《全漢三國晉南北朝詩》下冊，頁 1155。

㊷ （宋）佚名：《錦繡萬花谷（前集）》卷七〈梅〉云：「陸凱與范曄相善，自江南寄梅一枝，詣長安與曄，並詩曰……。」（〔台北：新興書局，1969 年〕〔淳熙 15 年，1188 年刻本〕，頁 229。）詩見《漢魏六朝百三家集選》第十冊，頁六。亦見於（宋）李昉（925－996）撰：《太平御覽》（北京：中華書局，1963 年）冊四，卷 970，頁 4300。

作者借折梅賦詩遙寄遠方摯友范曄（398－445），表達自己一片念掛之情。詩人把春天來臨這個好消息以梅花傳達。千里贈梅，物輕情意重。這首詩對日後梅花的象徵意義影響深遠，因爲自此以後，折梅寄贈代表了深厚的友情和對友人的思念。寫折梅活動，亦可舉梁簡文帝的《梅花賦》爲例，它大篇幅描寫女子折梅的情景：

> 「于是重閨佳麗，貌婉心嫻，憐早花之驚節，訝春光之遣寒。裌衣始薄，羅袖初單，折此芳花，舉茲輕袖。或插鬢而問人，或殘花而相授。」㊸

敘述一深閨貌美而又嫻靜的女子，愛梅花能驚動季節，詫異春日，遣走寒冷。於是披上單薄的裌衣，輕舉羅袖折下芳香的梅花，或把它插在鬢髮上問人美不美？或把殘花攀折。這篇賦把女子折梅的姿態、動作細緻而生動的繪畫了。

這類題材作品，僅以上所引之例而矣。另外，只有江總（519－594）《梅花落》「朝攀晚折還復開」㊹之句提及折梅。在這類作品當中，折梅的主人翁以女性（尤其是美女）爲多；相信與當時文人把注意力放在女性身上不無關係。梁、陳兩朝流行的宮體詩便是以女性的衣飾、體態、外貌爲描繪的題材。對於閨中戶外女性

㊸ 同注㉜。

㊹ 《全陳詩》卷三，見《全漢三國晉南北朝詩》下冊，頁1412。

的描寫是極爲細緻，故此在詠梅詩中出現對女性的描繪也並不爲奇。

四、借詠梅以抒情寄懷：

鮑照的《梅花落》是借詠梅花飄落，雜樹於春風中搖蕩獻媚，比喻剛毅正直的君子以及取媚一時的小人。詩中讚美了披霜飲露的梅花，而這些梅花正是忠直君子的象徵。詩云：

「念其（梅樹）霜中能作花，露中能作實。搖蕩春風媚春日，念爾零落逐寒風，徒有霜華無霜質！」㊺

前兩句乃頌梅之耐寒，於霜雪中開放，於冷露中結子。後三句指雜樹於春風弄媚，可惜冬日一來便凋零，即使有雜樹可以在霜中作花，還是沒有凌霜的特質。㊻（梁）王筠的《與孔中丞雪裡梅花詩》則以初春新梅發舊枝寫出人不能像梅花一樣重生，再現青春，故此感到悲傷，不願對鏡自照。詩云：

「今春競時發，猶是昔年枝。惟有長憔悴，對鏡不能窺。」㊼

㊺ 《全宋詩》卷四，見《全漢三國晉南北朝詩》上冊，頁680。

㊻ 參馬茂元等撰：《先秦漢魏六朝詩鑒賞辭典》（西安：三秦出版社，1990年），頁979－980。

㊼ 同注㊳。

寫梅花凋而可再生，人的青春卻一去不返，相比之下感到無限傷感。詩人是借詠梅點出時光不可倒流，青春年華不能長駐。又如（梁）鮑泉（552－555 時人）的《詠梅花》：

可憐階下梅，飄蕩逐風迴。……客心屢看此，愁眉斂詎開。㊽

詩人因見梅被風吹落，飄盪無定而聯想到人生命運亦如斯。故此說游子旅客若看見如斯情景，必定愁眉深鎖難展笑顏！（陳）蘇子卿（557－589 時人）的《梅花落》㊾因梅起興，寫思婦在高樓見梅而念夫，欲寄錦文令丈夫快些歸來，甚至有古樂府征人怨婦的味道。

這類借詠梅以寄托別的情感思想的作品，主要可以分作三類：一、以梅的耐寒歌讚一些正直之士、忠實的君子。二、以梅之凋而再生寫人生的歲月不可留；以梅的可發故枝反襯人的青春不再，表現淡淡哀愁。三、借梅之飄落寫人在旅途的飄盪、以及思婦懷人之情。三類題材皆與南北朝動盪的時局、小人當道、戰爭連年，君主權貴則安於享樂，害怕人生短促這客觀環境有著密切的關係。因爲文學作品本就是時代的反映。

2・3 梅花在南北朝作品的象徵意義

在南北朝二十多首詠梅作品中，梅花的象徵意義有以下兩種：

㊽ 《全梁詩》卷十二，見《全漢三國晉南北朝詩》下冊，頁 1278。

㊾ 同注㊴，頁 1452。

一、梅花是春天來臨的象徵：

陳朝陰鏗（502？－566？）的《雪裡梅花》一詩明確指出春天臨近前，寒雪尙飄，但梅花已盛放。詩首兩句云：「春近寒雖薄，梅舒雪尙飄。」㊿又如何遜《詠早梅》詩：「兔園標物序，惊時最是梅」[51]指出園林最易隨萬物時序而變動，對季節最敏感的卻是先百花而開的梅。於是，梅花漸漸成爲了江南春來的象徵，也成爲大自然之中最早報導春天到訪的使者。

二、梅花飄落象徵青春的流逝、美好事物的不再：

其中以梁簡文帝的《梅花賦》「春風吹梅畏落盡，賤妾爲此斂娥眉。花色特相比，恒愁恐失時」[52]及謝朓（464－499）的《詠落梅》「日暮長零落，君恩不可追」[53]兩首詩表達的意思最明顯。前者因落梅而傷青春的逝去、花容月貌的不再；後者則見梅落而害怕情人的恩愛會像落梅一般不可再追。

總括而言，梅花除了象徵春季來臨及美好的事物之外；梅花在南北朝作品中也帶點負面及悲傷的色彩。梅花的飄落使詩人想到易逝的歲月，不可追的君恩；梅花的再發又使詩人想到青春的不能復得。花瓣飄落的情景使人想到坎坷的命運以及遊子思婦之

㊿ 《全陳詩》卷一，見《全漢三國晉南北朝詩》下冊，頁 1365。

[51] 同注㊶。

[52] 同注㉜。

[53] 《漢魏六朝百三家集選》第七冊，頁二十一。

情。

2·4 南北朝詠梅作品的藝術特色

南北朝詠梅作品的藝術特色，綜合而論大概有以下幾點：

一、多淺易的白描手法，少用典故：

二十七首詠梅詩賦之中，除了蘇子卿的《梅花落》「織書偏有意，教逐錦文回」[54]用蘇蕙（字若蘭，約357—385時人）織迴文錦以重獲夫婿竇滔（約四世紀時人）的恩愛一典[55]；張正見《梅花落》「周人嘆初摽，魏帝指前林」[56]兩句用了《詩經·召南·摽有梅》及曹操（155—220）望梅止渴兩個典故[57]；梁朝何遜的《早梅》「朝灑長門泣，夕駐監邛杯」[58]用了陳皇后（公元前140—前126在世）失寵

---

[54] 同注[39]。

[55] 竇滔、蘇蕙織迴文錦之事：前秦女蘇蕙，年十六嫁秦州刺史竇滔。後苻堅（338—385，357—385在位）命竇滔為安南將軍，鎮守襄陽。赴任時，竇滔攜寵妾趙陽台同行，去後音訊斷絕。蘇蕙悔恨悲傷，於是織《迴文璇璣圖》以寄。滔見之感動不已，兩人遂和好如初。（參《全晉詩》卷七，見《全漢三國晉南北朝詩》上冊，頁514。）

[56] 同注[35]。

[57] 曹操領軍望梅止渴之事見劉義慶（403—444）著、劉孝標（462—521）注：《世說新語》（下卷之下·假譎第二十七）：「魏武行役，失汲道，軍皆渴，乃令曰：『前有大梅林，饒子，甘酸，可以解渴。』士卒聞之，口皆出水，乘此得及前源。」（上海：上海古籍出版社，1982年），頁442。

[58] 同注[41]。

而被禁長門[59]，及司馬相如（公元前 180－117）與卓文君（約公元前 162－前 117）私奔，因貧窮而在臨邛賣酒[60]兩個典故外，其他詩賦甚少運用典故。不論詠梅花凋落、美人折梅，或是梅花破寒而開，皆是淺白的描繪。故此，劉維才說：

> 「六朝時期的詠梅詩，大多是根據作者的切身體驗，以其真摯的感情來寫的。質樸、純厚是這一時期詠梅詩的一大特徵。」[61]

二、描寫梅花，多借梅起興，少整首吟詠梅花：

如梁簡文帝的《梅花賦》以描寫梅花起首，從而描繪折花女

---

[59] 陳皇后失寵事跡見於班固（32－92）撰、顏師古（581－645）注：《漢書》（卷九十七上）：「孝武陳皇后，長公主嫖女也……初，武帝得立為太子，長主有力，娶主女為妃。及帝即位，立為皇后，擅寵驕貴，十余年而無子。……使有司賜皇后策曰：『皇后失序，惑於巫祝，不可以承天命。』其上璽綬，罷退居長門宮。」（北京：中華書局，1962 年），頁 3948。

[60] 司馬相如、卓文君賣酒於臨邛一事見司馬遷（公元前 145－前 86）著、吳汝綸評點：《史記》（一百一十七）〈司馬相如列傳第五十七〉：「文君夜亡奔相如，相如乃與馳歸成都。家居徒四壁立。」文君之父卓王孫大怒，不願分一文錢予女兒。於是，「相如與俱之臨邛，盡賣其車騎，買一酒舍酤酒，而令文君當鑪。」卓王孫（公元前二世紀）因羞見其女兒作下賤工作，「杜門不出」。得人游說，卓王孫才不得已分僮僕百人，錢百萬給文君。兩人便回成都，買田宅為富人。（台北：中華書局，1970 年），頁 1118－1119。

[61] 同注[25]，序言，頁 3。

子，再寫女子因梅謝而感傷個人青春不能長久。作者借詠梅以感嘆青春不能留。又有借梅寫人生飄盪的，如梁朝鮑泉《詠梅花》（可憐階下梅）；借梅寫佳人獨立的，如陳後主（叔寶，553－604，583－589在位）的《梅花落》（春砌落芳梅）；借梅感傷個人憔悴的，如梁朝王筠的《和孔中丞雪裡梅花》（水泉猶未動）。詩人皆借梅花起興，寫己之思、抒己之情，可謂各自精采。

在眾多詠梅作品中，僅有何遜一篇《詠早梅》是直接寫梅花的美，兼全首詠梅花的。故此劉維才評之：「在六朝詠梅詩中，直接吟詠梅花之自然美的並不多，這一首可說是最爲人們所推崇的了。」[62]這評論算是頗中肯的了。

三、多整體詠落梅、梅開，鮮有細緻描寫梅花或梅枝的動態：

南北朝詠梅之作中，除卻梁簡文帝《梅花賦》之外，大多粗枝大葉的描畫落梅。如「日暮長零落」[63]；「獨有梅花落，飄蕩不依枝」[64]；「落遠香飄急」[65]等等。寫梅開的只是一二句爽脆俐落的吟詠，如「梅舒雪尚飄」[66]、「新花已自生」[67]絕少細膩的把梅花姿態描繪出來。可見當時詠梅之作尚未成熟。

南北朝是詠梅作品出現的一個重要時代。原因有三：一、這

---

[62] 同注[25]，正文，頁7。

[63] 同注[53]。

[64] 同注[34]。

[65] 同注[35]。

[66] 同注[48]。

[67] 《全梁詩》卷八，見《全漢三國晉南北朝詩》下冊，頁924。

時正式出現以梅花爲主題的詩賦，加上共有二十多首的詠梅作品，可說是開啓吟詠梅花詩文的一個重要機關。二、由陸凱的《揚州法曹梅花盛開》一詩開始，折梅寄贈成爲思念的象徵，它影響後來的詠梅詩詞甚深。三、六朝的詠梅詩賦開始把女性與梅花拉上關係，又把耐寒的梅花比作君子；並正式把梅花與男女之情連繫起來。這一切貢獻爲後世的詠梅作品開啓了一條新的路途。

附錄一：南北朝詠梅詩目錄

南朝宋	鮑　照（約 414－466）	《梅花落》（中庭雜樹多）	落梅
	陸　凱（420－479 在世）	《揚州法曹梅花盛開》（折花逢驛使）	折梅
南朝齊	謝　脁（464－499）	《詠落梅》（新葉初冉冉）	落梅
南朝梁	蕭　綱（503－551）	《雪裡覓梅花》（絕訝梅花晚）	尋梅
		《春日看梅花》（昨日看梅樹）	早梅
	蕭　繹（508－554）	*《詠早梅》（梅含今春樹）	早梅
	蕭　衍（464-549）	《春歌》（蘭葉始滿地）	落梅
		（朱日光素冰）	折梅
	何　遜（？－約 518）	《詠早梅》（兔園標物序）	早梅
	庾肩吾（487－551）	《同蕭左丞詠摘梅花》（窗梅朝始發）	折梅
	王　筠（481－549）	《和孔中丞雪裡梅花》（水泉猶未動）	梅花

	吳　均（469－520）	《梅花落》（終冬十二月）	落梅
		《梅花》（梅性本輕蕩）	梅花
	鮑　泉（？－551）	《詠梅花》（可憐階下梅）	落梅
南朝陳	徐　陵（507－583）	《梅花落》（對戶一株梅）	落梅
	張正見（約 527－575）	《梅花落》（芳樹映雪野）	落梅
		《賦得梅林輕雨應教》（梅樹耿長虹）	梅花
	江　總（519－594）	《梅花落》（縹色動風香）	落梅
		《梅花落》（胡地少春來）	落梅
		《梅花落》（臘月正月早驚春）	落梅
	蘇子卿（557－589 在世）	《梅花落》（中庭一梅樹）	落梅
	陳叔寶（553－604）	《梅花落》（春砌落芳梅）	落梅
		《梅花落》（楊柳春樓邊）	落梅
	陰　鏗（557－589 在世）	《雪裡梅花》（春近寒雖轉）	梅花
	謝　燮（557－589 在世）	《早梅》（迎春故早發）	早梅
北周	庾　信（513－581）	《梅花》（常年臘月半）	梅花

（ *《詠早梅》一詩，丁福保謂乃蕭紀（遺武陵王，約六世紀時人）之作，見《全漢三國晉南北朝詩》下冊，頁 963。）

南北朝詠梅賦

南朝梁	蕭綱	《梅花賦》	梅花

（以上合計共 27 篇詠梅作品，詠梅詩 26 首，詠梅賦 1 首。）

第三節：詠梅作品興盛於唐宋

詠梅作品於唐宋時期大量湧現。《全唐詩》收錄詠梅詩共七十八首，晚唐詠梅詞二首，《隋唐五代文彙》收錄唐代詠梅賦一首。《全宋詞》收錄宋代詠梅詞約一千首。《全宋詩》收錄詠梅詩共621首，《全宋文》則收錄了宋代詠梅賦二首。[68]由以上數據所得，可以肯定唐宋兩代是詠梅作品興盛時期。

詠梅之作何以興於唐宋？詠梅作品的整體題材內容又是怎樣的？梅花的象徵意義何在？這一連串的問題正是這一節要探討的。

3·1 唐宋詠梅作品興盛原因

詠梅之作興盛於唐宋，基於以下原因：

一、植梅風氣盛行

---

[68] 筆者分別根據（清）彭定求（1645－1719）：《全唐詩》（北京：中華書局，1960 年），高明（1909－）、張壽平（1925－）編：《隋唐五代文彙》（台北：台灣書店，1957 年）；（宋）姚鉉（968－1020）纂：《唐文粹》（台北：商務印書館，1971 年）；唐圭璋（1901－1990）編：《全宋詞》（北京：中華書局，1965 年）；北京大學古文獻研究所編（傅璇琮〔1933－〕等主編、）：《全宋詩》（北京：北京大學出版社，1991 年）；四州大學古籍全宋文整理研究所編：《全宋文》（成都：巴蜀書社，1988 年）統計所得。

卓德元編的《百物源》談及唐宋的植梅風氣：

「隋唐時代，植梅詠梅之風盛極一時，今浙江五台山國清寺有一株古梅，據說就是隋朝的遺物。杭州孤山的梅花，在唐朝就已聞名於世。」[69]

由於植梅風氣盛行，文人以梅花入諸詩文是順理成章之事。植梅、賞梅、詠梅三者互相關連，成爲文人雅事。趙義山說：

「唐宋文人的賞梅，詠梅就不勝舉了，尤其突出者，傳說唐代大詩人孟浩然（689－740）曾於大雪天騎著瘦毛驢到灞橋尋梅；宋初隱士林和靖（976－1028）植梅養鶴，終身不娶，人們說他是以梅為妻、以鶴為子。故而可以說唐時期的文士們真是對梅情有獨鍾了。」[70]

文人鍾愛梅花，種植梅樹，相約賞梅，就眼前的梅花吟詠成詩是唐宋常見的情況。詠梅之作自然應運而生。

二、經濟的繁榮、社會的安定

經濟的發展往往對創作有一定的幫助。因爲文人若不需爲衣

[69] 卓德元編著：《百物源》（長沙：湖南文藝出版社，1987 年），頁 208。

[70] 趙義山著：《君子的風範——松竹梅蘭》（成都：四川人民出版社，1996 年），頁 48。

食擔憂，便有餘力從事創作。王水照（1934－）肯定經濟的繁榮能「爲更多的詩人進行寫作提供必要的物質條件和良好的創作環境」(71)。由於「經濟繁榮還促進了唐詩內容的豐富和發展」(72)，於是「唐代的寫景詩，比之六朝謝靈運（385－433）、謝朓等人的作品，更加突出地描寫祖國山河的雄偉壯麗，並且不局限於東南一隅」(73)；甚至「王（維，701－761）、孟（浩然）一派的山水田園詩是隨著莊園經濟的發展而發展起來的。」(74)繁榮的經濟爲寫景詠物的創作提供一良好的環境。因爲衣食充裕，文人才可以一心從事創作；社會安定，才可細心欣賞山河景色，花卉鳥獸。當詠物詩文盛行，詠梅之作亦相對增加了。

三、畫梅之風盛行

唐代文人已喜畫花鳥，雖然沒有專以畫梅花成名的作者，但梅花也開始在各花鳥圖中出現。及至宋代，畫梅之風盛行，尤其以水墨畫梅的風格更是盛極一時。元朝夏文彥（1341－1368 時人）的《圖繪寶鑑》便列舉了宋代不少著名墨梅畫家，如釋仲仁（約活動於十二世紀）、楊無咎（1097－1171）、薙巘（約活動於十二世紀初）、道士蕭太虛（約活動於十一世紀）等等(75)都是其中表表者。由於畫梅風

(71) 王水照著：《唐宋文學論集》（濟南：齊魯書社，1984 年），頁 27。

(72) 同注(71)，頁 29。

(73) 同上注。

(74) 同注(71)，頁 30。

(75) 參夏文彥撰：《圖繪寶鑑》卷三及卷四，見于安瀾（于海晏）編：《畫史叢書》（上海：上海人民美術出版社，1963 年），第三冊，頁 43－124。

氣盛行，詠梅的題畫詩相對地增加。例如宋代陳與義（1090－1138）的《題畫寒梅圖》[76]，朱熹（1130－1200）的《墨梅》[77]等等皆是吟詠梅花的題畫詩。

劉維才在《詠梅詩集錦》一書的序言〈詠梅詩淺談〉中云：

> 「在宋代，隨著繪畫的發展，梅花從配景的角色分離出來，成為一門獨立的畫科。並出現了一批專門畫梅的畫家……現在墨梅上再加題詩，不僅能補充畫面，而且還能直接揉合書法的藝術美，使畫面顯得更和諧，內涵更豐富。」[78]

因畫梅的風氣盛行，詠梅的題畫詩相對增多，詠梅的作品數量自然亦增加了。

3・2 唐宋詠梅作品的題材內容

唐宋詠梅作品的題材內容，粗略概括如下：

（此處將會就唐宋兩朝的詠梅文賦、詩詞作概括討論。然而，本文第三章會深入討論南宋詠梅詞的內容，為了避免重複之嫌，

---

[76] （宋）胡稚（約 12 世紀？）《增廣箋注簡齋詩集》（四部叢刊本）卷二，頁二。

[77] 朱熹著、（清）洪力行（生卒不可考）注：《朱子詩集》（民國、暢和室石印本）卷五，頁二十二。

[78] 劉維才編著：《詠梅詩集錦》（香港：金陵書社出版公司，1992 年）序言〈詠梅詩淺談〉，頁 8。

南宋詞將不入此討論範圍內。）

一、透過詠梅而懷念邊塞行人

這類題材於唐代出現較多，相信與唐代盛行邊塞詩有密切的關係。因爲詠梅而又借以懷念邊塞行人的題材絕大多數見於唐詩之中。宋詩則鮮有此題材。例如唐代盧照鄰（約 635－689）的《梅花落》：

「梅嶺花初發，天山雪未開，雪外疑花落，花邊似雪回。……匈奴幾萬里，春至不知來。」[79]

作者由大庾嶺看見梅花初開，想到天山一帶的邊塞地區滿天飛雪，從白雪似梅，梅似白雪。由於距離遙遠，故此梅開春至之時，守邊的征人也不能歸來。詩人透過對梅花的描寫而表現對邊塞征人的懷念。由梅花的雪白想到天山的白雪，由天山邊塞想到出征未還的人。層次是分明、遞進的。

又如楊炯（650－693？）的《梅花落》寫女主人翁看見窗外梅花凌寒而開，從而思念出征在外的行人。詩云：

「窗外一枝梅，寒花五出開……泣對銅鈎障，愁看玉鏡臺。

---

[79] 《全唐詩》卷 41；第一冊，頁 513。

行人斷消息，春恨幾裴回。」[80]

詩中女子因爲看見梅花開放，知道春將臨。一年時光又過去了，出征的行人卻了無消息，深恨這年的春光會轉眼消逝，難再復回。春天逝去後會有再來的時候。然而，哀傷的是女性的青春容顏，消逝之後便不會再回來；更傷心的是丈夫出征在外，既不知生死如何，自己則獨守閨閣，虛渡不少青春。

借詠梅花以懷邊塞行人的作品鮮於宋代詩文中出現。由於唐太宗（李世民 599－649，627－649 在位）、玄宗（李隆基 685－762，712－756 在位）等君主皆好大喜功，南征北伐；加上外族侵邊，以致戰事頻繁。與此同時，國家又制定一論功行賞的政策，吸引不少仕途失意的文人投身幕府，形成大量邊塞詩的湧現。[81]

吳錦龍《唐代邊塞詩研究》一論文印證此點：

> 「唐朝戰爭繁多，從三方面影響唐代邊塞詩的發展，一是……二是戰爭導賦役繁重，人民遠征，從而出現一些訴說征人感受的詩歌。三是有更多詩人隨軍赴邊，刺激這批詩人創作邊塞詩。」[82]

---

[80] 《全唐詩》卷 50；第一冊，頁 612。

[81] 參李瑞騰著：《詩心與國魂》（台北：漢光文化事業股份有限公司，1984 年），頁 102。

[82] 吳錦龍著：《唐代邊塞詩研究》（香港：香港大學哲學碩士論文，1995 年），頁 86。

這或許可以解釋爲何借詠梅以念征人之作，多於唐代出現而少見於兩宋。因爲唐代的邊塞詩（軍旅詩）盛極一時，文人又多參與戎役之事，故詠物之作不免滲入行役的題材。一如晚唐五代的孫光憲（約 900－968）《望梅花》一詞，因望見梅花而有「引起詩人邊塞情」[83]之句。

二、借詠梅花以表達思鄉之情

借梅花寫思鄉、懷人之情的題材，在唐宋詩詞中比比皆是。唐代如杜甫（712－770）的《江梅》：

> 「梅蕊臘前破，梅花年後多。絕知春意好，最奈客愁何！雪樹能同色，江風亦自波。故園不可見，巫岫郁嵯峨。」[84]

臘月前梅花開放，過年後梅花開得更多；梅花彷彿知道春天美好而盛開，卻無奈惹來不少游子的鄉愁。眼前梅花如雪般白，江風吹起波浪；但詩人卻無心看，一心渴望看見故鄉，故鄉偏爲嵯峨的巫山所遮擋，不能眺望。結句充滿了唏噓和無奈。詩人表面上詠江梅臘前開放，實借梅花起興，抒發鄉愁。又如盧僎（約 708 在世）的《十月梅花書贈》亦有「三見江上開新花，故園風花盧洛

---

[83] 孫光憲《望梅花》詞云：「數枝開與短牆平，見雪萼、紅跗相映，引起詩人邊塞情。　簾外欲三更。吹斷離愁月正明。空聽隔江聲。」（見《全唐詩》卷 897，第十二冊，頁 10143。）

[84] 《全唐詩》卷 232；第四冊，頁 2555。

汭」[85]之句，同是見梅思鄉。

宋代詩歌如王十朋（1112－1171）的《途中見早梅》同是因路上見梅花開放而思念家鄉的。詩云：

> 「山行初逢建子月（十一月），始見寒梅第一枝。遙想吾廬亦如此，誰能千里贈相思。梅花發處思家切，竹間水際出橫枝。……」[86]

寫出了路上遇見寒梅初開，心想家鄉的梅花亦如是，於是勾起了殷切的思家之情，欲借梅花寄相思。又如陸游（1125－1210）《梅花》「與卿同是江南客，剩欲樽前說故鄉」[87]兩句，甚至把梅花當作同鄉，一起把酒話鄉情。

在宋代諸詞，此類題材亦常見。無名氏《采桑子》一詞云：

> 「煙籠淡月寒宵永，悄悄簾櫳。微度春風，幾點梅開小院中。擁衾攲枕難成寐，蕭寺初鐘。雁響遙空，家在青山萬里重。」[88]

寒夜淡月的幾朵梅花勾起詩人思家之情，夜半難眠，輾轉天亮，

---

[85] 《全唐詩》卷 97；第二冊，頁 1070－1071。

[86] 王十朋撰：《宋王忠文公全集》（甌城：梅溪書院，1876 年）第十冊，卷二十八，頁十七至十八。

[87] 陸游著：《劍南詩稿》卷四，見《陸游集》（北京：中華書局，1976 年）第一冊，頁 116。

[88] 《全宋詞》冊 5，頁 3634。

聽見雁叫聲，起來更哀傷家鄉遠在萬重山外。

三、寫梅花的孤寂以自況

劉勰（？－約520）的《文心雕龍·物色篇》有云：

> 「春秋代序，陰陽慘舒，物色之動，心亦搖焉……歲有其物，物有其容；情以物遷，辭以情發。一葉且或迎意，蟲聲有足引心。況清風與朗月同夜，白日與春林共朝哉！」[89]

指出大自然的萬物各有其姿態形色，文人為之動情，於是把情發於詩文。劉勰的這段話可以印證兩點：一、文人會因大自然的花草禽木、清風白日而觸景生情，寫下不少優秀的作品。然而，文人為何會觸景生情呢？因為「一葉且或迎意，蟲聲有足引心」大自然的花草動態勾起自己身世遭遇，於是悲從中來，不禁寫下詠物之辭，以寄托個人的情感、身世及遭遇。二、文人為客觀美麗的萬物感動，所謂「物色之動，心亦搖焉」，寫下純粹歌詠大自然草木的詞詩。

在諸多唐宋詠梅作品之中，皆不乏以上兩類的創作。由於梅花生長於偏僻之地，鮮有蜂蝶探問，鮮有行人尋覓；加上凌寒而開，春暖而逝，於是惹來不少詩人、作家觸景生情，以梅自況，寫下一些既是詠梅，又是自詠的作品。唐代如劉禹錫（772－842）

---

[89] 劉勰著、（清）黃叔琳（約十八世紀）注、紀昀（1724－1805）評：《文心雕龍》（上海：掃葉山房，1915年）卷十，頁一。

的《詠庭梅寄人》云：

> 「騷花常犯寒，繁實常苦酸。何事上春日，坐令芳意闌。夭桃定相笑，游妓肯回看。君問調金鼎，方知正味難。」[90]

寫的是梅花冒寒盛開，果實又苦又酸；一到春日，報春的梅花便凋謝，惹來桃花的譏笑。若問以梅實調羹之事，方知要正味是很難的。其實，作者借物自況：以梅之凌寒，結實比喻自己的情操內涵；本應受人賞識，可是卻多次受貶[91]，好像梅花於春日凋零一般，惹來不少政壇異己份子的嗤笑，因而感歎調金鼎（本喻宰相之職，此處指為官）時，要好味（做好官）是很難的。詩人句句寫梅，卻何嘗不是自己的寫照？既詠梅亦喻己。

又如蘇軾（1037－1101）的《梅花》：

> 「春來幽谷水潺潺，的皪梅花草棘間。一夜東風吹石裂，塵

---

[90] 《全唐詩》卷 357；第六冊，頁 4021。

[91] 劉禹錫由於參與王叔文（753－806）的政治改革，曾擢升為屯田員外郎。「時王叔文得幸，禹錫與之交，嘗稱其有宰相器。朝廷大議，多引禹錫及柳宗元（773－819）與議禁中。」（見〔元〕辛文房〔1304 在世〕：《唐才子傳》〔上海：古典文學出版社，1958 年〕，頁 87。）叔文改革失敗後，他被貶連州刺史，赴任路上再貶朗州司馬。十年後始得歸還京師，卻因《玄都觀桃花詩》，再度外放為連州刺史。「其詩一出，傳於都下。有素嫉其名者，白於執政，又誣其有怨憤。……不數日，出為連州刺史。」（見周勛初主編、嚴杰、武秀成、姚松編：《唐人軼事彙編》〔上海：上海古籍出版社，1995 年〕上冊，頁 1095。）可謂仕途坎坷。

隨飛雪度關山。」[92]

這首詩是宋神宗元豐三年（1080）正月，蘇軾因爲『烏台詩案』[93]被貶爲黃州團練副使，在赴任途中，經過關山岐亭路時，在春風嶺上看見梅花，故以梅自況[94]，寫下《梅花》詩兩首[95]。梅花生於草棘間，本來已是惡劣的環境，再加上一夜裂石的春風吹刮，梅花便如雪花般紛紛飄落，飛度關山。詩中寄寓的情感甚爲明顯。

唐宋詠梅的文賦甚少，《全宋文》、《隋唐五代文彙》、《唐文粹》所錄僅有三篇。[96]借詠梅以自詠之作於文賦中並沒有出現，卻多見於唐宋詩詞之中。然而，以梅花自況的詠梅詩於隋代已出現。隋煬帝宮女侯夫人（約 605－618 在世）有《看梅二首》其二：

---

[92] 《全宋詩》冊 14，頁 9298。

[93] 「烏台詩案」：指東坡謫遷湖州時，作詩以諷，被御史府（亦作烏府、烏台）送入獄險致命一事：「徙知湖州，上表以謝，又以事不便，民者不敢言，以詩託諷。」「御史李定、舒亶、何正臣摭其表語……以為訕謗，逮赴臺獄，欲寘之死，鍛鍊久之不決，神宗獨憐之，以黃州團練副使安置軾。」（見〔元〕脫脫〔1313－1355〕撰：《宋史》〔北京：中華書局，1977 年〕卷 338，第 16 冊，頁 10809。）

[94] 參守忠、張軍、黃紀華主編：《歷代題畫類詩鑒賞寶典》（長春市：時代文藝出版社，1993 年）頁 39－40。

[95] 東坡另一首《梅花》詩云：「何人把酒慰深幽，開自無聊落更愁。幸有清溪三百曲，不辭相送到黃州」（同注 24。）

[96] 三篇詠梅文賦包括：（唐）宋璟（663－737）：《梅花賦》（見《隋唐五代文彙》頁 186－187）；（宋）王禹偁（954－1001）：《紅梅花賦》（見《全宋文》卷 138，冊四，頁 231－232）；以及（宋）文同（1018－1079）：《賞梅唱和詩序》（見《全宋文》卷 1104；冊 26，頁 93－94）。

「香清寒艷好，誰惜是天真。玉梅謝後陽和至，散與群芳自在春。」[97]

起首兩句正是女詩人身世的剖白：自己一如梅花，雖有天生的清雅艷麗，卻無人賞識。結尾兩句是她後來的遭遇：因爲入宮七、八年，未得見君王，故此她自縊而死，死時才獲隋煬帝的注意，得以厚葬。[98]正如詩中說的：玉似的梅花謝後，陽和的春日（隋煬帝）才來，只好把春日讓給群芳了。梅花的身世正是詩人的反映！

四、借梅寫懷人或抒發感慨

在唐宋詠梅作品之中，有借梅花以懷人的。詩則有白居易（772－846）的《與諸客攜酒尋去年梅花有感》，詩云：

「馬上同攜今日杯，湖邊共覓去春梅。年年只是人空老，處處何曾花不開。詩思又牽吟詠發，酒酣間喚管弦來。樽前百事皆依舊，點檢惟無薛秀才。」[99]

詩人與諸友攜酒賞梅，本應是快樂的，卻感到時光流逝、年華易老。今年一切依舊，卻少了好友薛秀才（薛景文，？—約822）。於是更加懷念去年大家共聚一堂的時光。詩人借賞梅以嘆光陰流逝，

---

[97] 《全隋詩》卷四，見於《全漢三國晉南北朝詩》下冊，頁1726。

[98] 同上注，頁1725－1726。

[99] 《全唐詩》卷443；第七冊，頁4963－4964。

並懷念已逝的友人。

詞則有晁沖之（約 1055－1110 時人）的《漢宮春·梅》：

> 「傷心故人去後，冷落新詩。微雲淡月，對孤芳、分付他誰？空自倚、清香未減，風流不在人知。」[100]

作者點出故人去後，無人共賞梅花、共賦詩詞，對著風流孤清的梅花也不知與誰分享。一方面表現了作者的落寞心情，一方面流露了對友人的無限思憶。

五、透過吟詠梅花以喻政治仕途

唐代王建（768－？）的《塞上梅》是一典型例子。詩人借梅花的生長環境偏僻，得不到重視，喻人與皇帝的疏遠，得不到重用。又認爲若果梅花生近長安路上，居住長安大街小巷的少年無不前來攀摘；猶如人之能近君主，必得重用。詩云：

> 「天山路邊一株梅，年年花發黃雲下。昭君已歿漢使回，前後征人惟系馬。日夜風吹滿隴頭，還隨隴水東西流。此花若近長安路，九衢年少無攀處。」[101]

由於北方無梅（梅花多生於江南一帶），而此詩卻題爲《塞上梅》相

[100] 《全宋詞》冊二，頁 655。

[101] 《全唐詩》卷 298；第五冊，頁 3376。

信有心故犯，志在喻人之失寵，意思可謂甚明顯。

唐宋文人仕途失意，多因朝中小人當道，正直之士有志不得伸。詩人不平的心意也反映於詩詞之中。如韓偓（844－923）《湖南梅花一冬再發偶題於花援》一詩便以梅花比作君子賢臣，以花艷桃比作倚勢的小人。詩云：

> 「湘甫梅花兩度開，直應天意別栽培。玉為通體依稀見，香號返魂容易迴。寒氣與君霜裡退，陽和為爾臘前來。妖桃莫倚東風勢，調鼎何曾用不材。」[102]

首六句寫梅花兩度開於湖南江岸，是天意特別栽培。花如玉晶瑩，香氣使人迴腸。寒氣被其趕退，春天為其臘月前來。詩人以梅花的凌寒高潔，讚美君子賢臣的情操品質。後兩句以「妖桃」比小人，叫他們不要倚權仗勢稱霸，因為調鼎之事（指朝中要臣之職，輔助社稷之事）是不會用上他們的。意思是朝中要臣之職是選用賢人擔當的，不會任用倚勢的小人。

宋代亦有借詠梅以諷小人的詩作。如黃庭堅（1045－1105）的《古風和蘇子瞻》以梅花比喻君子，以桃花喻虛榮的小人。詩云：

> 「……桃李終不言，朝露借恩光。孤苦已皎潔，冰雪空自香。古來和鼎實，此物升廟廊。歲月生成晚，煙雨青已黃。得升

[102] 《全唐詩》卷680；第十冊，頁7793。

桃李盤，以遠初見嘗。終然不可口，擲置宮道傍。」[103]

寫出小人恃著恩寵，不向國家推薦人才，以致皎潔孤高的君子空有才華情操。又以古來梅子可作調鼎，喻君子有棟樑之才，可位列廟廊，卻因爲當權者不分皂白而被棄置一旁。全詩以梅花、桃花相比，又諷刺桃李（小人）的自私，不舉薦人才；稱美梅花（君子）的高潔、有實才。由於詩中處處以梅、桃對比，足見詩人欲寓嘲諷於詩中。此詩題爲「古風和蘇子瞻」，故此，相信作者以梅花的孤高、清香比作東坡，甚至自比。因爲詩人與蘇東坡同是在政壇上屢受貶謫的人才。

六、純粹歌詠梅花

在唐宋兩朝之中，歌詠讚美梅花的作品俯拾皆是。有寫早梅、山園小梅、岸梅、路上梅、雪中梅、月下梅、殘梅、嶺梅、江梅等等。梅花被歌頌的種類有紅梅、白梅、墨梅、湘梅等等。這一類的題材見於唐宋文、賦、詩、詞之中。以文賦爲例，可舉宋璟（663－737）的《梅花賦並序》：

「若夫瓊英綴雪，絳萼著霜，儼如傅粉，是謂何郎；清香潛襲，疏蕊暗嗅，又如竊香，是謂朝壽……。」[104]

---

[103] 《全宋詩》冊 17，頁 11330。

[104] 《隋唐五代文彙》，頁 186－187。

作者把梅花如玉般開於霜雪中比作傅粉的美男子何晏（三國魏玄學家，190－249）；又把梅花的清香比作韓壽（晉代賈充女婿，？－約 299）竊香（指韓壽與賈充〔公元 3 世紀〕女兒賈午私通，得賈午贈異香之事）[105]。作者指出梅花凌寒的特點：

> 「…歲寒特妍，冰疑霜沍，擅美專權。相彼百花，誰敢爭先？」[106]

意謂：梅花在歲寒的季節開得特別美，在冰霜凝結之時又得獨開，看百花那能與她爭先呢？

其實，唐宋文賦皆有激賞梅花之作。如王禹偁（954－1001）《紅梅花賦並序》有「（紅梅）足使萬木羞恥，千花伏藏」[107]之句，高度讚賞紅梅。文同（1018－1079）《賞梅唱和詩序》一文有「梅獨以靜艷寒香，占深林，出幽境」[108]之語，指梅花艷香獨佔林木。

唐宋純詠梅的詩詞可分爲下列幾類：

甲、詠梅姿：唐代的詠梅詩詞並沒有細緻的描寫梅花姿態，

---

[105] 此事記錄於《晉書》卷四十〈賈充傳〉，其云：「（韓壽）美姿貌，善容止……（賈）充每讌賓僚，其女輒於青瑣中窺之，見（韓）壽而悅焉。……時西域有貢奇香，一著人則經月不歇，帝甚貴之，惟以賜充及大司馬陳騫。其女密盜以遺壽，充僚屬與壽燕處，聞其芬馥，稱之於充。自是充意知女與壽通……遂以女妻壽。」（見房玄齡〔578－648〕撰：《晉書》〔北京：中華書局，1974年〕，頁 1172－1173。）

[106] 同注[104]。

[107] 《全宋文》卷 138，冊 4，頁 231－232。

[108] 《全宋文》卷 1104；冊 26，頁 93－94。

多以粗枝帶葉的方式寫梅花臨溪傍水，路上梅、雪裡梅和枝上早開的梅花。及至宋代，才有細密的描繪。如北宋·晏殊（991－1055）的《瑞鷓鴣·詠紅梅》：

「江南殘臘欲歸時。有梅紅亞雪中枝。一夜前村、間破瑤英拆，端的千花冷未知。　丹青改樣勻朱粉，雕梁欲畫猶疑……。」[109]

作者先點出梅花開的季節是「殘臘欲歸」（殘冬將盡）之時，其狀態是「梅紅亞雪中枝」（梅花鮮明紅艷的附在披雪的枝上）、並且是「間破瑤英拆」（如瑤玉般的破開），而其色調是「勻朱粉」（朱紅色），美的程度是「欲畫猶疑」（難以描畫）。作者對梅花的描繪是細微而深入的。

乙、寫梅的神韻幽寂：唐代詩詞沒有注重描畫梅花的神韻。宋代詩詞則有注重梅花這方面的特點。如林逋（976－1028）《山園小梅》是寫梅花神韻的著名之作：

「疏影橫斜水清淺，暗香浮動月黃昏。霜禽欲下先偷眼，粉蝶如知合斷魂。」[110]

月下飄香的梅花在清淺的水旁，疏影交疊之下的神態。這清絕的

---

[109] 《全宋詞》冊 1，頁 102。

[110] 《全宋詩》冊 2，頁 1217。

情景足以使霜禽偷眼，粉蝶斷魂。

丙、寫梅雪相映：唐宋的詠梅詩詞皆以白雪和梅花相比，故此寫梅雪相映的作品甚多。如韓愈（768－824）《春雪間早梅》寫梅花與春雪相映，詩云：

「梅將雪共春，彩豔不相因。……芳意饒呈瑞，寒光助照人。玲瓏開已偏，點綴坐來頻。那是俱疑似，須知兩逼真。」[111]

梅與雪共享春光，彼此的光彩豔色不同。梅花盡呈祥瑞，而霜雪的寒光助之，使梅花更明豔照人。梅花晶瑩的開遍，雪花紛飛頻來點綴。梅與雪兩者皆相似，色澤難分。

丁、寫早梅開放：唐代以「早梅」爲題而又詠早梅的詩頗多，佔八份一（《全唐詩》收錄約十一首）。如（唐）戎昱（756－780 在世）的《早梅》：

「一樹寒梅白玉條，迥臨村路傍溪橋。應緣近水花先發，疑是經春雪未銷。」[112]

詩人寫梅花因爲近水傍溪而早開，如白玉般的橫臥溪橋，幾乎使詩人以爲是經春未銷的積雪。

戊、寫紅梅：詠紅梅的詩初見於唐而盛於宋。（唐）羅隱（833

[111] 《全唐詩》卷 343；第五冊，頁 3842。

[112] 《全唐詩》卷 270；第四冊，頁 3009。

−909）的《梅》（亦有題作《紅梅》）是現存最早的一首詠紅梅詩。詩云：

「天贈胭脂一抹腮，盤中磊落笛中哀。雖然未得和羹便，曾為將軍止渴來。」[113]

點出紅梅的特點：花瓣如胭脂紅，因為遲開，未能趕及和羹，卻曾讓人望梅止渴。胭紅、遲開自此以後成為紅梅被吟詠的特徵。蘇軾《紅梅》詩便有「怕愁貪睡獨開遲，自恐冰容不入時。故作小紅桃杏色，尚餘孤瘦雪霜姿」[114]之句。把紅梅遲開解作貪睡之故，把其紅色比作桃杏的淡紅。

在宋詞眾多詠梅作品之中，詠紅梅的亦不少，多有寄托。如晏殊的《瑞鷓鴣·詠紅梅》（越娥紅淚泣朝雲）[115]詞人借詠紅梅抒發自己對故鄉江南的思念之情。純粹頌詠紅梅的詞作可舉王安石（1021−1086）《西江月·紅梅》：

「梅好惟嫌淡佇，天教薄與胭脂。真妃初出華清池。酒入瓊姬半醉。……北人渾作杏花疑。惟有青枝不似。」[116]

---

[113] 《全唐詩》卷 656；第十冊，頁 7546。

[114] 《全宋詩》冊 14，頁 9316。

[115] 同注[109]。

[116] 《全宋詞》冊 1，頁 207。

指出梅花雖好，卻嫌清淡，故上天賦與胭脂色，成就紅梅。又把紅梅比作楊貴妃（716－756），而北方人不識紅梅，以爲是杏花，但梅的青枝與杏花不同。

己、寫墨梅：詠墨梅（以水墨繪畫的梅花）的詩歌不見於唐，只見於宋。誠然是唐代詠梅作品不多，愛好梅花的文人較少之故，何況唐朝人多鍾愛牡丹。宋代畫梅之風盛行，尤以水墨畫梅之法深得文人畫家喜愛，故此詩詞中有不少賦詠墨梅之作。如（宋）陳與義《和張規臣水墨梅四首》詩之一：

> 「巧畫無鹽醜不除，此花風韻更清姝。從教變白能為黑，桃李依然是僕奴。」[117]

張規臣（陳與義中表兄弟，約活動於十二世紀初）以水墨巧畫梅花，畫中梅花的風韻更顯清絕。縱使花朵由白變成黑，妖豔的桃花、李花依然不能媲美，只能充當其奴僕。這首詩高度稱揚了墨梅。其餘三首墨梅詩亦是詠賞梅花的清麗，最後作者在第四首詩中說：

> 「自讀西湖處士詩，年年臨水看幽姿。晴窗畫出橫斜影，絕勝前村夜雪時。」[118]

指張規臣自從讀過林逋《山園小梅》一詩後，每年都去水邊看梅

---

[117] 同注[76]，卷四，頁四。

[118] 同注[76]，卷四，頁五。

花幽姿。在明窗下繪畫出的梅花疏影，甚至比前村夜雪中開的梅花更加清絕。然而，在諸首詠墨梅的詩文之中，作者除了描寫梅花的清絕幽姿之外，往往亦會把畫梅一事寫入文章之中。例如前文的「巧畫無鹽醜不除」（《和張規臣水墨梅四首》之一）以及「晴窗畫出橫斜影」（《和張規臣水墨梅四首》之四）兩句，便把畫梅的活動輕描淡寫的溶入詩篇之中。相信這是詠墨梅詩文一個明顯的特點。

總括而言，唐代的詠梅作品以詩爲主（詠梅的文、賦、詞合共僅有三首），約近八十首。陳聖萌在其《唐人詠花詩研究——以全唐詩爲範圍》一論文，指出唐代詠梅詩的題材內容：

> 「梅花詩中有不少感懷作品，有的感物懷人，有的慨嘆時光的流逝。……在唐詩中尤以寄贈體的感懷詩特別多。……唐代的詠梅贈別及唱和詩不下二十餘首。」[119]

至於宋代，詠梅的詩共六百多首；詠梅詞數量高達一千首，文賦則數篇。唐宋的詠梅作品，內容比南北朝時期更加廣泛，包括借梅托思念，以梅自況，借梅諷喻小人。而純粹頌詠梅花之作亦不少。因此可以肯定的說，唐宋是詠梅作品興盛的時期。

3·3 唐宋詠梅作品的藝術特色

唐宋的詠梅作品，整體而言有以下的特色：

---

[119] 陳聖萌撰：《唐人詠花詩研究——以全唐詩為範圍》（台北：政治大學碩士論文，1982年），頁202－203。

一、有整首描寫梅花的作品：

唐以前的詠梅作品，多以早梅、落梅爲題，寫梅開、梅落，鮮有一朵朵梅花的特寫。即使以梅花爲題，亦僅有一、二句正面描繪梅花。唐以後，出現全首描寫梅花的作品，如戎昱（756－780在世）《早梅》(120)全首吟詠開於雪中的白梅；王初（806－820）《梅花》(121)二首寫了梅花埋怨春神尋約遲來。

二、寫梅不再單用白描，漸漸喜用典故：

南北朝詠梅作品（除卻詠梅賦）多用白描寫梅，少用故實。唐以後漸漸多用典故，如李嶠（644－713）《梅》中「若能遙止渴」(122)一句，運用了曹操帶軍，命軍中士卒望梅解渴的故事。和凝（898－955）《望梅花》一詞中，「何事壽陽無處覓」(123)一句便用了壽陽公主臥於含章殿一典。（以上兩典出處見第五章節1・2）

三、寫梅多樣化：

寫梅香、梅開、落梅、折梅，甚至梅花的神態，如殷堯藩（約827在世）的《友人山中梅花》：「臨水一枝春占早，照人千樹雪同淸。」(124)寫梅花臨水早開，與雪同淸之姿。也有寫梅花孤寂的，

---

(120) 同注(112)。

(121) 《全唐詩》卷491；第八冊，頁5559。

(122) 《全唐詩》卷60；第二冊，頁718。

(123) 《全唐詩》卷893；第十二冊，頁10090。

(124) 《全唐詩》卷492；第八冊，頁5573。

如李群玉（約 847 在世）的《山驛梅花》:「坐在幽崖獨無主」[125]，寫梅花無人欣賞的幽獨。足見唐代詠梅及描寫梅花的多樣化。

以上簡略地總括唐宋詠梅作品的共同藝術特色，從而窺見唐宋詠梅之作已異於南北朝。

3·4 梅花在唐宋作品的象徵意義

探討過唐宋詠梅作品的整體題材內容，以下會淺談唐宋時期梅花的象徵意義。由於宋代梅花的象徵意義會在本文下一章討論，此處我們只討論梅花在唐代作品中的象徵意義。究竟在唐代的詠梅作品中，梅花的意義何在？

一、梅花是思念征人的代表：

唐初諸篇詠梅詩文中，梅花的雪白往往使人想起塞外的白雪，勾起詩人思人念遠之情。久而久之，梅花順利成爲作家抒發思念征人的吟詠之物。沈佺期（？－713 左右）的《梅花落》首四句云：

「鐵騎幾時回？金閨怨早梅。雪中花已落，風暖葉應開。」[126]

閨中婦人藉著埋怨梅花的早開，表達對征人久去未歸的思念。怨

[125] 《全唐詩》卷 570；第九冊，頁 6614。
[126] 《全唐詩》卷 94；第二冊，頁 1034。

之深，思之切。

梅花成爲唐初思念征人的象徵，是源於魏晉南北朝時代。當時，陸凱有《贈范曄詩》一首，是折梅寄贈以表思念之作。自始梅花便代表了相思懷人。然而，梅花成爲懷念征人的象徵始於唐代，唐以前並沒有類似的詠梅作品。

二、梅花象徵孤芳高潔、遺世獨立：

一般人以爲梅花代表孤芳高潔是始於林逋的《山園小梅》。可是，早於林逋之前，隋代的侯夫人已把梅花這種特質表現出來。其《看梅二首》之二[127]「香清寒豔」、「天真」兩句，寫出梅花的天然去雕飾，以及寒豔清香，表現了梅花高潔的一面。「散與群芳自在春」一句點出梅花不願與群芳爭春、與世無爭，和孤高芳潔的一面。因此，趙義山謂：

> 「其實，最早揭示梅與世無爭、孤芳自賞這一層比德審美意義的，並不是一位山林隱士（林逋），而是隋煬帝宮中的一位宮女，她的名字已無從知道。前人在記載她的詩時稱她為侯夫人。」[128]

此評論說明梅花象徵孤芳高潔乃始於隋代。

在唐代的詠梅詩文，這種象徵意義得到更大的發揮。韓偓（844

---

[127] 《全隋詩》卷四，見《全漢三國晉南北朝詩》下册，頁 1726。
[128] 同注[70]，頁 71。

－923）《梅花》詩云：「梅花不肯傍春花，自向深冬著艷陽。」⑫⑨寫梅花不肯與眾花同放於春日，獨自在隆冬迎接艷陽而開。李群玉的《山驛梅花》進一步表現梅花的遺世獨立和孤獨無主：

> 「生在幽崖獨無主，溪蘿澗鳥為儔侶。行人陌上不留情，愁香空謝深山雨。」⑬⓪

把梅花孤獨開於幽崖，徒然飄香於深山，只有溪澗山鳥相陪的寂寞，淋漓盡緻的描繪了。

三、梅花代表才幹之士、窈窕淑女：

梅花凌寒獨開的特質早已爲南北朝文人發現。由於梅花與眾不同的情操，不少作家把它比喻爲君子淑女，以諷刺在朝的小人。梅花成爲才幹之士及美女的象徵。韓偓《湖南梅花一冬再發偶題於花援》一詩是讚美梅花的典型例子：「玉爲通體依稀見，香號返魂容易迴。寒氣與君霜裡退，陽和爲爾臘前來」⑬①梅花暗喻磊落君子。「妖桃莫倚東風勢，調鼎何曾用不材」⑬②謂小人而言，指如妖桃之小人不可調鼎，不能作國家棟樑，只能倚仗東風之勢（權勢）。前者是有爲之才士，後者是附勢的小人。

---

⑫⑨　《全唐詩》卷 680；第十冊，頁 7794。

⑬⓪　《全唐詩》卷 570；第九冊，頁 6614。

⑬①　同注⑩②。

⑬②　同注⑩②。

張九齡（678－740）《庭梅詠》亦有以梅比作有才之士。詩中有「芳意何能早，孤榮亦自危。更憐花蒂弱，不受歲寒移。朝雪那相妒，陰風已屢吹」[133]之句。劉維才評論：

> 「大意說懷濟世抱負的人不能早露頭角，孤高耿介也適足以自取危亡。三、四句拍合詠梅，讚頌梅雖弱而不為歲寒所屈。」[134]

由此可見梅花於唐代開始被視作有才華及濟世抱負之士的象徵。

梅花在政治上代表君子，在日常生活中卻成爲文人心目中的美女。宋璟的《梅花賦並序》[135]便以各仙子、美女比喻梅花。賦云：

> 「凍雨晚濕，夙露朝滋，又如英皇泣於九疑。」

把梅花於早晚爲露水、雨滴沾濕之貌，比作娥皇、女英（傳說兩人乃堯帝女兒，皆嫁舜帝為妃子）之泣於江南九疑山（舜登帝三十九年南巡而崩，兩人泣於此）。

> 「愛日烘晴，明蟾照夜，又如神人來自姑射。」

---

[133] 《全唐詩》卷 48；第一冊，頁 592。
[134] 同注[78]，頁 34－35。
[135] 同注[104]。

把梅花在紅日照耀、月光清映下的姿態，比作姑射神人[136]，是不同凡俗的仙子。

「狂飆捲沙，飄素摧柔，又如綠珠輕身墜樓。」

把風吹梅花飄落之景，比作南北朝的美女綠珠（晉石崇寵妓，約 265—316 時人）墜樓輕生之事。

「或嫵媚如文君，或輕盈若飛燕」

兩句更將梅花的嫵媚比作卓文君，將其輕盈之態比作趙飛燕（公元前 16 年被漢成帝立為后）。於是，梅花在文人心目中的美人、仙女形象正式建立了。

唐以前的詠梅作品，雖有描繪梅花的美麗，卻未有以梅比作美人。作品之中只是偶然加插美人折梅，展示人與梅花相輝映。梅花尚未能獨立成爲美女一形象。及至唐代，梅花才被歌詠成仙子美人，其孤芳高潔的品格進一步提升，梅花的地位更不用言喻。梅花成爲君子、美女的象徵始於唐代，卻盛於宋代。此象徵意義對宋代的文壇起著重大的影響。

---

[136] 《莊子·逍遙遊》：「藐姑射之山，有神人居焉，肌膚若冰雪，綽約若處子。不食五谷，吸風飲露。乘雲氣，御飛龍，而乎四海之外。」（見郭象〔？—312〕注、陸德明〔556—627〕音義：《莊子》，清光緒二年〔1876〕浙江書局，據明句德堂本校刻。）

梅花已成爲寄托各種情感的自然景物。無論感慨時間的流逝、世事的變遷（如盧僎《十月梅花書贈》）；或是以梅寫思鄉之情（如杜甫《江梅》[137]）；又或者以梅表達扶正之心、對人才的思慕（如白居易《新栽梅》[138]、元稹《賦得春雪映早梅》[139]）；又或是以梅花寄托爲官之難（如劉禹錫《詠庭梅寄人》[140]），皆借吟詠梅花而得以抒發。

梅花雖未能成爲唐代的國花，受歡迎程度亦遠不及象徵富貴的牡丹。但在唐代的諸篇詠梅作品之中，可以窺見梅花漸受文人的重視。詠梅的題材內容，亦由魏晉南北朝多詠梅花落、折梅，至唐代側重吟詠其凌寒、孤高、芳潔，借梅花寄托各種情感；題材內容確是擴闊了不少。故此，陳聖萌說：

> 「從六朝以來，梅花落的飄泊無依，到唐代詠梅詩讚美她的高風勁節，在詩人心目中，梅花的形象已大大轉變了。」[141]

這一節已粗略探討過唐宋詠梅作品的題材內容、特色，以及談論了唐代詠梅作品的象徵意義。下一章將會深入探討宋人心目中的梅花形象。

---

[137] 《全唐詩》卷 232；第四冊，頁 2555。
[138] 《全唐詩》卷 447；第七冊，頁 5025。
[139] 《全唐詩》卷 409；第六冊，頁 4542。
[140] 《全唐詩》卷 357；第六冊，頁 4021。
[141] 同注[119]，頁 192。

第二章　梅花在宋人心目中的形象

引　言

（宋）范成大（1126－1193）的《梅譜》云：

「梅，天下尤物，無問智賢愚不肖，莫敢有異議。學圃之士，必先種梅，且不厭多。他花有無多少，皆不繫重輕。」❶

意謂梅花是天下人士寵愛之物，不論賢與不賢、愚者或智者也不會提出異議。學習種植園圃的人，必定先種梅花，而且不會嫌多，其他花朵有無並不重要。這話帶出兩個訊息：一、梅花成為宋代廣受歡迎的花朵；二、當時植梅之風甚盛。

在這一章，筆者會從現存宋代的詠梅詩（包括題畫詩）、詠梅詞、文賦，以及一些談及梅花的雜文小說，探討一下梅花在宋人

❶ 范成大撰：《梅譜》，見周光培編：《宋代筆記小說》（石家莊：河北教育出版社，1995年），第九冊，頁49。

心目中的各種形象。從而或可窺見當時梅花極受歡迎的原因，了解梅花整體意象的改變。由《詩經》詠梅子，把它與愛情聯繫；至魏晉南北朝時期，出現真正詠梅花的作品，梅花成了相思懷人的象徵；再至唐代，詠梅詩文漸盛，梅花的意象更被擴闊了。梅花成爲詩人抒發一點點對征人的懷念、對政治的不滿，以及感歎個人身世的重要渠道。當時，梅花的象徵意義包括了征人、君子、旅客以及美人。那麼，宋代的梅花形象又如何呢？

第一節：梅花在宋人心目中的形象㈠——美人

1·1 梅花成爲美人形象的源由

梅花最早與人結下淵源，是始於《宋書》有關梅花妝的記敘：

> 「〔宋〕武帝女壽陽公主，人日臥於含章簷下，梅花落公主額上，成五出之花，拂之不去。皇后留之，自後有梅花妝，後人多效之。」❷

落花使人想起壽陽公主（南朝宋武帝〔356－422，420－422 在位〕之女）

---

❷ 今存沈約（441-513）《宋書》不見有此記載，轉引（宋）李昉撰：《太平御覽》（北京：中華書局，1963 年）第九百七十卷（果部七·梅），頁四二九九。此外，（唐）韓鄂（10 世紀）撰、（明）胡震亨（1569－1645）、毛晉（1599－1659）同訂：《歲華紀麗》（明德經堂刊本）亦有類似記載，詳見卷一，頁九。

躺臥含章殿下。於是，梅花的飄落不再是使人傷感的事，反而令人想起高貴而又瀟脫的公主。由於這個故事，梅花使人聯想到女士的梅花妝。自此以後，梅花更與女性結下不解之緣。

然而，梅花之所以能成爲一般文人心目中淡妝素服的美女，被當作一追求的對象、紅顏知己，始於柳宗元（773－819）的《龍城錄》。它記錄了一位隋朝將領於羅浮山遇見梅花仙子，與她把酒共談之事：

> 「隋開皇中趙師雄遷羅浮。一日天寒日暮，在醉醒間因憩，僕車於松林間，酒肆傍舍，見一女人淡妝素服，出迓師雄。時已昏黑，殘雪未消，月色徵明。師雄喜之，與之語，但覺芳香襲人，語言極清麗，因與之扣酒家門，得數杯，相與共飲。少頃，有一綠衣童子來笑歌戲舞，亦自可觀。師雄醉寐，但覺風寒相襲。久之，東方已白，師雄起視，乃在大梅花樹下，上有翠羽啾，相顧月落參橫，但惆悵而已。」❸

姑且不論故事的真假，可以肯定的是，文中提及的「淡妝素服」，「芳香襲人」以及「語言極清麗」的女子，就是梅花仙子。又以微明的月色，未消的殘雪，襯托出女子的清麗淡雅。最重要的是，這故事把梅花塑造成落難英雄及失意才子的知音。趙師雄（約581－604在世）因爲貶官南遷，心情抑鬱，買醉梅花樹下，偏偏遇上

---

❸（唐）柳宗元撰：《龍城錄》，見（清）陳蓮塘（19世紀）：《唐代叢書》（京都〔北京〕，琉璃廠刊本，清同治10年〔1871〕版），第七冊，頁十七。

淡妝素服的佳人，與他把酒相談，賦予慰藉。或許這只是趙師雄日有所思、夜有所想的夢而已；但由這故事開始，梅花便成爲文人的知音，在他們失意時予以慰藉的佳人。梅花成爲美女化身的形象便根深蒂固了。

若要數歷史上擁有梅花特質的美女，惟數梅妃了。

梅妃（約 713－757）本名江采蘋，爲高力士（約 684－762）甄選入宮，得唐玄宗（李隆基 685－762，712－756 在位）的寵幸。《梅妃傳》：

> 「自比謝女，淡妝雅服而姿態明秀，筆不可描畫，性喜梅，所居闌檻悉植數株，上榜曰梅亭，梅開賦賞至夜分，尚顧戀花下，不能去，上（唐玄宗）以其所好，戲曰梅妃。」❹

由於梅妃的出現，梅花與美人更是結合爲一。花即人，人即花。隋代趙師雄的夢幻美人到了唐代成爲真實。可是，這位梅花美人卻貴爲皇帝妃子，清高脫俗，非凡人所能觸及。

後，安祿山叛變❺，梅妃死於宮中。唐玄宗爲追悼她，命人

---

❹ （唐）曹鄴（850 在世）：《梅妃傳》，見《唐代叢書》第十三冊，頁六十一。

❺ 安祿山（？－757）乃唐代營州柳城（今遼寧朝陽南）胡人。由於懂多種蕃語，驍勇善戰，深得玄宗信任，兼任平盧、范陽、河東三節度使，擁兵十五萬。「安祿山……解六種蕃語，為互市牙郎。……二十八年，為平盧兵馬使。性巧黠，人多譽之。……玄宗益信嚮之。天寶元年〔公元 742〕，以平盧為節度……入朝奏事，玄宗益寵之。三載，代裴寬為范陽節度……。」（見〔後晉〕劉昫〔887－946〕等撰：《舊唐書》〔北京：中華書局，1975 年〕卷二百上，第十六冊，頁 5367－5368。）天寶十四年（公元 755），與史思明（703－761）在范陽起兵叛亂，南下攻陷洛陽。次年又遣軍攻破潼關，入長安大肆殺掠，玄宗被迫逃亡四川。直至 757 年春，安祿山才為其子殺害。（見周勛初主編、嚴杰、武秀成、姚松編：《唐人軼事彙編》〔上海：上海古籍出版社，1995 年〕卷十四，上冊，頁 733、737、739－742。）

畫其肖像掛於宮中。畫上題了一首描寫梅妃的詩：

> 「憶昔嬌妃在紫宸，鉛華不御得天真，霜綃雖似當時態，爭奈嬌波不顧人。」❻

這首詩實寫梅妃之態，亦描寫梅花之姿，一句「鉛華不御得天真」，既寫人亦寫花。梅妃不施鉛華而天生麗質，猶如梅花不施檀紅而天生潔白美麗。

以上是有關梅花與美人的故事。

由於這些故事，人們看到梅花總使人想起壽陽公主、羅浮夢的仙女、唐朝的梅妃。久而久之，梅花成了美女的象徵。然而，以花比美人，或以美人比花，兩者必有共通之處，才能使人聯想起來。而梅花與美人的主要共通點是美麗。一如顏崑陽（1948－）所云：

> 「我們何以將花與美人比並來看，當然是人、物二者之間，有其類似的體或質。通常，將二種藝術客體，藉主觀的想像類比在一起，不外源於二者間外在聲色樣態的近似，或內在精神特質的相像。」❼

---

❻ 同注❹，頁 64。

❼ 參顏崑陽：〈淺談宋詞中三個梅花意象——美人姿態、隱者風標、貞士情操〉，《明道文藝》1981 年 7 月，64 期，頁 91。

梅花與美人因爲外在「聲色樣態」相似，才使人以梅花比作美女，甚至把梅花當作美人來描寫：⑴梅花之貌，使人想起美人之容。李白（701－762）《清平調》（其一）詩句：「雲想衣裳花想容」❽。雖不是寫梅花，其意亦是因花之貌而想美人之容。⑵梅花色澤，讓人想起美人的肌膚。胡平仲（約十三世紀）《減字木蘭花・詠梅》「洗出鉛華見雪肌」❾，便因爲梅花的素白，聯想美人洗盡鉛華的冰雪肌膚。⑶梅花之姿，令人想起美人姿態。李清照（1084－？）《臨江仙・梅》就有一句：「爲誰憔悴損芳姿」❿，把梅之憔悴，比作人的憔悴。

梅花成爲美人的形象，主要有兩個原因：

一、基於傳統有關梅花故事的承襲，如前文提及的壽陽公主臥於含章簷下，趙師雄遇梅花仙子，以及真實人物梅妃等故事。讓人在詠寫梅花之時，自然的想起這些美人。

二、基於梅花外在的形貌，讓人聯想美人的儀容姿態。花因爲美麗、柔弱，總令多情的文人連想嬌弱美麗的女子。梅花亦不例外：潔白的花瓣，使人想到冰肌玉骨的美人；梅花美好多變的形態，宛如美人不同姿態。梅花的清香，仿似美人身上的香氣。

---

❽ （清）彭定求：《全唐詩》（北京：中華書局，1960年）卷890，第十二冊，頁10051；亦見張章、黃畬編：《全唐五代詞》（台北：文史哲出版社，1986年），頁31。

❾ 唐圭璋主編：《全宋詞》（北京：中華書局，1986年）冊5，頁3591。

❿ 《全宋詞》冊2，頁933。

1・2 兩類描寫梅花美人的題材

討論了梅花成爲美人形象的源由，現在讓我們探討宋代文人怎樣把梅花比作美人。

宋人描寫梅花，把它們化成仙女美人，寫出它各種姿態容貌。宋代諸篇詠梅的詩詞文賦中，把梅花比作美人，主要可分作以下兩種題材：

一、寫梅花容貌：

這類作品中，作家把梅花的容貌、色澤，比作美人的面容、肌膚；以梅花的潔白，比作美人的冰肌雪面；以其淡白天然的色澤，比作美人的素妝淡粉。蘇軾（1037－1101）《阮郎歸・梅詞》：「雪肌冷，玉容真，香腮粉未勻。」⓫把美人的雪白肌膚、如玉的面容，以及塗粉的香腮，比喻梅花晶瑩潔白、顏色天然。句句寫美人，卻又句句切合梅花特質。又如晏幾道（1105 在世）《蝶戀花》：

「月臉冰肌香細膩。風流新稱東君意。」⓬

詞人以明月般的臉兒、冰雪的肌膚，寫了一風流出衆的美人。這位出色的美人象喻梅花的冰清潔白、風流艷美的容貌。王詵（1069－1079 在世）《黃鶯兒》：

⓫ 《全宋詞》冊 1，頁 298。

⓬ 《全宋詞》冊 1，頁 224。

「誇嫩臉著胭脂，膩滑凝香雪。」⓭

僅僅簡單兩句便把美人的嬌嫩、白中透紅的粉臉、凝香細滑的肌膚盡道了。切合梅花而言，這兩句指它嬌嫩初開，白裡帶紅的顏色，細滑柔軟的花瓣。詞人以梅花的胭紅，比作美人玉臉上的胭脂。描寫生動活潑之餘，引人遐想。

其餘寫梅花容貌外表的，有何夢桂(1228－1274在世)《水龍吟》:

「天工付與，冰肌雪骨，暗香寒凝。」⓮

述梅花天生雪白、凝聚暗香。詞人以美人的「冰肌雪骨」形容梅花，因爲兩者皆擁有冰艷之美。無名氏《減字木蘭花》：

「要識芳容，除向瑤臺月下逢。」⓯

頌賞梅花如仙女般美艷，只能在仙界瑤臺才可會見。另一首無名氏的《相思引》點出梅花愛好自然，不好粉飾的特質：「天與肌膚常素嫩。玉面猶嫌粉。」⓰梅花嬌嫩、雪白，一如美人素白肌膚，美好的容顏嫌棄脂粉的塗飾。

⓭ 《全宋詞》冊1，頁273。

⓮ 《全宋詞》冊5，頁3155。

⓯ 《全宋詞》冊5，頁3639。

⓰ 《全宋詞》冊5，頁3630。

這一類詠梅作品在宋詞中俯拾即是，宋詩中亦非罕見，如王安石（1021－1086）《次韻徐仲元詠梅二首》其一云：

「肌冰綽約如姑射，膚雪參差是太真。」⓱

以姑射神人的冰肌，以楊太真（小字玉環，號太真，716－756）的雪膚比喻梅花的潔白晶瑩。總括而言，作家在詠梅的描寫中，往往借助美人玉面、冰肌、雪膚的特質，比喻梅花的冰潔美麗。這些比喻手法缺少喻詞（猶如、一般、似、像、宛若、彷彿等等），多用暗喻手法，形成梅花與美人渾成一體，梅花是美人，美人亦是梅花；筆者稱之爲「梅花美人」。

二、寫梅花之姿：

此類詩詞，把梅花各種形態、狀況比作美人的幽姿。讀者可以從美人的儀表、笑貌、姿態，觀察到梅花各種形態。范仲淹（989－1052）《提刑趙學士探梅三絕》之二，便以「玉顏須傍韶春笑」⓲寫美人的微笑，亦寫梅花在初春開放的情景。與此同時，詩人以美人的笑比喻梅花開放。花開總是美的，彷如美人的笑容，亦是美的。又如石延年（994－1041）的《紅梅》：

「未應嬌意急，發赤怒春遲。」⓳

⓱ 北京大學古文獻研究所編：《全宋詩》（北京：北京大學出版社，1991年），冊10，頁6628。

⓲ 《全宋詩》冊3，頁1095。

⓳ 《全宋詩》冊3，頁2005。

以美女心急等待，氣春遲來，氣得滿面通紅的情態，描寫紅梅。詩人把紅梅的遲開，化作美人恨春之遲來；把紅梅的色「赤」，化作人的「怒」赤（因怒而臉赤）。描寫生動有趣，不但帶出紅梅似美女發怒的嬌態，還點出紅梅遲開及色澤淡紅的特點。

在詞方面，詞人借助美人豐姿，更出色的描寫梅花形態。他們以女子的情態，比作梅花的橫斜、獨立等等的形狀、姿態。先看辛棄疾（1140－1207）《瑞鶴仙·賦梅》：

> 「溪奩照梳掠，想含香弄粉，艷妝難學。玉肌瘦弱，更重重，龍綃襯著。倚東風，一笑嫣然，轉盼萬花羞落。」⑳

詞人把梅花比作一個美麗的少女，對溪水梳掠，輕掃淡妝，個子清瘦，身穿重重的綢段羅衣，在東風下獨倚；只是嫣然一笑已使百花羞愧凋落。詞中描寫了少女的情態「一笑嫣然」、少女的活動「梳掠」、「弄粉」以及外表「玉肌瘦弱」，然而被描寫的對象卻是梅花。由此可見作者以梅花比作少女，借少女的嬌態繪畫梅花，使原來沒有情感的梅花擁有人的特質。

又如英（景定時人，約1212－1272）《浣溪沙·題李中齋舟中梅屏》云：

> 「玉人初上木蘭時，懶妝斜立澹春姿。」㉑

⑳ 《全宋詞》冊3，頁1955。

㉑ 《全宋詞》冊4，頁2894。

寫舟中梅花，作者把它化作美女；寫她初上蘭舟時是懶於妝扮，斜立於春日裡，卻又風姿綽約。詞句借女子的情態點出梅花橫斜、淡素的特質。梅花被移上蘭舟變成美人登舟；梅花的素白變成美人懶於梳妝；梅花橫斜的形態，變成美人斜立春日之中。

在宋代眾多詠梅作品之中，以美女情態比喻梅花可謂觸目皆是，有的幾乎全篇似寫美人，實寫梅花。有的只是一、二句，且看以下各例：

無名氏《念奴嬌》：

「獨自倚修竹，冰清玉潔。」㉒

寫如玉般潔白的梅花，獨開於修竹旁。詞人卻以美人的姿態表現梅花獨開，謂其「獨自倚修竹」，好像含情脈脈的少女，孤獨的倚著修竹等待。無名氏《擊梧桐》：

「瑞雪香肌，碎玉奇姿，迥得佳人風韻」㉓

以「香肌」、「奇姿」盡寫佳人「風韻」，同時道盡梅花清香、純白花瓣、擁有幽雅之姿的特點。陳三聘（大約生於公元 1130－1190 之間）《虞美人》：

㉒ 《全宋詞》冊 5，頁 3604。

㉓ 《全宋詞》冊 5，頁 3605。

「一枝梅玉似人人，索笑依然消瘦、不禁春。」[24]

寫梅花似美人，卻取笑美人消瘦、弱不禁風，點出梅花的清瘦蕭疏。

在宋人心目中，梅花是美女的化身。在諸篇宋代詠梅詩詞，作家總把它比作佳人、美女。當然，這是因爲梅花與美女之間有共同的特質——美麗。透過對美女儀容、姿態的描寫，把梅花的美形象化，讓讀者容易體會梅花的特質，也較易明白美的程度。以美人比喻梅花，本來只是希望把梅花的美態，具體而又形象化的表現出來；然而由於描寫技巧純熟，多用暗喻，形成梅花與美人渾然一體。因此，寫梅花容貌、梅花姿態，變成同時描述了美人的容貌、美人的風姿。本來用美人喻梅花，現在則見梅花而想起美人，把梅花寫成美人。

在宋代，究竟美人與梅花有什麼關係？

宋無名氏一首《如夢令·佳人》或可讓我們窺探箇中答案。詞云：

「韻似江梅標致，美似江梅多麗，清似臘梅香，白似雪梅香膩。非是，非是，我道梅花似你。」[25]

從這首詞可以看到：在宋文人心目中「佳人」（美女）是擁有梅花

---

[24] 《全宋詞》冊3，頁2030。

[25] 《全宋詞》冊5，頁3745。

的特質：標致有風韻、美麗而清雅、肌膚雪白透香。另一方面，梅花亦擁有文人心目中理想美女的各項條件：淡雅、清高、雪白、超脫、透香，似不吃人間煙火。

下文我們將進一步探討宋人心目中的這些美女形象，是如何透過對梅花的描寫表現出來。換言之，通過對梅花的描寫，可以洞察宋文人心目中的美女形象。

1·3 詠梅作品中的美女形象

宋代文人筆下的梅花與他們理想的美女擁有某些共同特質。透過詠梅詩詞的研究，我們可以窺視宋人心目中理想的美女形象。以下是梅花擁有的特質，這些特質塑造出一個特別的美女形象：

一、清瘦：

梅花的特質是枝瘦而清疏。正如楊則之（約 1028－1070？）《早梅》兩句：「有香終是別，雖瘦亦勝寒。」[26]雖然清瘦，但卻足以抵擋寒風。梅花「瘦」的特質於釋道潛（1101 在世）《梅花寄汝陰蘇太守》一詩中得以肯定。詩云：

「一樹輕明侵曉岸，數枝清瘦耿疏籬。」[27]

---

[26] 《全宋詩》冊 11，頁 7495。

[27] 《全宋詩》冊 16，頁 10762。

「清」、「瘦」明顯是梅花的特質。由於梅花「瘦」的特質，於是文人把梅花幻化爲美人時，她們亦帶有這種纖「瘦」美。且看陳造（1133－1203）《水調歌頭·千葉紅梅送史君》：

「曾是瑤妃清瘦，帝與金丹換骨，酒韻上韶顏。」㉘

詞意謂：紅梅曾像仙界的妃子一般清瘦，但因玉帝給予金丹靈藥，使她脫胎換骨，如醉酒一般令她紅暈飛上臉頰。三句實寫紅梅色「赤」，卻以美女的紅頰醉臉來媲美。要注意的是，這位仙界美人「瑤妃」（傳說是天帝之女，封於巫山）乃是「清瘦」的。清瘦的美女，是指一些清麗脫俗、身材修長而略爲有點偏瘦，卻惹人憐愛的女子。

再看辛棄疾（1140－1207）《念奴嬌》：

「彩筆風流，偏解寫、姑射冰姿清瘦。」㉙

「姑射冰姿清瘦」一句正指梅花。詞人把梅花化作《莊子·逍遙遊》中的姑射神人㉚，指其幽姿清瘦出衆。

其實，在詠梅作品之中，文人只想把梅花的特殊美態——「清瘦」表現出來。然而，這種特質卻令他們聯想起不少古代美人、

㉘ 《全宋詞》冊3，頁1726。

㉙ 《全宋詞》冊3，頁1892。

㉚ 詳見第一章，第三節，注⑬⑥。

傳說仙女，因而引述入文。這群被引用入文的美女，未必真的擁有清瘦的特質，卻被作者渲染塑造而成。

二、冰肌玉骨：

梅花（指白梅）天生雪白，擁有潔白的花瓣，又生於冰雪堆積之時，與雪相映，更顯冰潔，於是被文人幻化成冰肌玉骨、雪臉酥膚的美人。且看石延年（994－1041）《詠梅》詩的描寫：

「姑射真人冰作體，廣寒仙女月為容。」㉛

詩人把梅花比作姑射神人，以梅花之白比作神人之冰肌；以梅花的美比作嫦娥的容貌。梅花開始脫離其形體，變成文人心目中冰肌玉容的美人。又如蘇軾《憶黃州梅花五絕》其一，詩云：

「爭似姑山尋綽約，四時常見雪肌膚。」㉜

詩人把梅花寫成一位風姿綽約的絕色美人——姑山神人。以美女比作梅花，皆因彼此擁有冰雪肌膚。再看陳紀（1274 年進士）《念奴嬌·梅花》：

「玉質生香，冰肌不粟，韻在霜天曉。林間姑射，高情迥出塵表。」㉝

㉛ 《全宋詩》冊 3，頁 2007。
㉜ 《全宋詩》冊 14，頁 9617。
㉝ 《全宋詞》冊 5，頁 3392。

詞人以「玉質」、「冰肌」、「姑射」描寫梅花，亦描寫了一雪肌生香的林間仙子——姑射神人。由於她的冰肌玉骨、綽約之姿與梅花的容貌、姿態相同，故此文人在吟詠梅花之時，不自覺把梅花化為姑射神人；是見花思人，亦是想人而思花。

即使文人所詠的不是白梅，而是紅梅，這種「冰肌玉骨」的美人形象也沒有破滅。但如何解釋梅花的赤紅呢？蘇軾《紅梅三首》其一云：

「寒心未肯隨春態，酒暈無端上玉肌。」㉞

王沂孫（？－約 1289）《一萼紅·紅梅》：

「瓊奴試酒，驚換玉質冰姿。」㉟

皆把玉肌冰姿的美人醉酒，酒暈飛上臉容，比作紅梅的赤色。從這兩首作品可以肯定：紅梅在宋代文人心目中仍是冰肌玉骨的美人，紅梅之所以染「紅」乃美人醉酒所致，粉紅的酒暈沾染了冰雪的肌膚。

三、淡妝素服：

梅花雖然有不同種類，色澤主要還是白色、紅色及淡紅色，亦有淡黃色的梅花，名為臘梅。不論如何，梅花往往以單一的顏

㉞ 《全宋詩》冊 14，頁 9316。

㉟ 《全宋詞》冊 5，頁 3358。

色，生於沒有綠葉的枝上，給人清疏的感覺。純色的梅花、不鮮明的枝條，構成素淡的畫面。由於這種特質，梅花在宋文人筆下便成爲一位淡妝素服的美人。

先看張耒（1054－1114）《梅花》詩：

「月娥服御無非素，玉女精神不尚妝。」㊱

詩人把梅花比作月裡的嫦娥，指她喜素服、不尚妝。因爲梅花天生素淡，如月宮的仙女（嫦娥）淡妝素服，美麗動人。又如丘密（1135－1209）《一翦梅・梅》：

「瀟洒佳人淡淡妝，特地凌寒，秀出孤芳。雪為肌體練為裳。韻處天姿，不御鉛黃。」㊲

詞人寫梅花，亦是把它當作瀟灑淡妝的美人。她天生孤秀雪白，以潔白的絹爲衣裳，天然姿韻，不用上妝。（宋）王安石（1021－1086）詠梅詩云：

「不御鉛華知國色，秖裁雲縷想仙妝。」㊳

㊱　《全宋詩》冊20，頁13216。

㊲　《全宋詞》冊3，頁1746。

㊳　（清）吳寶芝（約18世紀）撰：《花木鳥獸集類》（台北：台灣商務印書館，1971年）上卷，頁34。

描述一個不用妝飾而國色天香的美人，她只以天上白雲爲妝束。

從以上作品得知文人利用梅花疏淡的特質，塑造出一淡妝素服的美女形象，並從神話傳說中選取一些形象相似的人物入文，形成既寫梅花，亦寫傳說中的美女。

四、超凡脫俗：

梅花在初開之時往往有白雪的陪襯，加上多生於偏僻的環境，在萬物酣睡之時已獨展幽姿，予人一種遺世獨立，不同凡俗的感覺。形成梅花成爲文人心中不食人間煙火的脫俗形象。如何見得？（宋）張功甫（張鎡，1153－1211）《梅品》有「花憎嫉凡十四條」，列舉梅花厭惡的十四條事項，其中包括：

> 「為醜婦、為俗子、為老鴉、為惡詩、為談時事。」㊴

從以上五項條例，可見梅花在文人心目中是超脫而不同凡俗的。它憎惡爲庸愚的醜婦、低俗的士子開花，爲污穢的禽獸、劣詩俗事而盛放。再看《梅品》中的「花榮寵凡六條」：

> 「為煙塵不染……為除地鏡淨落瓣不淄、為詩人閣筆評量、為妙妓澹妝雅歌。」㊵

㊴ （宋）張鎡撰：《梅品》，見王雲五〔1888－1979〕主編：《（明刊本）夷門廣牘》（台北：商務印書館，1969年）第十冊，卷二十三，頁八。

㊵ 同上，頁9。

梅花爲能夠生於一塵不染之地而感到榮耀，爲能令詩人閣筆評賞、令澹妝美女高歌而感到榮幸。從兩則「憎嫉」、「榮寵」條例，足見宋文人已將梅花幻化爲人，有其憎惡喜好。她不爲塵世所染，不爲俗事糾纏，是飄逸灑脫而又不食人間煙火的人。

在宋代的詩詞之中，梅花這種特質被吸收融會了，文人把梅花幻化爲不食人間煙火、超凡脫俗的美女。如張來（1054－1114）《臘初小雪後圃梅開二首》其二云：

「一塵不染香到骨，姑射仙人風露身。」[41]

描寫一位姑射神人，不爲世塵沾染，獨立於風雪之中。這位美女冰肌玉骨，世間罕有。又如崔鶠（1057－1126）《梅花》詩：

「仙子衣裳雲不染，天人顏色玉無瑕。」[42]

寫了雲爲衣裳，玉爲顏色的仙子。既非世俗的仙子，自然不食人間煙火，加上她的「不染」、「無瑕」，可稱絕色了。

梅花清疏、潔白、淡素、不同凡俗的特質讓宋代文人塑造出一個清瘦、冰肌玉骨、淡妝素服以及超凡脫俗不吃人間煙火的美女形象。這美女形象專爲讚美梅花的美而營造。另一方面，藉著對這種美女形象的描寫繪畫，梅花的美得以形象化、具體化。

---

[41] 《全宋詩》冊20，頁13299。

[42] 《全宋詩》冊20，頁13481。

1·4 歷史美人與梅花

梅花，因爲其特殊美態，被宋代文人塑造成心目中理想的美女形象。然而，爲了加強梅花的獨特美，他們從歷史裡引入一群與梅花有著共通點的美人。這些歷史上的美人可能是文人看見梅花時聯想出來，又或是因爲她們某些氣質與梅花相同，而被引入詩文。不論如何，文人也是爲了歌頌梅花的清秀亮麗，才引用這些美女。今逐一細探如下：

一、壽陽公主

壽陽公主是南朝宋武帝的女兒。《歲華紀麗》記載她臥於含章簷下，梅花飄落其額而成梅花妝（詳見本章節1·1）。後來此妝成爲六朝婦女的流行妝扮。因爲此故事，梅花與壽陽公主結下不解之緣。宋文人在詠梅之時，總把壽陽公主引入文中。如王禹稱（954－1001）《紅梅花賦並序》：

> 羞破壽陽之面，懶出閨房[43]。

指美艷的紅梅害怕會破壞壽陽公主美好的容貌，而不願走出閨房（不願開花及飄落）。作者以誇張手法寫紅梅的遲開。又如范仲淹（989－1052）《和提刑趙學士梅花三絕》，其二云：

---

[43] 四川大學古籍全宋文整理研究所編：《全宋文》（成都：巴蜀書社，1988年）冊4，頁231。

「靜映寒林晚未芳，人人欲看壽陽妝。」㊹

以壽陽公主的梅花妝來比喻梅花，寫人之欲看梅花。柳永（1034年進士）《瑞鷓鴣》（天將奇艷與寒梅）一詞：

「壽陽妝罷無端飲，凌晨酒入香腮。」㊺

詞人以壽陽公主比梅花，說她粉妝後無端飲酒，以致香腮泛紅。詞裡描寫的是淡紅色的梅花，卻以壽陽公主上妝及飲酒，比喻梅花由白變紅。姜夔（號白石道人，約1155－1221）的《疏影》在詠寫梅花時，把梅花飛落壽陽公主粉額一事記錄下來：「猶記深宮舊事，那人正睡裏，飛近蛾綠。」㊻「深宮」指含章殿，「那人」指壽陽公主。

二、王昭君

早於唐代，王昭君（西漢元帝時人，公元前三三年在世）已與梅花結下淵源。（唐）王建（768－？）《塞上梅》詩：

「天山路傍一株梅，年年花發黃雲下。昭君已歿漢使回，前後征人誰繫馬。」㊼

㊹ 《全宋詩》冊3，頁1905。

㊺ 《全宋詞》冊1，頁49。

㊻ 《全宋詞》冊3，頁2182。

㊼ 《全唐詩》卷298，第五冊，頁3376。

顏崑陽云：「昭君出塞，是非常哀怨淒美的故事，人很容易就將塞外的梅花，想像成昭君魂魄的幻化。」[48]事實在這首詩裡，詩人把天山塞外的梅花比作出塞和親的王昭君，兩者皆寂寞無人賞。

然而，把梅花化身爲王昭君的魂魄見於姜白石的詠梅詞《疏影》：

> 「昭君不慣胡沙遠，但暗憶，江南江北。想佩環，月夜歸來，化作此花幽獨。」[49]

詞意謂：王昭君不習慣匈奴的沙漠之地，暗想中原，故魂魄在月夜歸來，化作梅花。詞人把梅花的幽獨、淒清與王昭君的孤獨、出嫁塞外的哀傷聯繫起來。兩者皆有共通點——心靈上的孤單幽寂。

三、楊貴妃

楊貴妃與梅花可說沒有密切的關係；梅瘦環肥，很難把清瘦的梅花與豐滿的貴妃聯想一起。唯一讓文人在詠梅時想及楊貴妃，是因爲貴妃醉酒，以其醉臉比喻紅梅。《太真外傳》記載楊玉環醉中作舞，取悅龍顏之事：

> 「于木蘭殿時，木蘭花發，皇情不悅，妃醉中舞霓裳羽衣一

---

[48] 同注[7]，頁93。

[49] 同注[46]。

曲，天顏大悅。」㊿

貴妃醉酒是人所皆知之事，酒醉腮紅，文人便以貴妃的酒暈紅腮比作紅梅。如王沂孫（？－約 1289）《一萼紅·紅梅》：

「瓊奴試酒，驚換玉質冰姿。」[51]

「瓊奴」是指楊貴妃[52]。此處寫紅梅猶如貴妃試酒，一試之後令自己的冰肌玉質變為艷紅的色彩。王禹稱（954－1001）《紅梅花賦並序》把貴妃酒醉舞曲之事比作紅梅：

「驪山宴處，舞妃子之霓裳。向暖如醉，凌寒似傷。」[53]

指出紅梅向暖而開，其色澤紅如醉酒，不太耐寒，故「凌寒似傷」；又以梅於風中的擺動，比作妃子酒醉舞動的霓裳羽衣曲。

宋代文人亦有把梅之白與貴妃的膚白聯想在一起，如王安石

㊿ （宋）樂史（生卒不可考）：《太真外傳》（卷上），見《唐代叢書》第三冊，頁七十一。

[51] 《全宋詞》冊 5，頁 3358。

[52] 瓊奴：「瓊」本指玉，故「瓊奴」與「玉奴」同義。「玉奴」是楊貴妃字。鄭嵎（851 進士）《津陽門詩》：「玉奴琵琶龍香撥。倚歌促酒聲嬌悲。」。作者自注云：「玉奴乃太真小字也。」（見《全唐詩》卷 567，第九冊，頁 6563。）所以，「瓊奴」實指楊玉環。

[53] 同注[43]。

（1021－1086）《次韻徐仲元詠梅二首》便是一例。其二云：

「膚雪參差是太真。」[54]

可見貴妃之所以被引入詠梅作品之中，皆因貴妃醉酒，以及貴妃雪白肌膚的緣故。前者詠紅梅，寫其色澤；後者詠白梅、雪梅，寫其潔白晶瑩的外貌。

四、梅妃

梅妃由於十分喜愛梅花，又喜好淡妝素服，被唐明皇（玄宗）戲封爲梅妃。（詳見本章節1・1）由於這位美人的妝束像梅花一般素淡，又獲得「梅妃」封名，文人自然把她幻化爲梅花。如劉辰翁（1232－1297）《八聲甘州》（甚花間）詠春雪之時，曾言：

「招得梅妃魂也，好似去年春。」[55]

表達他渴望在雪中覓見梅花的心情，句中「梅妃魂」指梅花。在宋代的詠梅文學中，以梅妃作比喻的甚少，僅見於晁說之（1059－1129）《枕上和圓機絕句梅花十有四首》其中一首：

「莫道梅花取次開，馨香須待百層臺；不同碧玉小家女，寶

---

[54] 《全宋詩》冊10，頁6628。

[55] 《全宋詞》冊5，頁3324。

> 策皇妃元姓梅。」[56]

指出梅花之所以異於別的花卉，皆因她曾被封爲皇妃。「寶策皇妃元姓梅」一句暗點了梅妃受唐明皇戲封之事。

最後，可引尹文的評論作結：

> 「從宋人詞作中，較常被引入詠梅詞裡的美人是壽陽公主、王昭君、楊貴妃。壽陽公主因其『梅花妝』而生發聯想，王昭君因其哀怨淒美，而聯想梅花的幽獨，楊貴妃則是對梅花色彩的聯想……聯想的內容是多樣的：有的著眼於色態，有的著眼於氣質，有的著眼於精神，從而使梅花意象的內涵豐富了。」[57]

這評論雖然就宋詞而言，但可以引伸至宋代其他詠梅文學。它概括指出壽陽公主、王昭君、楊貴妃這些歷史美人與梅花的關係，說明引入她們的作用和效果：「使梅花意象的內涵豐富了。」

1·5 宋人以梅花喻美人的動機

宋人以梅花喻美人，相信有以下三個原因：

一、使梅花的美更具體、更形象化：

---

[56] 《全宋詩》冊21，頁13775。

[57] 尹文：〈評介「宋詞中梅花意象的三種類型」〉《古典文學知識》，1989年4期，頁124。

若純以文字描繪梅花，不外乎清瘦、潔白、雪白、清疏、橫斜等等……看來易明易懂卻又抽象的字詞。偶然爲之則清新可喜，經常使用則顯得千篇一律、平淡無奇。因此，使用其他藝術手法（如比喻、意象）會令文章更多變，更具吸引力。

以花喻美人是自古以來的一種手法。透過美人的雪膚玉顏可以讓人具體感受梅花的優美：它的潔白，變成了美女的冰肌玉骨，使人有了觸覺；它的清疏，變成了美人的纖瘦，使人有了視覺；它的幽獨，變成了美人的孤寂獨倚，使人有了心靈的體會；而它的清純淡白，變成了美人的淡妝素服，使人有了視覺。於是，本來抽象的美感，突然間能以多種感官去領會和欣賞。梅花的美態亦變得具體和形象化。

二、基於文人心理渴求的反映：

所謂「十年寒窗無人問，一舉成名天下知」，宋代文人在沒有成名之前不外是一介寒士，一無所有。「真正屬於他們的只有那清風朗月，只有那冰魂玉骨般的月下疏花，在那深切的惜花之情中，也確有寒士們一份對美艷佳人的渴慕。」58由於這份渴慕之情、惜花之意，致令文人每見梅花便聯想起內心渴慕的美人；在詠讚梅花之時，不知不覺亦將梅花化作美人來頌讚。如斯，文人一方面藉此寄托對美人的渴求意願；另一方面，讓他們在苦讀、飄泊、游宦的孤寂生活中獲得慰藉。梅花幻化而成的美人似乎成爲他們的紅顏知己。

---

58 趙義山著：《君子的風範——松竹梅蘭》（成都：四川人民出版社，1996年），頁29。

三、使文章內容豐富多采：

平鋪直敘的詠梅作品，不論作者的用字遣詞多麼高明，總會令人感到乏味。爲何？皆因缺乏一個想像空間。然而，把梅花幻化爲美人，或引入歷史洪流的美女故事，可令讀者的想像空間無盡擴大。讀者的思緒隨著這些美人飄到遙遠的年代，飄進仙人美女的領域。所以，把梅花塑造爲美女，既可增加作品的吸引力，使作品的內容豐富多姿。此外，被引用的美人，因爲多爲人們熟悉，無形中增添了一份親切感。以上三個因由，以首兩點爲主，後這點爲次。

總結全節，可以肯定梅花在宋人心目中能夠成爲美女的形象，是基於兩大源由：

一、梅花的各種特質，如清瘦、潔白、一塵不染、幽獨、素淡等等，與宋文人心目中的淡妝素服的美女形象相同。於是，梅花被塑造成冰肌玉骨、清高、樸素、超凡脫俗而又不食人間煙火的美女。

二、由於梅花某些氣質、形貌與古代某些美人相同，文人每見梅花便聯想起歷史上的美女；久而久之，梅花便成爲她們的化身。然而，文人引用壽陽公主、王昭君、楊玉環等等美女，也是爲了歌詠梅花的獨特氣質。除了歷史美人，還有傳統有關梅花的故事，如趙師雄於羅浮夢見梅花仙子之事。

最後，我們可以繪畫以下一圖作結：

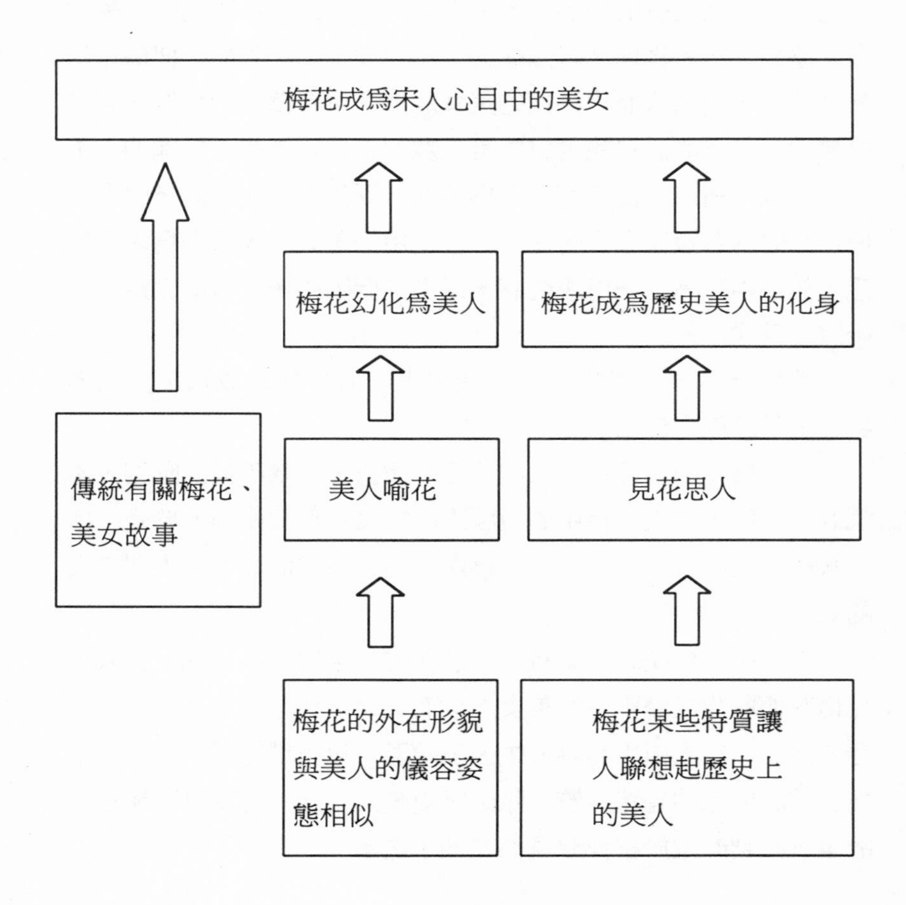

第二節：梅花在宋人心目中的形象(二)——隱士

2·1 梅花成爲隱士形象的源由

梅花與隱士[59]拉上關係，主要基於兩個原因。一、梅花擁有隱士某些特質；二、著名的宋代詠梅詩人林逋（諡和靖，968－1028）是一位愛梅成痴的隱士。前者讓梅花與隱士形象結合，後者則加強梅花的隱士形象。

那麼，梅花究竟擁有隱士什麼特質呢？

一、生於孤寂的時地：

「梅花開在冬末春初，正值百花紛謝之時。」[60]

梅花生長、盛開之時正當群芳凋零，形成梅花予人獨開於寒風的孤寂之感，有「眾人皆醉我獨醒」[61]的意味，與隱士的「眾人皆

[59] 劉文剛云：「隱士窄的含義是隱居山林的士；寬的是凡是沒有做官的士——包括棄仕的士，皆可稱隱士。」（見《宋代的隱士與文學》〔成都：四川大學出版社，1992年〕序言，頁 2。）此節所論的隱士，乃指窄義的退居山林之士。他們大都懷抱治世的理想，滿腹經論，卻因求士失敗，或懷才不遇，退隱山林，以琴棋書畫自娛，過著閑適自由的生活。

[60] 聞子良、聞荃堂：《花卉的栽培與藥用》（北京：中國農業科技出版社，1988 年），頁 156。

[61] 屈原：《楚辭》卷七〈漁父〉云：「舉世皆濁我獨清，眾人皆醉我獨醒。」（洪興祖〔1090－1155〕撰《楚辭補注》〔台北：天工書局，1989 年〕，頁 179。）本指眾皆巧佞我獨清廉，筆者此處借指眾芳凋零梅獨開。

市我獨隱」有異曲同工之妙。當各士子努力求功名，爲仕途而奔波於市朝之時，他們卻隱居避世。

梅花生於孤寂之時，長於孤靜之地。「蘇州的鄭蔚山及其附近山塢……其他如廣東大庾嶺羅浮山，成都青陽宮，武昌東湖的梅嶺，杭州西湖的疏山，南京的梅花山，無錫的梅園，也廣植梅花。」62除了「青陽宮」及「梅園」，梅花的生植地點多是山村野嶺，這不正是與隱士所居的山林暗合了嗎？於是，梅花在特殊生植時地之下，已暗藏隱士的特質。

顏崑陽云：

> 「從空間上說，野生的梅花都長在高山幽谷、水驛荒村。因此，它又表現出一種遠離塵俗、孤獨不群的精神。而冷寂自處、孤獨不群，正是隱逸精神的表徵。」63

正好印證前文的論點，梅花在其生長空間中已帶有隱士的風範。

二、幽香不為蜂蝶知：

梅花由於生植的環境特殊，即使花朵開得燦爛，清香飄遠，也沒有蜂蝶得知。宋人王令（1032－1059）《梅花》詩云：

> 「清香芬敷去何遠，可惜不使蝶得知。」64

---

62 同注60，頁156。

63 顏崑陽：〈淺談宋詞中三個梅花意象——美人姿態、隱者風標、貞士情操〉《明道文藝》1981年7月，64期，頁94。

64 北京大學古文獻研究所編：《全宋詩》（北京：北京大學出版社，1991年）冊12，頁8125。

指出梅花的清香未得蜂蝶知曉。這與退居山林的隱士，空懷才智而不為人所知，品格清高而不為人賞識，不正是相同？

劉文剛《宋代的隱士與文學》一書云：

「宋代特殊的社會狀況，是隱逸之風昌盛重要因素，北宋期，經過長期的休養生息，社會呈現一派百業興旺的太平景象。士人普遍懷抱理想和大志，然而在經歷求仕失意的痛擊之後，很多人便隱居起來，過著琴書自娛，逍遙自在的生活。」㊿

此段引文揭示了宋代士人之所以隱居，主要因為求仕不得，抱負未舒，空有才學而不為世用，故以隱居暗渡餘生。梅花枉有清香而不為蜂蝶知，正是隱士空有才華品德而不為世用的反映（當然，亦有些隱士是刻意收藏自己的才識，不屑出士於世。）。一方面說明了梅花與隱士共通之處，一方面解釋為何不少隱士也鍾愛梅花。

三、孤芳幽獨：

梅花本是一種生於冬末春初的霜花，由於眾芳零落，梅花顯得孤立獨開，幽靜自處。宋王十朋（1112－1171）《點絳唇》有一句：

「巖壑深藏，幾載甘幽獨。」[66]

---

[65] 劉文剛：《宋代的隱士與文學》（成都：四川大學出版社，1992年），頁4。

[66] 王十朋《點絳脣》云：「蠟換梅姿，天然香韻初非俗。蝶馳蜂逐。密在花梢熟。巖壑深藏，幾載甘幽獨，因坡谷，一標題目，高價掀蘭菊。」（見《全宋詞》冊 2，頁 1353。）

點出了梅花寂寞開於深壑的情況，同時指出梅花與世無爭的特質，如吳潛（1196－1262）《聲聲慢》云：

「平生自甘寂寞，占冷妝，不為人妍。」(67)

梅花天生素淡，不爲別人妝容，甘於寂寞。這種孤立獨開，深藏不露的特點，帶有隱士孤芳自賞，甘於平淡的心理特質。

從以上三點可見，梅花於外在客觀條件已擁有隱士某些特質。難怪宋代不少詠梅作品把梅花塑造成隱士。宋代文人對梅花的審美要求，也帶點隱士的影子。宋范成大《梅譜》後序云：

「梅以韻勝，以格高，故以橫斜疏瘦，與老枝怪奇者為貴。」(68)

其中「格高」、「瘦」、「老」、「怪」、「奇」就有隱士之態。「格高」本指梅花格調清高，但宋代的隱士何嘗不要求自己品格清高，與眾不同？在一般人心目中，隱士確有這種風範，前有晉朝的陶潛（約 370－427），後有宋代的林逋爲典範。劉文剛云：

「隱士清心寡欲，淡泊自甘，潔身自好，在人們心目中，是道德的化身，高尚的典範。」(69)

---

(67) 唐圭璋主編：《全宋詞》（北京：中華書局，1986 年）冊 4，頁 2735。

(68) 范成大：《梅譜》後序，見《筆記小說大觀（五編）》（台北：新興出版社，1974 年），第 3 冊，頁 1731。

(69) 同注(65)，頁 12。

不僅梅花以「格高」爲美，隱士以「格高」爲典範。梅花以「瘦」、「老」爲依歸，隱士亦以貧窮寒酸爲準則。「在以清貧爲高尚的傳統觀念影響下，宋代一些隱士也過著非常貧窮的日子。」[70]他們皆以「寒酸爲榮，以窮爲高尚」[71]，靠著先人遺下的薄產過活，僅足一家糊口，卻窮得心安理得。因爲貧窮才會瘦弱易老，所以「瘦」「老」可謂古代貧窮的反映，亦是清瘦隱逸者外貌的投影。

再看看宋人張鎡的《梅品》，文中提及「花宜稱凡二十六條」，其云：

> 「為澹陰、為曉日、為薄寒、為細雨、為輕煙、為佳月、為夕陽、為微雪、為晚霞、為珍禽、為孤鶴、為清溪、為小橋、為竹邊、為松下、為明窗、為疏籬、為蒼崖、為綠苔、為銅瓶、為紙帳、為林間吹笛、為膝上橫琴、為石枰下棋、為掃雪煎茶、為美人澹妝篸戴。」[72]

點出廿六種適宜梅花生長開放的氣候、環境及狀態。若細察這些條文，前者全是山林所見的氣候、景象，而「珍禽」、「孤鶴」則是山野的禽鳥。「竹邊」、「松下」並非鬧市尋常見；「蒼崖」、「綠苔」則明顯是鮮人到訪之地。至於「橫琴」、「下棋」、「掃

---

[70] 同注[65]，頁 39。

[71] 同注[65]，頁 40。

[72] （宋）張鎡撰：《梅品》，見王雲五主編：《（明刊本）夷門廣牘》（台北：商務印書館，1969 年）第十冊，卷二十三，頁八。

雪」、「煎茶」是閑適的生活細節，皆是隱逸者的寫照。

除了「爲美人澹妝篸戴」一項，其餘廿五項條文塑造了隱士的居住環境，四時所見，以及日常的生活。梅花適宜生長的外在環境，是隱士追求的理想隱居之所；梅花「宜稱」的狀況，是隱逸者平常生活的反映。故此，在宋人心目中，梅花多少帶著隱士的影子。因爲梅花「宜稱」廿六條正值塑造了一完全符合隱士逍遙隱居的環境。簡單而言，若把「花宜稱凡二十六條」改名爲「隱士宜稱凡二十六條」也未嘗不可。

梅花不但在客觀條件中擁有隱士某些特質，就連宋人對梅花的審美要求也帶點隱士的影子。這兩個要素讓梅花順理成章成爲隱士的形象。然而，強化梅花在文學作品（凡指詠梅作品）中的隱士形象，則始於宋代林逋的出現。《宋史》〈林逋傳〉記載他隱逸的一生：

> 「林逋，字君復，杭州錢塘人，少孤力學，不為章句，性恬淡，好古、弗趨榮利，家貧、衣食不足晏如也。初放遊江淮間，久之歸杭州，結廬西湖之孤山，二十年足不及城市，真宗（趙恒，968－1022，998－1022在位）聞其名，賜粟帛、詔長吏歲時勞問……既卒、州為上聞，仁宗（趙禎，1010－1063，1023－1063在位）嗟悼，賜謚和靖先生。」[73]

林逋隱居西湖二十年，雖有才學而不趨求榮利，是宋代著名的隱

[73] （元）脫脫（1313－1355）：《宋史》（北京：中華書局，1977年）卷457，第十九冊，頁13432。

士。平生最愛養鶴植梅。（宋）沈括（約 1031－1095）《夢溪筆談》：

「林逋隱居杭州孤山，常畜兩鶴，縱之則飛入雲霄，盤旋久之，復入籠中。」74

明田汝成（1526 進士）《西湖遊覽志》卷二亦云：

「逋字君復、隱居孤山，徵辟不就，構巢居閣，繞種梅花，吟詠自適，徜徉湖山、或連宵不返；客至、則童子放鶴招之。」75

林逋以游山玩水為樂，以養鶴為娛，以植梅自適。難怪有人在他去世之後，為他植梅放鶴：

「既葺處士（林逋）之墓，復植梅數百本於山，構梅亭於其下。郡人陳子安以處士無家、妻梅而子鶴，不可偏舉，乃持一鶴放之孤山，構鶴亭以配之。」76

除了得到「梅妻鶴子」之稱號外，由於林逋寫下不少優秀的詠梅

---

74 （宋）沈括著：《夢溪筆談》（上海：上海古籍出版社，1980 年）上冊，頁 402。

75 （明）田汝成撰：《西湖遊覽志》，見王雲五主編：《四庫全書珍本五集》（台北：商務印書館，1975 年），卷二，頁四十一。

76 同上注，頁 71。

詩詞[77]，使他成爲著名的詠梅及愛梅隱士。如《山園小梅》便是千古傳頌的詠梅詩。其一云：

> 「眾芳搖落獨暄妍，占盡風情向小園，疏影橫斜水清淺，暗香浮動月黃昏。霜禽欲下先偷眼，粉蝶如知合斷魂。幸有微吟可相狎，不須檀板共金尊。」[78]

這首詩把梅花獨開於眾芳搖落之時，橫斜於清水之旁，僅有黃昏淡月相伴的姿韻盡情表露了。梅花何等清高，卻又甘於寂寞！月下孤清的梅花，誰能否定不是作者個人的投射？

《宋林和靖先生集》〈林集續刻〉評論了林逋的品格和詩文：

> 「和靖先生之品之詩之書，都澄澹高逸，似不食人間煙火。」[79]

「澄澹高逸」是隱士的風格，「不食人間煙火」是姑射神人的特質。兩者同屬梅花的特點：清高、飄逸而又脫俗不沾塵。因此，

---

[77] 林逋詠梅詩詞多散失，現存詠梅詩詞僅約十首，《全宋詩》收錄共八首詩（見《全宋詩》冊2，頁1217－1218、1243），《全宋詞》收錄則有一首詞：《霜天曉角》（冰清霜潔），另存詠詞目《天曉霜角》（翦雪栽冰）一首（見《全宋詞》冊1，頁7）。

[78] 《全宋詩》冊2，頁1217。

[79] （宋）林逋：《宋林和靖先生集》（婺源：清蔭堂，1895年），第二冊，〈林集續刻〉部，頁五。

林逋「之品之詩之書」實隱含了梅花特質。

由於愛梅、詠梅，以梅自許，加上隱士的身份，使林逋成爲後世詠梅詩詞中被吟詠的對象。尹文在〈評介「宋詞中梅花意象的三種類型」〉一文說：

> 「他（林逋）不但是真正隱逸者，而且以梅花知音自許，寫了不少詠梅詩詞。因此，他的形象也逐漸成為人們詠梅詞中的意象，生發出各種聯想，梅花與隱士形象之間的關係也更為密切了。」[80]

這段評論並不誇張，因爲辛棄疾（1140－1207）《浣溪沙・種梅菊》一詞曾言：「自有淵明方有菊，若無和靖即無梅。」[81]宋代諸篇詠梅作品中，提及林和靖的俯拾皆是。此詞只是其中一例。詞中以晉朝著名隱者陶淵明暗比菊花，又以宋代林和靖比作梅花。當然並非指兩人似花般清瘦，而是點出兩人與孤芳自賞的菊花、幽獨的梅花，擁有的共通之處——清高。一句「若無和靖即無梅」揭示了林逋已成爲梅花的形象。詠梅的作品鮮有不提及林和靖的，敘述林和靖的文章少有不提及梅花的。由於林逋是酷愛梅花的隱士，梅花的隱士形象便更加穩固了。

因爲梅花生長之時地特殊，加上幽香不爲蜂蝶知、孤芳幽獨，早已擁有隱士的影子。而宋人對梅花的審美要求，部份可放諸隱

---

[80] 尹文：〈評介「宋詞中梅花意的三種類型」〉《古典文學知識》1989年4期，頁125。

[81] 《全宋詞》冊3，頁1901。

士身上。這使隱士與梅花的形象結合起來。然而，加強梅花與隱士的關係，鞏固詠梅作品中的隱士形象，則有賴愛梅成痴的林和靖。他是著名的隱士，又遺下不朽的詠梅詩詞，使世人在詠梅之時，自然的聯想起他。

2·2 詠梅作品中的隱士形象

追溯過梅花成爲隱士形象的源由後，以下將會探討詠作品中的隱士形象。究竟梅花被塑造成怎樣的隱士形象？爲回答此問題，筆者多次翻閱宋代諸篇詠梅的詩詞文賦，現淺析所得結論：

一、自甘寂寞，不求賞識：

（宋）葛長庚（又名白玉蟾，1194－1229）《酹江月·詠梅》一詞便帶出梅花這項隱士特徵。詞云：

「孤村籬落，玉亭亭，為問何其清瘦。……甘受淒涼，不求識賞，風致向高妙。松挨竹拶，更堪霜雪僝僽。」[82]

點出梅花「清瘦」的外形，生於「孤村」的冷落；然而，卻又自甘寂寞淒涼，不求別人賞識。而梅花天生芳香，姿韻不凡，卻不爲人知。李邴（字漢老，1085－1146）《漢宮春》云：

「空自憶，清香未減，風流不在人知。」[83]

---

[82] 《全宋詞》冊4，頁2582。

[83] 《全宋詞》冊2，頁949。

反映梅花「風流」不爲人知，好像深山隱居之士，空有才學品德而無人得知。或許對梅花（隱士）而言，雖然不求人賞識，但本身既有幽香（才華學識）而沒人知曉，內心或多或少不免有點唏嘘，所以詞中有「空自倚」之句。然而，梅花（隱士）還是自甘幽獨，所謂「巖壑深藏，幾載甘幽獨。」[84]

二、清高孤立，恥與俗爭：

梅花被宋文人灌注了隱士清高的氣質，梅花的清高見於它不與桃李群芳爭艷一點。呂本中（1084－1145）《宣州竹・墨梅》云：

「恥同桃李困春容，肯向毫端開發、兩雲中。」[85]

梅花羞恥與桃李同開於春天，卻願意開於筆墨畫紙上。邵雍（1011－1077）《和商守宋郎中早梅》詩云：

「恥與百花爭俗態，獨殊群艷占先春。」[86]

梅花羞與百花爭俗艷，故獨占早春開放。這種不與群花爭春的特質，恰與隱士不和世人爭名逐利、甘願退居山林的氣質一樣。梅花清高的本質，更見於它不欲被蜂蝶慕採一事，熔鑄了隱士不爲俗世小人沾污的品格。宋無名氏《臨江仙》有一句：

---

[84] 同注[66]。

[85] 《全宋詞》冊 2，頁 939。

[86] 《全宋詩》冊 7，頁 4465。

「素艷不容蜂蝶採，清香自有人知。」[87]

吳可（宋徽宗宣和〔1119－1125〕時人）《探梅》詩云：

「飽霜分疏瘦，下笑浪蕊繁。喜無蜂蝶知，那與桃李言。」[88]

一詞一詩皆言明梅花不容蜂蝶飛近，恥與桃李同語，表現梅花清高自許的品質。這品質正是隱逸者的反映。

三、退居僻處、遠離塵俗：

梅花生於偏僻之地，自開自謝，歷來爲文人所歌詠。宋人描繪梅花所生環境，亦帶有隱逸色彩。如趙長卿《鷓鴣天·賞梅十首》之七云：

「溪橋山路，竹籬茅舍，淒涼風雨。」[89]

點出梅花所生之地是「溪橋山路」旁，所居環境是「竹籬茅舍」。而這種環境正是隱居者的寫照。如無名氏《滿江紅》描寫山林寒雪中的梅花，詞云：

「林外溪邊，深深見、一林寒雪。惟覺有、襲人襟袖，暗香

[87] 《全宋詞》冊 5，頁 3640。

[88] 《全宋詩》冊 19，頁 13015。

[89] 《全宋詞》冊 3，頁 1780。

不絕。」[90]

梅花生長的環境是寒雪之中、林外溪邊，是鮮有人知、罕有人見的地方。再如宋無名氏《選冠子》一詞：

> 「山色遠，水聲長，寂寞江頭路。小橋斜渡。人靜銷魂處。……竹籬茅舍，斜倚為誰愁。」[91]

詞人見到梅花的地方是在山遠水長的「寂寞江頭路」，在寂靜銷魂的「竹籬茅舍」。從以上各詞可見梅花帶著隱士的影子，「隱居」在山林之中、江水溪橋之旁、竹籬茅舍之內。梅花擁有隱逸者離開塵俗、退居僻處那種反樸歸真的特質。

梅花在宋文人筆下，被塑造成(1)自甘寂寞、不求賞識，(2)清高孤立、恥與俗爭，(3)退居僻處、遠離塵俗的隱士形象。難怪楊海明評論說：「在很多宋人詠梅詞中，梅花被賦予了『竹籬芧舍也甘心』的『隱逸』之思。」[92]又云：「到了南宋梅花更被人認作『茅舍疏籬』的『隱士』之象徵，而不像唐人那樣有時還將它『開放』在『玉堂』之上。」[93]梅花之所以被描繪成爲這種隱士形象，固然因爲它擁有一般隱逸特質，但隱士林和靖所起的作用也不能忽視。

---

[90] 《全宋詞》冊5，頁3619。

[91] 《全宋詞》冊5，頁3606。

[92] 楊海明（1942－）著：〈只因誤識林和靖，惹得詩人說到今——談宋人的詠梅詞篇〉《唐宋詞縱橫談》（蘇州：蘇州大學出版社，1994年），頁219。

[93] 同注[92]，頁220。

2·3詠梅作品中的林和靖

討論了詠梅作品中的隱士形象，現在探討一下宋代詠梅文學作品中的林和靖。林和靖是真正的隱逸者，顏崑陽說：

> 「他愛梅成痴，那是主觀情懷外射於物的自然表現。梅花本有隱逸者的質性，自然成為林逋的精神寄託。」[94]

他帶出一重要訊息：梅花因爲擁有隱逸者的特質，故深得林逋的寵愛，成爲他精神的寄託。爲何梅花深得其愛？皆因和靖本身就是一隱逸之士，梅花藏著他的影子，自然深得寵愛，正所謂惺惺相識。

文同（1018－1079）在《賞梅唱和詩序》道出梅花受歡迎的原因：

> 「梅獨以靜艷寒香，占深林，出幽境。當萬木未競華侈之時，寥然孤芳、閑澹簡潔，重為恬爽清曠之士之所矜賞。」[95]

因爲梅花寒香清艷，獨處深林幽境，孤芳閑澹等等的特質，故深得「清曠之士」欣賞。這「清曠之士」明顯是指與梅花有共通本

---

[94] 同注[63]。

[95] 四川大學古籍全宋文整理研究所編：《全宋文》（成都：巴蜀書社，1988年）冊26，頁93。

質的隱逸者。故此，我們可以理解林逋痴愛梅花的原因——梅花擁有清曠隱逸的特質，是他精神的寄托。我們又能明白爲何詠梅作品中多論及林和靖——因爲梅花本身有林逋（清曠之士）的影子。

那麼，究竟宋人如何寫他呢？

根據宋代詠梅諸篇詩詞文賦，文人在作品中提及林逋主要表達了以下三種情感：

一、讚頌其詠梅之作：

宋人江萃（1155－？）《滿江紅》序已表現對林逋詠梅詩的激賞：

> 「客有索賦梅詞者，余應之曰：『自林和靖詩出，光前絕後矣。姑以此意賦之可也。』」[96]

其詞更明言：

> 「唐宋諸公，誰道得、梅花親切。到和靖、先生詩出，古人俱拙。寫照乍分清淺水，傳神初付黃昏月。儘後來，作者鬥尖新，仍重疊。」[97]

可謂對林和靖推崇備至，極言他的詠梅詩深得梅花神韻，唐宋諸人皆不及，後人賦梅不外重複其言。如宋人李復（1052－？）《觀

---

[96] 《全宋詞》冊 3，頁 2195。

[97] 同上注。

梅》詩：

「苦無疏影橫斜句，深愧林逋處士詩。」[98]

同是讚賞林逋詠梅詩句出眾，自愧不如。再看王庭珪（1079－1171）《滿庭芳·梅》一詞：

「水邊竹外，斜出兩三枝。最好西湖月下，林處士、著意吟時。何須說，揚州舊日，何遜更能詩。」[99]

認爲林和靖比昔日的何遜[100]更能道出梅花的神韻姿態。諸如此類詩詞明顯讚美林逋詠梅的才華，卻婉轉的揭示只有林和靖的才情（既有與梅花共通的隱逸情懷，又有相當的才華學識）才能寫出梅花的清絕幽姿。

二、林逋乃梅花的知心：

宋人無名氏《江城梅花引·和趙制機賦梅》云：

---

[98] 《全宋詩》冊19，頁12474。

[99] 《全宋詞》冊2，頁820。

[100] （南朝梁）何遜有《詠早梅》詩：「兔園標物序，驚時最是梅。銜霜當路發，映雪擬寒開。枝橫卻月觀，花繞凌風台，朝灑長門泣，夕駐臨邛懷。應知早飄落，故逐上春來。」（《全梁詩》卷九；見丁福保輯《全漢三國晉南北朝詩》（北京：中華書局，1959年）下冊，頁1155。）此詩寫於揚州，故（唐）杜甫（712－770）《和裴迪登蜀州東亭送客逢早梅相憶見寄》詩有云：「東閣官梅動詩興，還如何遜在揚州。」（見《全唐詩》卷226；〔北京：中華書局，1960年〕第四冊，頁2437。）何遜詠梅之才，歷來為人讚頌。

「逋仙（林和靖）千載獨知心。別無人，淚痕深。長是自開自落成自陰。白石（姜夔）後來疏影句，饒綺麗，總輸他、清淺吟。」[101]

點出千古以來只有林逋才是梅花的知音，即使姜白石有《暗香》、《疏影》詞，也未能及。方岳（1199－1262）《賀新涼》亦帶有相近之意，詞云：

「除卻林逋無人識，算歲寒、只是天知己。休弄玉，怨遲暮。」[102]

謂天下只有林逋懂得賞識梅花，林逋之外只有上天是知己。而吳潛（1196－1262）《聲聲慢．和吳夢窗賦梅》更表達自從和靖逝世後，梅花幽香無人賦的寂寞之情：

「平生自甘寂寞，占冷妝、不為人妍。林逋去，問影疏香暗，誰賦其間。」[103]

此類題材多見於詞作，鮮見於宋詩及文賦之中。不論如何，林逋以梅花的知音出現於詠梅詞作，讓人更感覺到他與梅花不可分割

---

[101] 《全宋詞》冊5，頁3822。
[102] 《全宋詞》冊4，頁2840。
[103] 《全宋詞》冊4，頁2735。

的關係。此種知音關係，其實早已見於林逋個人詞作《霜天曉角》之中：

「剪雪裁冰，有人嫌太清，又有人嫌太瘦，都不是我知音。誰是我知音？孤山人姓林，一自西湖別後，辜負我到如今。」[104]

詞人以梅花口吻，道出唯有自己才是知音人。於是，梅花的知音人順理成章的非林和靖莫屬了。

三、林逋去後、空餘幽香：

方岳《花心動・和楚客憶梅》一詞云：

「遜在揚州，逋老孤山，芳信頓成消歇。江南茅屋今安在，疏影瘦、衹堪歎息。」[105]

表現林逋不在，芳信成消歇的感慨。茅屋雖在，疏影卻無人再詠，空餘歎息。葛長庚《酹江月・詠梅》亦感嘆和靖不在：

「爭奈終是冰肌，也過了幾箇，晴昏雨曉。冷艷寒香空自惜，後夜山高月小。滿地蒼苔，一聲哀角，疏影歸幽渺。世無和

[104] 林逋《霜天曉角》（剪雪裁冰），見（清）陳夢雷（1651－1741）原編、蔣廷錫（1669－1732）編：《古今圖書集成》（台北：文星書店，1964 年）〈草木典（三）〉卷二百十一，梅花部，頁 21。

[105] 《全宋詞》冊 4，頁 2845。

靖，三花兩蕊不少。」[106]

作者以「冷艷寒香空自惜」暗喻梅花的知音人不在，又以蒼苔、哀角之景暗托知音人已去的悲涼。然而，爲何會把懷念林逋之情入於詠梅作品呢？一、固然因爲和靖與梅花有不可解之緣（他愛梅、植梅、詠梅而其品格又有梅花氣質），他不在確爲人惋惜。二、借林逋不在突顯梅花的孤芳幽獨。梅花唯一的知音人孤山林處士也逝去，本已幽冷的梅花此身將寄誰？以林逋逝去烘托梅花的孤寂。

除此以外，宋詞提及林逋的尙有：

「孤山嫩寒放曉，尚憶前詩。黃昏顧影，說橫斜、清淺今誰。」[107]

「總被西湖林處士，不肯分留風月。」[108]

「東閣郎官巧寫真，西湖處士妙傳神。」[109]

印證詠梅作品（尤其是詞作）之中，林逋的影像俯拾即是。

梅花冷寂自處、孤芳自賞的精神，透過林和靖這真實的隱士具體的表現了。在宋代諸篇詠梅文學作品中，提及林逋的，主要因爲讚賞其詠梅詩的清絕，視他爲梅花的知心人，以及敘述他去

---

[106] 《全宋詞》冊4，頁2583。

[107] 句出自葛長庚《漢宮春・次韻李漢老詠梅》，見《全宋詞》冊4，頁2585。

[108] 句出自辛棄疾（1140－1207）《念奴嬌・賦梅花》，見《全宋詞》冊3，頁1916－1917。

[109] 句出自葛勝仲（1072－1144）《浣溪沙・賞梅》，見《全宋詞》冊2，頁725。

後，空餘幽香。雖然沒有直接把林逋比喻爲梅花，或把梅花幻化爲林逋，但他卻與梅花緊密環扣。在宋文人心目中，林和靖是痴愛梅花的隱士、詠梅的奇才，又是梅花的知音。於是詠梅之時，自然少不了他的影子。正如顏崑陽所言：

> 「梅花與隱士之間的聯想，在林逋之後的詞中，便益形密切。於是梅花在美人意象之外，又標立了隱士意象了。」(110)

梅花與隱士之間的密切聯想，並非僅見於林逋之後的詞，亦見於宋詩之中，卻以宋詞最多。

總　結：

梅花能夠成爲隱士的形象，除了因爲它具有隱士孤高不群的特質外，亦能追溯至宋代文學思想的背景：

> 「北宋初期，由於剛經歷五代十國之亂，儒家的綱常名教名存實亡，一時不易恢復，而統治者又大力提倡道、釋，對隱居山林的道士僧人予以特殊的恩寵，主張三教合流。」(111)

由於統治者的提倡，山林隱逸之風甚盛，審美眼光亦趨向淡雅。

---

(110) 同注(63)，頁95。

(111) 張毅著：《宋代文學思想史》（北京：中華書局，1995年），頁42。

於是：

「梅之淡雅、高潔的形象，則成為文人吟詠的主題。」[112]

梅花在宋人心目中是：一、自甘寂寞，不求賞識；二、清高孤立，恥與俗爭；三、退居僻處、遠離塵俗的隱士。而這種隱逸形象得到宋代真正隱士林逋的強化，林逋把自己的影子投射於梅花之中。自他以後，詠梅作品日漸繁多，所以宋人王淇（字袓猗，生平不可考）《梅》詩云：

「不受塵埃半點侵，竹籬茅舍自甘心，只因誤識林和靖，惹得詩人說到今。」[113]

最後值得一提的是，宋人把梅花寫成隱士的形象，主要借以寄托自己清高的品格、高潔的情操。另一方面，借隱士的形象，活靈活現的描寫梅花孤高的特質。

---

[112] 陳彩玲：《南宋遺民詠物詞研究》（台北：政治大學碩士論文，1984 年），頁 125。

[113] （明）王象晉（1604 進士）輯：《二如亭群芳譜》（汲古閣重刻本）（果譜·卷一），頁廿一。

附　錄

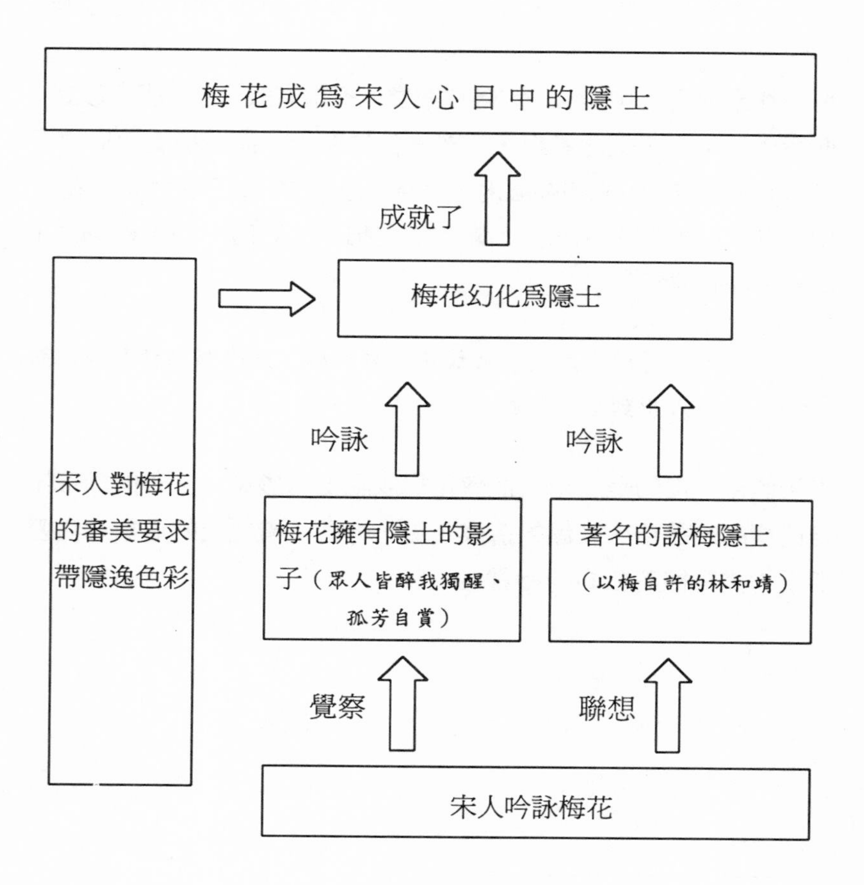
梅花成爲宋人心目中的隱士
成就了
宋人對梅花的審美要求帶隱逸色彩
梅花幻化爲隱士
吟詠
吟詠
梅花擁有隱士的影子（眾人皆醉我獨醒、孤芳自賞）
著名的詠梅隱士（以梅自許的林和靖）
覺察
聯想
宋人吟詠梅花

第三節：梅花在宋人心目中的形象㈢——貞士

3·1 梅花成爲貞士形象的源由

在探討此問題之前，必須先解釋何謂貞士？

貞士是指「志節堅定，操守方正士」[114]，「貞」是「操守堅定不移；忠貞不二」[115]之意。《禮記·檀弓下》：「昔者衛國有難，夫子以死衛寡人，不亦貞乎！」[116]可見貞士是凡指保守操情，忠貞不二的人。在朝爲士，則以死衛國，對朝廷社稷忠心；在國爲民，則貧賤而不可易志。一如（明）方孝孺（1357－1402）《家人箴·慮遠》所云：「貧賤而不無者，志節之貞也。」[117]

梅花之所以能成爲貞士的形象，主要原因是它傲雪凌霜的特質。顏崑陽先生說：

> 「任何一種物象，經過吾人主觀情意的觀照和詮釋，都可能產生多種的象徵意義。……就以梅花而論，它存在的特殊時

---

[114] 漢語大詞典編輯委員會：《漢語大詞典》（香港：三聯書局、上海：上海辭書出版社，1987－1995年），第10冊，頁48。

[115] 同注[114]。

[116] 清乾隆13年敕撰：《欽定禮記義疏》，（王雲五主編：《四庫全書珍本八集——欽定禮記義疏》）（台北：商務印書館，1978年）卷十三，檀弓下第四之二，第五冊，頁二十五。

[117] （明）方孝孺著：《遜志齋集》（清道光丙年〔1823〕重刊本）第二冊，卷一，頁三十四。

空背景，可以詮釋為冷寂自處、孤獨不群的隱逸精神，也可以詮釋為堅貞弘毅、不畏難苦的君子情操。因為它在嚴寒的風雪中，傲雪耐寒，獨放清香。」[118]

由於這種耐寒特質（在凛冽的寒風中不屈折，在眾芳凋謝之時毅然盛放），梅花成爲群花的勇者、文人心中的貞士。它好像一位堅守個人情操的君子，在惡劣的環境之中也不屈服，在眾人（眾花）屈服之時卓然獨立。黃永武云：

「梅最令人欽佩之處，當然是由於它能衝寒犯雪、保持其迥然出群的性格，冰霜為它的節操作證，桃李因它的冷艷失色。」[119]

可見，梅花成爲貞士的形象並非無因，它確實擁有貞士不屈不撓的高尚情操。

梅花貞士一形象的描寫可追源至唐代。鄭述誠（唐代宗 762－779 時人）《華林園早梅》詩云：

「獨凌寒氣發，不逐眾花開。」[120]

---

[118] 顏崑陽：〈淺談宋詞中三個梅花意象——美人姿態・隱者風標・貞士情操〉《明道文藝》1981 年 7 月，64 期，頁 90－97。

[119] 黃永武著：《中國詩學——思想篇》（台北：巨流圖書公司，1979 年），頁 25。

[120] （清）彭定求：《全唐詩》（北京：中華書局，1960 年）卷 782，第十一冊，頁 8835。

以及唐人陸希聲（？－895？）《梅花塢》：

「知君有意凌寒色，羞共千花一樣春！」[121]

兩首詩描繪梅花傲雪凌寒而開，沒有因天氣惡劣而埋藏自己；又不願與眾花爲伴，同開盛春。一如貞節之士不甘與小人爲侶，即使遇到苦難困厄，仍然堅守個人情操。

宋以前，梅花的貞士形象並不明顯。及至宋朝，貞士形象才多次出現於詠梅作品中。以下將探討宋人筆下的貞士形象。

3·2 宋人筆下的梅花貞士

宋代諸篇詠梅作品之中，梅花隱含了貞士形象的描寫不算少，主要見於詩詞中，尤以宋詞爲最。在宋詩之中，此貞士形象不太明顯，只能從詩句中隱約體會。如唐庚（1071－1121）《劍州道中見桃李盛開而梅花猶有存者》一詩：

「向來開處當嚴冬，桃李未在交游中。」[122]

透露梅花開於嚴寒之中，桃李不能及，不能與它交游。隱含貞士不屈，不與小人同俗的形象。

---

[121] 《全唐詩》卷689，第十冊，頁7913。

[122] 北京大學古文獻研究所編：《全宋詩》（北京：北京大學出版社，1991年）冊23，頁15037。

然而，究竟梅花的貞士形象是怎樣的呢？以下將深入探討。由於貞士的形象多見於宋詞，故會以宋詞裡的詠梅作品爲例。

一、傲雪凌霜、羞殺桃李：

梅花凌寒的特質，猶如貞士不畏艱辛苦困的精神；梅花使桃李羞愧，仿似貞士讓小人羞殺一般。反映梅花這種貞士特質的作品，有張孝祥（1132－1169）《清平樂・梅》：

> 「吹香嚼蕊、獨立東風裡。玉凍雲嬌天似水。羞殺夭桃穠李。如今見說闌干，不禁月冷霜寒。隴上驛程人遠，樓頭戍角聲乾。」[123]

以梅花獨立寒風中，使桃李羞愧，以喻戍守邊城的貞士，同樣受盡冷風吹襲，卻甘心保衛國家。又如向子諲（1085－1152）《虞美人》：

> 「江頭苦被梅花惱，一夜霜鬚老。誰將冰玉比精神，除是凌風卻月、見天真。情高意遠仍多思。只有人相似。滿城桃李不能春，獨向雪花深處、露花身。」[124]

把「冰玉」比作梅花的高尚情操，其凌風而開的特質，更是滿城桃李不能及。這種「冰玉精神」又何嘗不是貞士的反映？

---

[123] 《全宋詞》冊3，頁1711。

[124] 《全宋詞》冊2，頁955。

二、任由風雪欺凌、群花嘲笑：

梅花在宋文人眼中是與眾不同的，因它任由風霜吹打、群芳諷譃，也堅持於寒風中開花。一如貞士受盡折磨、被小人嘲笑戲譃，也堅守個人情操，忠心不二。此類貞士形象見於宋代諸篇詠梅詞，如蕭泰來（1229－1253 在世）《霜天曉月·梅》：

> 「千霜萬雪。受盡寒磨折。賴是生來瘦硬，渾不怕、角吹徹。」(125)

以及趙長卿《探春令·賞梅十首》其八：

> 「雨孱風瘦，雪欺霜妒，時光牢落。怎奈向、天與孤高出眾，一任傍人惡。凡花且莫相嘲譃……。」(126)

前者指出梅花天生瘦硬，不怕風雪折磨、號角催落。後者點出梅花受雪欺霜妒，但由於天賜孤高出眾的氣質，故任由別人惡言誹謗。於是，一個不畏強權惡勢力，不畏他人嘲弄的貞士形象被塑造出來了。

三、雖被欺凌、終能調鼎(127)：

---

(125)　《全宋詞》冊 4，頁 2858。

(126)　《全宋詞》冊 3，頁 1780。

(127)　調鼎：鼎，乃古時煮食用的鍋。梅子，可作調味品，故有「調鼎和羹」之說。（見本文第一章節 1．2）借喻宰相之職，輔佐治國的大臣。（唐）孟浩然《都下送辛大之鄂》詩有云：「未逢調鼎用，徒有濟川心。」（《全唐詩》卷 160，第三冊，頁 1641。）喻懷才不遇。

梅花生時為風雪所欺，其價值之處在於花朵凋零後所結的梅子。梅子能和羹調味，好比一貞士受盡磨折，仍然胸懷抱負，一心報效朝廷社稷。反映梅花這種貞士特質的作品，有宋無名氏《臨江仙》：

「而今雖被霜雪欺。和羹終待手，金鼎自逢時。」[128]

一副不懼霜雪欺負，只等和羹的堅忍形象。又如曾鞏（1019－1083）《賞南枝》：

「霜威莫凌持。此花根性，想群卉爭知。貴用在和羹，三春裡，不管綠是紅非。攀賞處、宜酒卮。醉撚嗅、幽香更奇。倚欄干、仗何人去，囑羌管休吹。」[129]

說明梅花本性耐寒，叫霜雪不要耀武揚威，點出梅花貴在和羹之時。作者又把梅花聯繫到塞外羌管之聲，可見梅花使人聯想到戍守邊塞的愛國貞士。

在宋文人心目中，梅花具有傲雪凌霜、羞殺桃李的氣質，任由風霜欺凌、群芳嘲笑的灑脫，以及雖被欺凌、終能調鼎的價值。這些特點正是貞士不畏艱苦磨折、強權欺壓，堅守個人高尚情操的反映。他們使小人羞愧，不畏旁人嘲笑。他們的價值在於擁有

---

[128] 《全宋詞》冊5，頁3640。

[129] 《全宋詞》冊1，頁199。

堅貞的情操，以及報效國家的心志。最後，節引俞玄穆《宋代詠花詞研究》一節作結：

> 「不經一番寒徹骨，焉得梅花撲鼻香？梅花突霜破雪，傲立於歲寒中，這種堅忍勁節的風範，乃是貞士的典型，故宋代詞人每以此狀梅，用以言其志，自抒其情。」[130]

3·3 宋代貞士與梅花

梅花擁有貞士的特質，故不少宋人以梅花言其志，寫其情。在芸芸眾多文人中，尤以陸游（號放翁，1125－1210）爲典型例子。《宋史》〈陸游傳〉記載：

> 「陸游字務觀……蔭補登仕郎，鎖廳薦送第一，秦檜孫塤適居其次，檜怒至罪，主司明年試禮部主事，復置游前列，檜顯黜之。由是為所嫉，檜死始赴福州寧德簿。」[131]

陸游雖具經緯之才，卻受強權奸臣（秦檜 1090－1155）壓制，仕途坎坷。然而，他堅守個人情操，沒有向惡勢力低頭，一生正直，無時無刻的憂民憂國[132]，可謂宋代典型的貞士。他把這種堅貞的情

[130] 俞玄穆著：《宋代詠花詞研究》（台北：政治大學碩士論文，1985 年），頁 127。

[131] （元）脫脫：《宋史》（北京：中華書局，1977 年）卷 395，第十七冊，頁 12057。

[132] 陸游為人正直不阿，一生憂心國事。《宋人軼事彙編》卷十七云：「（陸游）昔為館職時，嘗因奏事極言治亂，舉笏指御榻曰：『天下奸雄，睥睨此座者多矣！陛下

懷寄托於不畏風霜的梅花中，形成梅花強烈的貞士形象。如《卜算子·詠梅》：

「驛外斷橋邊，寂寞開無主。已是黃昏獨自愁，更著風和雨。無意苦爭春，一任群芳妒。零落成泥碾作塵，只有香如故。」[133]

梅花於驛外寂寞開放、無人欣賞，它本身已滿是愁緒，卻又遭風雨吹打。詞人借以比喻自己懷才不遇，兼遭奸人諂害。作者以梅花無意與群芳爭鬥，任由她們嫉妒，比喻自己無心與小人爭權，任由他們妒忌。最後以梅花凋謝而清香依舊，比作自己即使身死軀亡，亦堅守高風亮節的情操。又如《朝中措·梅》云：

「幽姿不入少年場，無語只淒涼。一箇飄零身世，十分冷淡心腸。江頭月底，新詩舊夢，孤恨清香。任是春風不管，也曾先識東皇。」[134]

須好作，乃可長保。』明日，仁祖以其語語告大臣曰：『陸（游）軫（太傅之諱）淳直如此！』」（見丁傳靖（1870－1930）輯：《宋人軼事彙編》〔台北：商務印書館，1982 年〕下冊，頁 849。）他絕筆之作《示兒》一詩更充分見其愛國之心，詩云：「老去元知世事空，但悲不見九州同，王師北定中原日，家祭無忘告乃翁。」（《劍南詩稿》卷 85，見《陸游集》〔北京：中華書局，1976 年〕第 4 冊，頁 1967。）顯示詩人至死亦不忘國事，其忠愛社稷之心可見。

[133] 《全宋詞》冊 3，頁 1588。

[134] 《全宋詞》冊 3，頁 1584。

表現梅花的孤寂淒涼，一如貞士懷才不遇，遭受冷落。陸游是宋代貞士的代表，亦是酷愛梅花的詩人。其五言絕句詩《梅花》第三首云：

「欲與梅為友，常憂不稱渠。從今斷火食，飲水讀仙書。」[135]

除了暗示梅花是不吃人間煙火的仙界之物，同時表現作者熱愛梅花的個性。他很想與梅花爲友，只恐怕自己是凡夫俗子而不配。此外，陸游幾乎把自己與梅花渾爲一體，其七言絕句詩《梅花》第三首云：

「何方可化身千億，一樹梅花一放翁。」[136]

有梅花的地方就有陸游的影子。陸游的出現，強化梅花貞士的形象。正如顏崑陽所言：

「在宋詞的詠梅作品中，是陸游突顯了貞士的意象。他徹底地將梅花堅貞的精神，發揮到他的詠梅作品中。為梅花在冰肌玉骨、孤獨不群的意象之外，又標立了一個堅貞弘毅的意象。」[137]

---

[135] 陸游著：《劍南詩鈔》（上海：掃葉山房，1915 年），第六冊，頁二。

[136] 同上注，頁十九。

[137] 同注[118]，頁 96－97。

宋代不少文人借梅花的傲雪凌寒，以喻己堅貞不易之志；又或是以己高尚的情操，藉著對梅花的吟詠而抒發出來。於是，梅花順理成章成爲宋人心目中的貞士形象。

附　錄

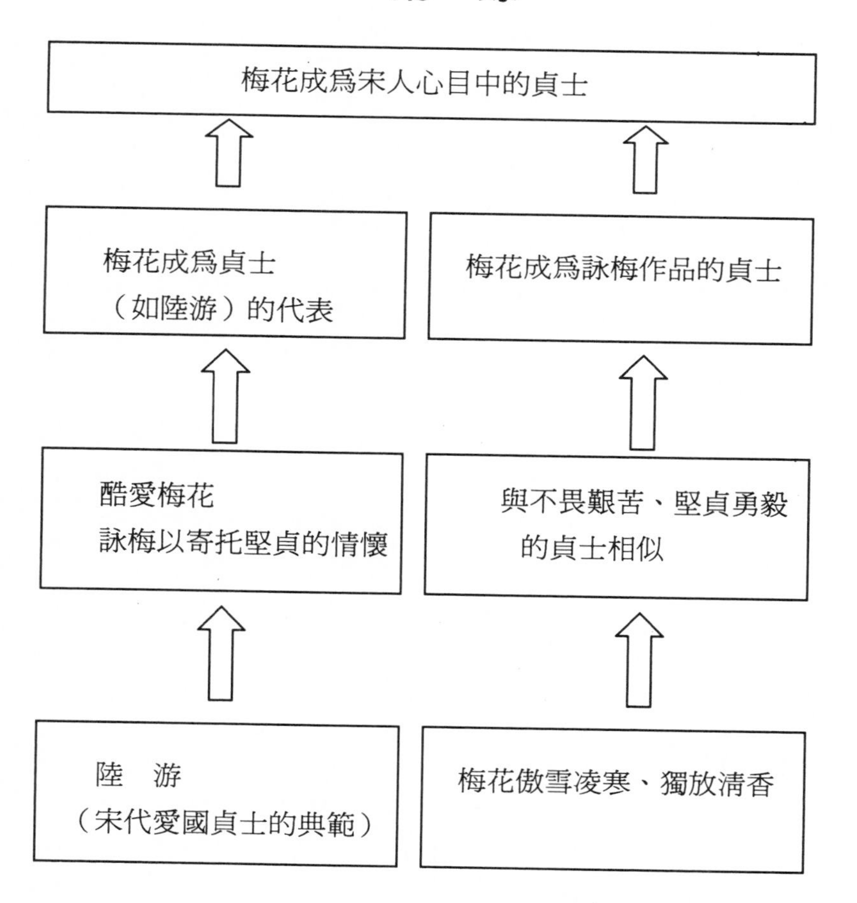
梅花成爲宋人心目中的貞士
梅花成爲貞士
（如陸游）的代表
梅花成爲詠梅作品的貞士
酷愛梅花
詠梅以寄托堅貞的情懷
與不畏艱苦、堅貞勇毅
的貞士相似
陸　游
（宋代愛國貞士的典範）
梅花傲雪凌寒、獨放清香

第三章　南宋詠梅詞盛興的原因

引　言

宋代是詠梅詞作的繁盛時期。唐圭璋《全宋詞》所載宋代詠梅詞約一千首，而詠梅句子則達二千九百多句❶。尤以南宋（1127－1179）時期的詠梅之作爲盛。這一章將從外在客觀環境的影響，文人愛梅之風，以及結社蓄妓等各方面，探討南宋梅花詞興盛的源因，研究南宋時期有甚麼因素造就詠梅詞的繁盛。

第一節：外在客觀環境的影響

1·1 政治環境

宋代自徽宗（趙佶，1082－1135，1101－1125在位）、欽宗（趙桓，1100

---

❶ 此數據乃南京師範大學中文系教授鍾振振（1950－）先生應筆者請求，利用電腦軟件統計《全宋詞》所得。唐圭璋主編：《全宋詞》（北京：中華書局，1986年）含「梅」字的詞句共計2946句。

－1161，1126－1127在位）被擄北上，宋室南遷，定都臨安（今杭州一帶）。宋高宗（趙構，1107－1187，1127－1162在位）即位，曾一度欲收復中原，起用岳飛（1103－1142）、韓世忠（1089－1151）、吳璘（1102－1167）等勇謀之士。可惜後期誤信奸臣秦檜，殘害忠良❷，與金議和❸，宋室偏安江左之局遂定。

政治安定的社會有助文學創作的發展，尤其是吟詠山水草木之作。《詩序》有云：

> 「治世之音安以樂，其政和；亂世之音怨以怒，其政乖；亡國之音哀以思，其民困。」❹

說明文學的題材內容，多受政治環境影響：動盪的社會，產生幽憤怨怒之音；國破家亡的社會，產生悲哀傷歎之聲；安定的社會，則有風花雪月之吟詠。因爲在安定的局面之下，文人才有閑情逸

---

❷ 秦檜多次欲害忠良之士，《宋史》卷三百六十五云：「檜捕著（景著，韓世忠部下）下大理寺，將以扇搖誣世忠。」又云：「檜亦以飛（岳飛）不死，終梗和議，己必及禍，故力謀殺之。……歲暮，獄不成，檜手書小紙付獄，即報飛死，時年三十九。」（見於〔元〕脫脫撰《宋史》〔北京：中華書局，1977年〕卷365，第17冊，頁11392－11393。）

❸ 《宣和遺事》卷下云：「明年二月，用秦檜參政，自此則復倡和議，以沮諸將恢復中原之氣，遂定都臨安府。一時士大夫甘心講和，酣泰於湖山歌舞之娛，而忘父兄不共戴天之仇矣。」（見《筆記小說（十四編）》〔台北：新興書局，1976年〕第一冊，頁327。）

❹ 《景印文淵閣四庫全書》（台北：商務印書館，1986年）第六十九冊，（經部六三・詩類），頁69－4。

致賞花追月、游山玩水，寫下詠物之作❺。如李清照（1084－1156？）年輕時期，因爲社會穩定，生活無憂，著有《殢人嬌·後庭梅花有感》（玉瘦香濃）一詠梅之詞、《慶清朝慢》（禁幄低張）一詠牡丹之作。後期遭逢亂世，家破人亡，寫出《聲聲慢》（尋尋覓覓）的淒愴，《永遇樂》（落日熔金）的憔悴。這印證文學作品與政治環境有密切關係，穩定的政治環境有助詠梅詞的發展。

然而，所謂「上有好者、下必甚焉。」❻若君主貴族加以提倡，則從者以千百計。宋代君主重文輕武，雅好詩文，致令宋代學術風氣濃厚，文學創作紛現。詩、詞、賦、散文、小說，無一不盛於宋。《宋史·禮志》有云：

> 「太宗（趙炅，939－997，976－997在位）太平興國九年（984）三月十五日，詔宰相近臣賞花於後苑，帝曰：『春氣暄和，萬物暢茂，四方無事，朕以天下之樂為樂，宜令侍從司各賦詩。』」❼

---

❺ 當然我們亦不排除在亂世之時，亦有吟詠鳥獸草木之作，以寄托文人不便明言的思想、悲憤的情懷。例如南宋遺民詞人周密（1232－1308）、王沂孫（1230－1289）及唐珏（1247－？）等人就有互相倡和之詠物詞（《樂府補題》），借吟詠白蓮、蟬、蓴、龍涎香之物以寄托對先帝后妃之思。（詳見詹安泰〔1902－1967〕箋注：《花外集箋注》〔韶關：廣東人民出版社，1995年〕，頁171－172。）

❻ 此句意謂：上層（如君主、貴族、坐擁權勢人士）有喜好之人，下層（如文人、百姓等等）好之更甚，好之人更多。皆因跟從之風也。

❼ （元）脫脫等：《宋史》（北京：中華書局，1977年）卷113，第四冊，頁2691。

宋太宗愛好賞花吟詩，令群臣附從，自然帶動宋代文壇，人們爭相創作。即使盛況未現，太宗再次推動之：

> 「雍熙二年（雍熙乃太宗年號，公元 985）四月二日，詔輔臣三司使、翰林樞密直學士、尚書省四品、兩省五品以上、三館學士，宴於後苑，賞花、釣魚、張樂、賜飲、命群臣賦詩、習射、賞花曲宴自此始。」❽

太宗與群臣、學士賞花聽樂、釣魚習射，其創作詩文自然不出記述宴會活動、吟詠所見花木鳥獸、妓藝等等。由此可見，太宗在朝之時，已直接推動宋代詠物文學的發展。其後，各君主秉承太宗傳統，設賞花宴於後苑：

> 「真宗咸平三年（公元 1000 年）二月晦，賞花宴於後苑，帝作仲春賞花釣魚詩，儒臣皆賦。」❾

這賞花宴的傳統推動不少吟詠花、木、魚、鳥的創作。然而，當中到底有多少賦詠梅花的詩文？有沒有梅花詞？則不得而知。但可以肯定，他們或多或少助長了詠梅的創作。

從以上可見，早於北宋時期，已有君主鼓勵詠物（包括詠梅）之作。再看下文：

---

❽ 同注❼，頁 2691－2692。

❾ 同注❼，頁 2692。

> 「宣和（宋徽宗年號，1119－1125年）中，宋齊愈（1121－1127在世）為太學官，徽宗召對曰：『卿文章新奇，可作梅詞進呈，須是不經人道語。』齊愈立進《眉眼兒》云：『霏霏疏影轉征鴻。人語暗香中。小橋斜渡，曲屏深院，水月濛濛。人間不是藏春處，玉笛曉霜空。江南處處，黃垂密雨，綠漲薰風。』徽宗稱善。次日，諭近臣曰：『宋齊愈梅詞，非惟不經人道，且自開花說至結子黃熟，并天氣亦言之，可謂盡致矣。』」[10]

宋徽宗令太學官進梅詞，姑且不論是否偶一爲之，或是經常如此，但可以肯定，他確實鼓勵了梅花詞的創作。徽宗是南渡前的君主，今存其詠梅詞一首[11]。他對詠梅作品的提倡和喜好，對南宋詠梅詞的興盛不可謂沒有影響。因爲南渡前兩年，他還是高高在上的君王。凡君主喜好的，臣子皆附和，人民自跟從，詠梅詞的興盛並非無因。

及至南宋，雖然沒有明文記載帝王貴胄提倡詠梅詞，但可以肯定他們鼓勵了詠物詞的創作：

> 「高宗能詞、有《舞楊花》自餧製曲……又復刻意提倡，獎掖詞才，康與之、張掄、吳琚之倫，皆以噯知。賞賚甚厚……

---

[10] （清）馮金伯（18世紀）輯：《詞苑萃編》卷四〈品藻〉；見唐圭璋編：《詞話叢編》（北京：中華書局，1996年）冊2，頁1855。

[11] 宋徽宗詠梅詞《聲聲慢・梅》（欺寒衝暖），見《全宋詞》冊2，頁896。

孝、光、寧三宗雖鮮流傳，而歌舞湖山，其游賞進御各詞，至今猶有清響。則兩宋詞流之眾，非啻一時風會已也。」⓬

高宗的《舞楊花》（牡丹半坼初經雨）⓭乃是一首詠牡丹之詞。他還有《漁父》詞十五首，其八云：

「舒柳眼，落梅腮。浪暖桃花夜轉雷。」⓮

是吟詠梅柳、桃花之物。高宗以後，孝宗（趙慎，1127－1194，1163－1189在位）、光宗（趙惇，1147－1200，1190－1194在位）、寧宗（趙擴，1168－1224，1195－1224在位）雖然鮮有流傳作品，卻在游賞之時鼓勵文人臣子創作，令詞壇盛極一時。難怪王易先生（1889－1956）在其《詞曲史》云：

「有宋詞流之盛，多由於君上之提倡。」⓯

⓬ 王易：《詞曲史》（上海：上海書店，1989年），頁131－132。

⓭ 宋高宗《舞楊花》詞云：「牡丹半坼初經雨，雕檻翠幕朝陽，困倚東風，羞謝了群芳。洗煙凝露向清曉，步瑤臺、月底霓裳，輕笑澹沸宮黃，淺擬飛燕新妝。楊柳啼鴉晝永，正秋千庭館，風絮池塘。三十六宮、簪艷粉濃香，慈寧玉殿慶清賞，占東君、誰比花王，良夜萬燭熒煌，影裡留住年光。」（見〔清〕張宗橚〔生卒不可考〕輯：《詞林紀事》〔上海：掃葉山房石印本〕卷三，頁二。）

⓮ 《全宋詞》冊2，頁1292。

⓯ 同注⓬，頁131。

南宋偏安江左的政治局面，有助文人游山玩水，吟詠清風朗月、花草林木，造就詠梅花詞的興盛。（元）劉一清（約 13 至 14 世紀）《錢唐遺事》卷一序云：

> 「高宗不都建康，而都於杭，大為失策。士大夫湖山歌舞之餘，視天下事于度外。」⑯

加上歷代君主的提倡，他們雅好詩文，喜愛游賞山水、觀花行樂，鼓勵了臣民創作，促使宋代詞作踏上吟詠風景草木一路。王偉勇言及南宋政治環境對詞之影響時，云：

> 「故終南宋之世，雖偏安苟且之風彌漫，而關注家國之心仍不時流露詞中。洎乎宋亡，遺民置身異族，亦大量寄寫其家國之思、身世之感，特無壯烈之概，而係藉詠春花秋月、衰柳寒蟬，深婉道其『哀以思』之故國情懷也。」⑰

點明南宋詞壇主要是吟詠春花秋月的苟安之音，即使宋亡以後，也是借歌詠草木風月，以托哀國之思。此等政治環境下，梅花詞的興盛是順理成章之事。

---

⑯　（元）劉一清撰：《錢唐遺事》（上海：上海古籍出版社，1985 年）（據嘉慶己未〔1800 年〕掃葉山房藏版影印），頁十七。

⑰　王偉勇：《南宋詞研究》（台北：文史哲出版，1987 年），頁 31。

1·2 地理環境

地理環境足以影響作品的風格內容，如范仲淹（989－1052）看見塞外風光，寫下著名的《漁家傲·秋思》：

「塞下秋來風景異，衡陽雁去無留意。四面邊聲連角起。千幛裡，長煙落日孤城閉。」⑱

景象開闊，風格豪邁。而面對西湖美景的歐陽修（1007－1072）則寫出十首吟詠西湖的《采桑子》，其四云：

「群芳過後西湖好，狼籍殘紅。飛絮濛濛，垂柳闌干盡日風。笙歌散盡遊人去，始覺春空。垂下簾櫳，雙燕歸來細雨中。」⑲

風格清婉流麗，描寫景物細緻而富詩情畫意。可以窺見地理環境與文學創作有莫大關係。正如鍾嶸（502－519 在世）《詩品》卷上云：

「氣之動物，物之感人，故搖蕩性情，形諸舞詠。……若乃

---

⑱ 《全宋詞》冊 1，頁 11。

⑲ 《全宋詞》冊 1，頁 121。

春風春鳥，秋月秋蟬，夏雲暑雨，冬月祁寒，斯四候之感諸詩者也。」⓴

由於外間一景一物皆能觸動詩人性情，使詩人或歌或舞或發諸文字。春、夏、秋、冬四季景象亦可感發詩人，而形諸於詩。廖國棟在其《魏晉詠物賦研究》一書云：「凡此，皆足以說明自然界萬物有激發人心，引起文學創作動機之作用。」㉑自然界景物是文學產生的主要元素之一，它能影響作家的所思所感，同時直接影響了作品內容。

既然地理環境及自然界的山水花木對文學的影響如此廣大、直接，下文將探討南宋的地理環境與詠梅詞興起的關係。

南宋建都臨安（今杭州），風景怡人乃眾所周知。除了秀麗的山巒，著名的西湖，尚有不少吸引遊人的園林。（宋）周密（1232－1308）《西湖遊幸記》曾讚美西湖景色及記錄遊人盛況，序云：

「西湖天下景，朝昏晴雨，四序總宜。杭人亦無時而不遊。而春遊特盛焉。承平時，頭船如大綠、間綠、十樣錦、百花、寶勝、明玉之類，何翅百餘。其次則不計其數，皆華麗雅靚，誇奇競好。」㉒

⓴（梁）鍾嶸：《詩品》（上海：商務印書館，1936年），卷上，頁1－2。

㉑ 廖國棟：《魏晉詠物賦研究》（台北：文史哲出版社，1990年），頁5。

㉒（宋）周密：《西湖遊幸記》，見《筆記小說大觀（五編）》（台北：新興書局，1974年）第二冊，頁1846。

另外，由於氣候溫暖，江南一帶是梅花生長的好地方。《竺可楨文集》一章題爲〈中國近五千年來氣候變遷的初步研究〉云：「事實上，唐朝以後，華北地區梅就不見。可是，在周朝中期（公元前七世紀），黃河流域下游是無處不有的……」㉓又云：「第十二世紀剛結束，杭州的冬天氣溫又開始回暖。在公元 1200、1213、1216 和 1220 年，杭州無任何的冰和雪。」㉔南宋時期，杭州比較溫暖的冬天氣候很適合梅花生長。

據《武林舊事》卷五所載，臨安的湖山勝景共有四百五十多處㉕。林正秋、金敏所列杭州著名園林共有二十四座㉖。當然這些旖旎的風光並非直接導致詠梅詞的興盛，但若以《文心雕龍．明詩篇》「人稟七情，應物斯感，感物吟志，莫非自然」㉗來看，一定程度而言，它造就了不少寫景詠物之作，有助詠梅詞的蓬勃發展。王偉勇就南宋地理對詞的影響，作出評論：

> 「南方風光旖旎嫵媚，與詞之體性相稱，頗便利其風行。詞人則緣偏安之故，得以盡情流覽創作，於焉寫景詠物之題

㉓ 竺可楨（1890－1974）：《竺可楨文集》（北京：科學出版社，1979 年），頁 479。

㉔ 同上注，頁 484。

㉕ 此乃筆者根據（宋）四水潛夫（周密別號）輯：《武林舊事》（杭州：西湖書社，1981 年），卷五〈湖山勝概〉（頁 67－91）中所載名勝統計所得。

㉖ 見林正秋、金敏：《南宋故都杭州》（鄭州：中川書畫社，1984 年），頁 124－125。

㉗ 劉勰：《文心雕龍》（上海：掃葉山房石印本，1915 年）卷二〈明詩篇〉，頁一。

材，乃大量產生。」㉘

概括而言，杭州風光明媚，名勝林立，造就一個寫景詠物的好地方。以詠物為題材的詞作增多，詠梅作品便相對增長。因為既是詠物，絕不會不詠花；既詠花，不會不詠宋人欣賞的梅花。

然而，造就詠梅詞興盛的原因，還是有賴江左四處可見的梅花。這正是作家能選以為材的自然景物。據〈張約齋賞心樂事並序〉㉙所述，張約齋（張鎡）於嘉泰（宋寧宗年號）元年（1201 年）所記賞心樂事的項目包括：

「正月孟春——湖山尋梅」
「十一月仲冬——孤山探梅」
「十二月季冬——湖山探梅」㉚

杭州境內，西湖附近的湖山、孤山一帶皆有梅花，文人探梅、尋梅之餘，自不免以梅花入於詩詞。

除了野生的梅花外，不少帝王家族的園林皆種植梅花。如杭州孤山的〈延祥園〉，宋理宗（趙昀，1205－1264，1225－1264 在位）命人在園內建太乙宮，宮內築「香月亭」，環植梅花，以供欣賞。理

㉘ 同注⑰，頁 50。

㉙ 〈張約齋賞心樂事〉載於《武林舊事》卷十，頁 159－162。

㉚ 同上注。

宗曾大書「疏影橫斜水清淺，暗香浮動月黃昏」[31]於屏上。[32]而大內（皇宮範圍之內）的德壽宮（今浙江杭州市城區南隅，望仙橋東南）亦有梅花環繞四周，故設亭欣賞：

> 「德壽宮後苑還分作東南西北四個景區：東區有專供觀梅的香遠堂……梅坡、芙蓉岡等。」[33]

帝王對梅花的喜好，間接推動詠梅詞的興盛：既有君主的喜好，又有眼前美景，吟詠梅花詞作自然應運而生。

至於官宦人家的園林，也種植了梅花。如董嗣杲（1260－1274在世）在杭州境內有一名爲〈梅坡園〉的別墅[34]，估計是遍植梅花的園林之一。蕭德藻（約十二世紀中期）位於長沙的〈觀政堂〉亦有梅花的足跡。姜白石《一萼紅》序言：

> 「丙午（1186）人日，予客長沙別駕之觀政堂。……穿徑而南，官梅數十株，如椒、如菽，或紅破白露，枝影扶疏。」[35]

---

[31] 兩句出自林逋《瑞鷓鴣》，詞云：「眾芳搖落獨鮮妍，占盡風情向小園。疏影橫斜水清淺，暗香浮動月黃昏。塞禽欲下先偷眼，粉蝶如知合斷魂。幸有微吟可相狎，不須檀板共金尊。」（可參《全宋詞》冊1，頁8。）

[32] 參注[25]，頁79。

[33] 同注[25]，頁82－83。

[34] 同注[25]，頁125。

[35] 《全宋詞》冊3，頁2176。

「長沙別駕」正是蕭德藻之居所。雖然只是數十株，卻已燦爛之極，紅、白交雜顯影梅花之美。由以上兩例可見，在官宦人家的園林別墅多植梅花，梅花成爲文人吟詠的詩詞題材，並非無因。即使並非官宦之人，生活富裕的文人雅士亦擁有梅園，且看下文：

> 「張（鎡）尚有佔地十餘畝之『玉照堂』，曲水芳徑，遍植千株梅花……。」[36]

關於玉照堂，張鎡在《梅品》中自我解說：

> 「予得曹氏荒圃於南湖之濱，有古梅數十散輟地十畝，移動成列……紅梅合三百餘本，築堂數間以臨之。」[37]

三百株梅花，盛開之時可以想像箇中盛況。不用問梅花吐艷之際正是文人雅士吟詠之時。張功甫以外，范成大晚年隱居之所，也是滿植梅花的園林。《齊東野語》卷十云：

> 「范公成大晚歲卜築於吳江盤門外十里。蓋因闔閭所築越來溪，故城之基，隨地勢高下而為亭榭。所植多名花，而梅尤多。」[38]

---

[36] 馬寶蓮：《兩宋詠物詞研究》（台北：師範大學碩士論文，1982），頁 90。

[37] （宋）張鎡：《梅品》序，見王雲五主編：《（明刊本）夷門廣牘》（台北：商務印書館，1969 年）第十冊，卷廿三，頁七。

[38] （宋）周密：《齊東野語》卷十，見《筆記小說大觀（十三編）》（台北：新興書局，1976 年）第四冊，頁 2180。

說明杭州以外，蘇州一帶不難尋得梅花。

宋代野生的梅花已不少，足夠文人賞心樂事的吟詠。然而，由於宋代莊園的繁盛，君主王族、官宦人家、文人雅士皆把梅花帶進自己的莊園裡。作家感物吟志，借眼前的梅花以抒一己之情的作品，相對增加。因此，就地理環境而言，杭州西湖附近的梅嶺（孤山、湖山），以及迅速發展而又滿植梅花的莊園，皆有助詠梅詞的興盛。尤其是宋代社會經濟繁榮，帝王安享逸樂，文人追求享受。習妓玩賞、庭園花木自然成爲吟詠的素材。梅花，作爲百花之首，自然是文士吟詠的對象。

以下諸詞之序言可以印證兩點：一、南宋四處皆有梅花蹤跡；二、地理環境確能影響文人的選材。且看趙師俠（1175 年進士）《蝶戀花》（剪水凌虛飛雪片）序：

「臨安道中賦梅。」[39]

臨安乃今杭州，詞人云「道中賦梅」，可見杭州道上必有滿植梅花之處，否則不會興賦梅之念。黃載（約 12 世紀末 13 世紀初）《孤鸞》（冰心孤寂）序云：

「四明後圃石峰之下。小池之上，有梅花。」[40]

---

[39] 《全宋詞》冊 3，頁 2080。

[40] 《全宋詞》冊 4，頁 2690。

「四明」即舊明州、慶元路、慶元府（在今浙江寧波市）的別稱，姑且不論「後圃」是公家或私人花圃，卻肯定該處栽植了梅花，令作者有感而發，見梅賦詞。吳潛（字毅夫，1196－1262）《暗香》（澹然絕色）一詞序：

> 「儀真去城三數里東園，梅花之盛甲天下。嘉定（宋寧宗年號）庚辰（1220 年）、辛巳（1221 年）之交，余猶及歌酒其下，今荒矣。」㊶

指出離「儀真城」（今江蘇儀征縣）三里的東園，是滿植梅花的園林，梅花盛極一時，可甲天下。而今荒廢，作者才感慨的寫下《暗香》一詞。又看吳文英（1260－1264 在世）《浣溪沙》（蝶粉蜂黃大小喬）序：

> 「琴川慧日寺蠟梅。」㊷

以及《燭影搖紅》（莓鎖虹梁）序：

> 「賦德清縣圃古紅梅。」㊸

雖然只是寥寥數字，卻已明示琴川慧日寺（在今江蘇常熟縣城內）及

㊶ 《全宋詞》冊 4，頁 2749。

㊷ 《全宋詞》冊 4，頁 2894。

㊸ 《全宋詞》冊 4，頁 2915。

德清縣（在今浙江德清縣）皆有梅花蹤影。而且梅花不僅生於花圃之中，連寺廟亦有種植。

以上詞序揭示了兩點：一、梅花在南宋時期幾乎無處不在，除了西湖、太湖一帶以外，臨安（杭州）道上、浙江寧波市附近的花圃、江蘇儀征縣城東、常熟縣的寺廟，以及浙江德清縣的園圃等地皆有梅花（參見附錄1）。由於地理上的優勢，梅花輕易的成爲文人吟詠的自然景象。二、文人詠寫大自然山水花木確是就地取材。如趙師俠在臨安路上見梅，寫下詠梅詞《蝶戀花》；黃載於四明後圃遇梅，寫了《孤鸞》；吳文英在琴川看到蠟梅，書下《浣溪沙》一闋；在德清縣見紅梅則吟了《燭影搖紅》一詞。由此可見，地理環境的確影響了作者的選材。正因爲如此，詠梅詞得以興盛於南宋。

附錄 1

從下列詞作的小序（從左至右第三欄）可見南宋時期梅花遍植的情況：

周紫芝 （1147－1151在世）	《虞美人》 （短牆梅粉香初透） 《好事近》 （江路繞青山）	西池見梅作 青陽道中見梅花。是日微風，花已有落者。
范夢龍 （約12世紀）	《臨江仙》 （試問前村深雪裡）	成都西園

李彌遜 （1089－1153）	《洞仙歌》 （斷橋斜路）	登臨漳城詠梅
曹勛 （1098－1153）	《點絳脣》 （不厭煩來）	奉旨西湖探梅
陸游 （1125－1209）	《月上海棠》 （斜陽廢苑朱門閉）	成都城南有蜀王舊苑，尤多梅，皆二百餘年古木
王質 （1127－1189）	《水調歌頭》 （花上插蒼碧）	饒風嶺上見梅
趙長卿 （十三世紀時人）	《柳梢青》 （雲暗天低） 《西江月》 （背日猶餘殘雪）	過何郎石見早梅 雪江見紅梅對酒
辛棄疾 （1140－1207）	《鷓鴣天》 （病繞梅花酒不空）	三山梅開時，猶有青葉甚盛。
趙師俠 （1175 進士）	《蝶戀花》 （剪水凌虛飛雪片）	臨安道中賦梅
姜夔 （約 1155－1221）	《一萼紅》 （古城陰） 《卜算子》 （綠萼更橫枝） 《卜算子》 （御苑接湖波）	丙午人日，予客長沙別駕之觀政堂。堂下曲沼……穿徑而南，官梅數十株，如椒、如菽，或紅破白露枝影扶疏。 綠萼、橫枝，皆梅別種，凡二十許名。西村在孤山後，梅皆阜陵時所種。 聚景官梅，皆植之高松之下，庇蔭歲久，萼盡綠。

黃　載 （約12末13世紀初）	《孤鸞》 （冰心孤寂）	四明後圃石峰之下，小池之上，有梅花。
劉清夫 （約十三世紀）	《念奴嬌》 （亂山深處）	武夷詠梅
吳　潛 （1196－1262）	《暗香》 （澹然絕色） 《滿江紅》 （安晚堂前） （問信江梅） 《霜天曉角》 （梅花一簇）	儀真去城三數里東園，梅花之盛甲天下。 鄭園看梅 戊午八月十二日賦後圃早梅 戊午十二月望安晚園賦梅上銀燭
吳文英 （1260－1264在世）	《浣溪沙》 （蝶粉蜂黃大小喬） 《醉蓬萊》 （莓鎖虹梁） 《點絳脣》 （春未來時） 《西江月》 （枝嫋一痕雪在）	琴川慧日寺蠟梅 賦德清縣圃古紅梅 越山見梅 賦瑤圃青梅枝上晚花
周密（1232－？）	《獻仙音》 （松雪飄寒）	吊雪香亭梅
張炎（1248－？）	《尾犯》 （一白受春知）	山庵有梅古甚，老僧云此樹近百年矣。

1·3 文學背景

（清）朱彝尊（1629－1709）〈詞綜發凡〉云：

「世人言詞，必稱北宋。然詞至南宋始極其工，至宋季而始極其變。」㊹

詞由唐五代萌芽發展，至北宋期間漸盛，再繁盛於南宋時代。朱氏之言帶出兩點：一、南宋詞比北宋詞在藝術技巧方面，更為精鍊工整；二、在內容方面，南宋詞比北宋詞更為廣泛。南宋末期，題材極盡變化之能事。藝術技巧的精進，有助詠物詞的興盛；內容的擴闊，讓作家能自由取景以入於詞，不局限於抒發個人情感的範疇之中。

楊海明（1942－）於《唐宋詞史》一書中指出：

「北宋詞壇上，基本是言情詞的天下，到蘇軾前後才出現了數量甚少的另外品種的詞作。但到了南宋，由于特殊的社會條件，就產生了更多的新穎品種……那些專職的祝壽詞、詠物詞、應社詞，也紛紜而起，造成了品種繁多、熱鬧非常的局面。」㊺

㊹ （清）朱彝尊、汪森（1653－1726）編：《詞綜》（上海：上海古籍出版社，1978年）上冊，〈詞綜發凡〉，頁10。

㊺ 楊海明：《唐宋詞史》（南京：江蘇古籍出版社，1987年），頁366。

由於這種文學背景，南宋時期詠物詞極爲興盛。賦詠內容包括四時節令、山川風光、草木花果、昆蟲飛鳥、歷史人物、名都勝跡、樓臺池館、雅士歌妓等等，目不暇給。黃文吉云：

> 「南渡詞人在靖康之難以後……所要表達的對象增多，於是把詞境開拓得更廣更大，題材巨細靡遺，幾乎任何事物都可入詞。」㊻

其言回應了楊海明評論南宋詞壇「品種繁多、熱鬧非常」之說。這百花爭艷、百鳥爭鳴的詞壇，正是孕育詠梅詞興盛的溫床，主要原因有下列兩點：

一、南宋詞已達無事不可言、無物不可入的境界，文人爭相以身旁的一景一物入詞，以求詠前人之未詠。於是，赤米、白菜、食瓜、沐髮等等常見食品、日常瑣事皆能見於詞中。至於美麗的花草樹木，更被大量的吟詠。這是因爲晚唐至北宋時期，言情詞日趨成熟，無數珠玉在前，南宋只能覓求新路，向尙待發展的詠物詞下工夫，以物寄情。

二、南宋詞重格律、重技巧，鼓勵了詠花詞的興盛。宋南渡以後，文人生活於聲色娛樂俱繁華的都市，四周是風光如畫的山川園林，形成大量詠物詞的湧現。姜夔、史達祖、吳文英諸家傾重形式技巧、凡遣辭造句、用事用典、音調平仄，力求工麗、諧協，以求推陳出新，令詞壇產生不少巧奪天工之作，詠梅詞在這

㊻ 黃文吉：《宋南渡詞人》（台北：學生書局，1985 年），頁 55。

種背景下應運而生。因爲文人在生活優游之餘，往往借著吟詠花木（如宋人喜愛的梅花）表現個人的才情，展示自己藝術的造詣。故此，詠梅詞中不乏用事、用典，精雕細琢之句。以白石《暗香》《疏影》爲例，《詞苑萃編》卷二云：

> 「詞之賦梅，惟姜白石暗香、疏影二曲，前無古人，後無來者，自立新意，真為絕唱。」[47]

張炎（1248－約1320）《詞源》卷下評云：

> 「詞用事最難，要體認著題，融化不澀。……白石疏影云：『猶記深宮舊事……飛近蛾綠。』用壽陽事。又云：『昭君不慣胡沙遠……化作此花幽獨。』用少陵詩。此皆用事，不為事所使。」[48]

由「自立新意，真爲絕唱」，以及「詞用事最難」而白石卻以「用壽陽事」、「用少陵（杜甫）詩」並「不爲事所使」，可見詞人在詠梅詞的藝術技巧方面所下的工夫。

由於南宋詞題材內容擴大，詠物之作相應增加。以花木禽鳥爲題材的作品觸目可見，尤其是吟詠梅花之作。另外，鑒於南宋文人刻意求工的創作意向，彼此競相在詠物詞中展現個人才情，

---

[47]（清）馮金伯輯：《詞苑萃編》卷二〈旨趣〉；見《詞話叢編》冊二，頁1803。
[48]（宋）張炎：《詞源》卷下；見《詞話叢編》冊一，頁261。

造成詠物詞的興盛。文人詠花、詠鳥、詠物、詠景，無所不詠。而詠梅詞順理成章的繁盛起來。梅花是江南易見之花卉，其清雅脫俗、凌霜傲雪的特質深得宋人喜愛。故此，在詠物詞興盛的南宋，梅花是不可缺少的吟詠題材。

宋代文壇受理學影響甚大，以致文人把注意集中於花草叢木之中，形成不少詠花木之作。黃文吉云：

> 「宋代的理學發達，在『民胞物與』、『即物窮理』的理念下，宋人在日常生活中很喜歡觀察外界的景物，連細微的東西都不輕易放過，促成了宋人詠物詩的大盛，影響所及，許許多多的花鳥草蟲也都進到詞的園地來，尤其詠花詞在南渡詞人的作品裡最是大宗。」[49]

以程顥（1032－1085）、朱熹（1130－1200）、程頤（1033－1107）爲首的理學家認爲萬物皆有理，甚至一草一木，一禽一獸皆有其理，故必須仔細觀之。《朱子諸子語類》記朱熹觀察大自然一事：

> 「先生每觀一水一石一草一木，稍清陰處，竟日目不瞬。飲酒不過兩三行，又移一處。」[50]

---

[49] 同注[46]，頁 57。

[50] （宋）朱熹撰、黎靖德編：《朱子諸子語類》（上海：上海古籍出版社，1992年），卷十五〈雜記行〉，頁 259。

只要明白萬物之理，便能明白心中之理，因爲兩者是自然而合。在朱子的倡導之下，文人對身旁的一花一草、一木一鳥皆注目留神，以之入諸詩詞，形成詠物（尤其是賦詠花木）詞的興起。至南宋，風氣更甚。

南宋時期，另一位理學家陸九淵（1139－1192）在其《陸九淵集》卷二十二，提出萬物皆備我心，我心亦備萬物的理論：

> 「四方上下曰宇，往古來今曰宙。宇宙便是吾心、吾心即是宇宙。」[51]

如斯，描寫萬物亦能描寫己心；觀看萬物亦可窺見己心。影響所及，南宋文人不必把注意力集中於一己之心、內心所想所望，而是放眼宇宙萬物，從萬物之中寄托己之心、抒寫己之情。這或許可以解釋爲何南宋文人重視詠物以言志的現象。

總　結

詠梅詞得以盛行於南宋時期，除了政治上有利的因素（君主提倡、貴族附和）以外，是江南四周皆見梅的地理效應：讓文人得以就地取材，以花入詞。這兩點雖是重要的因素，但也不能缺少文學背景這重要養份。北宋詞壇美玉甚多，言情之作鮮有發展機會，

---

[51] 陸九淵：《陸九淵集》（香港：廣智書局，〔沒注出版年份〕）卷二十二，〈雜說〉，頁 173。

故文人多轉向創作詠物詞，形成詠物詞的盛世。加上南宋詞無事不可入的詞境，文人以花草、鳥獸爲題材的作品甚多，詠梅詞數量相應增加。

南宋文人好於文句中爭奇取勝，注重形式技巧，以詠物作爲評分高下的競賽工具，吟詠花鳥之作自然不少。最後，得力於宋代理學的影響，文人注重身邊一草一木，從萬物中尋道，作品傾向抒寫大自然中的萬物。萬物中以花爲美，而花中以梅最得宋人心，故詠梅之作大量湧現。

第二節：南宋人愛梅之風

黃文吉曾言：

> 「南渡詞人對花特別賞悅，所以留下詠花的作品非常多。眾芳之中，最受大眾憐愛的，莫過於梅花了……梅花之廣被喜愛，是始於宋人。」[52]

宋人喜愛梅花是眾人公認的事情，所以詠梅作品大量湧現，尤以南宋爲甚。以下將從賞梅、言梅、畫梅三方面討論宋人愛梅風氣，以及它對詠梅詞興盛的影響。

---

[52] 黃文吉：《宋南渡詞人》（台北：學生書局，1985 年），頁 77。

2·1 賞梅風氣的盛行

南宋時期賞花風氣一時無兩，上自皇族君主，下至平民百姓皆喜愛賞花，尤以梅花爲最。《武林舊事》卷六已有「花市」及「花團」的位置記載。[53]可推想宋人買花及賞花之風幾乎成爲當時的習慣。

《武林舊事》卷二〈賞花〉一文記載了皇族賞花的事情：

> 「禁中賞花非一。先期後苑及修內司分任排辦，凡諸苑亭榭花木，妝點一新，錦簾綃幕，飛梭繡球，以至裀褥設放，器玩盆窠，珍禽異物，各務奇麗。……起自梅堂賞梅，芳春堂賞杏花，桃源觀桃，粲錦堂金林檎，照妝亭海棠，欄亭修禊，至於鍾美堂賞大花為極盛。」[54]

皇族人員賞花自非尋常事，一切擺設更換翻新之外，還建設不同的賞花堂以觀花。賞梅花有梅堂，賞杏花有芳春堂。以下是有關他們賞梅的記載：

> 「十月二十二日，今上皇帝會慶聖節。……從太上至後苑梅

---

[53] 「花市」位於官巷，「花團」則在官巷口錢塘門內。（見〔宋〕四水潛夫（周密別號）：《武林舊事》〔杭州：西湖書社，1981年〕卷六〈諸市〉，頁92。）

[54] 《武林舊事》卷二〈賞花〉，參上注，頁36。

坡看早梅，又至浣溪亭看小春海棠。」[55]

記錄了淳熙三年（宋孝宗年號，1176 年）孝宗陪太上皇（宋高宗）觀賞梅花之事。淳熙五年（1178 年）再次賞梅：

「淳熙五年二月初一日，卜過德壽宮起居，太上留坐冷泉堂進泛索訖，至石橋亭子上看古梅。太上曰：『苔梅有二種，一種宜興張公洞者，苔蘚甚厚，花極香；一種出越上，苔如綠絲，長尺餘。今歲二種同時著花，不可不少留一觀。』上謝曰：『恭領聖旨。』」[56]

可見南宋賞梅風氣盛行，在上的皇族君主有份提倡。君主既喜之，下必有從者。賞梅之事，連太上皇、皇上、皇后、太子等皆喜歡，民間的盛況可想而知。

〈張約齋賞心樂事並序〉記載張鎡以賞梅為賞心樂事，從而窺見文人對賞梅的熱愛。序云：

「正月孟春——玉照堂賞湘梅」
「二月仲春——玉照堂西賞湘梅
——玉照堂東賞湘梅」
「十一月仲冬——味空亭賞蠟梅」

---

[55] 參注[53]卷七〈乾淳奉親〉，頁 119。
[56] 同注[55]。

「十二月季冬——玉照堂賞梅」[57]

一年十二個月有四個月是賞梅，足見張氏對梅花的喜好，同時亦反映文人以賞梅爲樂事。

由於賞梅之風盛行，由賞梅而來的詠梅作品相應增加。如葛立方（1138－1164在世）有兩首以「賞梅」爲題的詞，分別是《滿庭芳》（蠟雪方凝）、《多麗》（冷雲收）[58]而趙長卿有《探春令》題爲「賞梅」詞十首[59]。相信這些詠梅作品皆是詞人賞梅、觀梅後，有感而作。正如邵伯雍（1131－1162時期人）《虞美人》（玉滿插梅梢瘦）的序言云：

「賞梅月夜有懷。」[60]

皆因賞梅花，才有感而發，寫了《虞美人》一詠梅詞。又如趙師俠（1175年進士）《一剪梅》（雪裡盈盈玉破花）更點明賞花地點。序言：

「莆中賞梅。」[61]

---

[57] 參注[53]卷十〈張約齋賞心樂事〉，頁159－162。
[58] 見唐圭璋主編：《全宋詞》（北京：中華書局，1986年）冊2，頁1341、1343。
[59] 見《全宋詞》冊3，頁1780。
[60] 同注[59]，頁1513。
[61] 同注[59]，頁2087。

於莆中（今山西永濟縣西蒲州鎮及附近一帶）賞花時，有感而作。除了獨自賞梅，文人官宦之間亦有相攜看梅的，如章謙亭（1228－1240 在世）《念奴嬌》（畫樓側畔），記述與同官之人前往西湖觀梅之事。序云：

「同官相招西湖觀梅，用東坡大江東去韻。」[62]

序文帶出三個重要訊息：一、西湖附近確實植有梅花，供人欣賞觀看；二、賞梅之事連爲官者亦好之；三、賞梅之時多留下詠梅之作。再看張侃（字直夫，1226－1235 在世）《感皇恩》序：

「元夕後二日，同彥敬郎中飲洪宣慰山園紅梅下，得《感皇恩》二闋。」[63]

它點出賞梅之日乃「元夕後二日」（正月十七日），同行者爲彥敬（十三世紀初），地點是洪宣慰山園。此序言印證了爲官者酷愛賞梅，以及賞梅後寫下詠梅作品之論。因張侃賞梅之際得《感皇恩》（佳處記曾遊）、（換骨有丹砂）二首，暗示了兩點：一、正月爲賞梅之期；二、洪宣慰山園植有紅梅。相信紅梅吐艷有一定的盛況，否則不會吸引官家之人前往置酒欣賞。

此外，亦有於私人庭園賞梅，並賦詠梅花的記載，如張鎡《祝

---

[62] 《全宋詞》冊 4，頁 2966。

[63] 同注[62]，頁 2477。

英臺近》(暖風四)題序：

「邀李季章直院賞玉照堂梅。」[64]

記錄他邀同輩好梅者於己之玉照堂賞梅，看春風吹梅開，滿堂梅花，而香繞四周之景。又如《滿江紅》(玉照梅開)序云：

「小圃玉照堂賞梅，呈洪景盧內翰。」[65]

作者在玉照堂賞梅後，寫下三百株梅開，香味飄散，風吹搖動如一川銀浪，與月相映之景，抒發己之情，以呈好此事者。再看張鎡《燭影搖紅》(宿雨初乾)題序之言：

「燈夕玉照堂梅花開。」[66]

寫了驟雨剛停，微雲扶日，梅花開放，庭園飄香，賓客宴飲同笑之景。可見作者是如何重視玉照堂內的梅花，對梅初開、剛開、盛開之景仔細留意，反映他痴愛梅花的一面。賞梅之後多有詠梅之詞一論，亦得以證實。

南宋時期，不論君主皇族、官宦人家、文人雅士，或是平民

---

[64] 同注[62]，頁2136。

[65] 同上注。

[66] 同注[62]，頁2137。

百姓，都喜歡賞花，尤以賞梅爲甚。賞梅之處主要是西湖附近一帶的山嶺，或是自己的私人庭園。西湖附近的孤山、湖山，蘇州太湖附近的山嶺，皆是賞梅勝地。至於帝王、官宦之家，自有個人植梅的莊園、賞梅的亭榭，賞花之風可謂盛極一時。由於賞梅風氣盛行，對梅花的吟詠詞作相應增加（參看附錄2），以賞梅爲題的詞作不少。上文提及，葛立方就有兩首以「賞梅」爲題的《滿庭芳》，而趙長卿有《探春令》十首。他們甚至把賞梅之事，一一記錄於詞序內。如周密（1232－？）《齊天樂》（宮檐融暖晨妝懶）序：

> 「紫霞翁開宴梅邊，謂客曰：『梅之初綻，則輕紅未消；已放，則一白呈露。古今誇賞，不出香白，顧未及此，欠事也。』施中山賦之，余和之。」[67]

不但點示南宋文人有設宴賞梅之雅事，還把當時主人翁評賞梅花，以及梅花初綻帶微紅，盛放呈白之論述記下來。作者又說明創作《齊天樂》一詞的原因：古人激賞梅花未能盡善，只誇賞其香白，而忽略其微紅的特色。因此，作者與好友彼此賦和。由此可見，有賞梅之事，必然有吟詠梅花之詞。

附錄2

以下列舉詠梅詞皆與賞梅有關（可推斷，有賞梅之舉，自有詠賞梅花之詞）：

---

[67] 《全宋詞》冊5，頁3272。

葉得夢（1077－1148）	《鷓鴣天》（不怕微霜點玉肌）	十二月二十二日與許幹譽賞梅
朱敦儒（1081－1159）	《鵲橋仙》（竹西散策）	康州同子權兄弟飲梅花下
王之道（1093－1169）	《西江月》（雪後千林尚凍）	賞梅
曹　勛（1098－1174）	《峭寒輕》（照溪流清淺） 《浣溪沙》（日上龍城散曉陰）	賞殘梅 賞梅
葛立方（1138－1164在世）	《滿庭芳》（臘雪方凝） 《多麗》（冷雲收）	賞梅 賞梅
趙彥端（1121－1175）	《眼兒媚》（黃昏小宴史君家）	王漕赴介菴賞梅
邵伯雍（1132－1162時人）	《虞美人》（玉壺滿插梅消瘦）	梅月夜有懷
趙長卿（十三世紀時人）	《菩薩蠻》（梅花有意舒香粉）	賞梅
趙師俠（1175進士）	《一剪梅》（雪裡盈盈玉破花）	蒲中賞梅
張　鎡（1153－1211在世）	《謁金門》（何許住） 《祝英臺近》（暖風回）	賞梅即席和洪內翰韻 邀李季章直院賞玉照堂梅

	《滿江紅》 （玉照梅開） 《燭影搖紅》 （宿雨初乾）	小圃玉照堂賞梅，呈洪景盧內翰 燈夕玉照堂梅花正開
姜　夔 （約1155－1221）	《鶯聲繞紅樓》 （十畝梅花作雪飛）	……攜家妓觀梅於孤山之西村。
韓　淲 （1159－1234）	《菩薩蠻》 （平常生為梅花醉）	野趣觀梅
張　侃 （1223－1235在世）	《感皇恩》 （佳處記曾遊）	元夕後二日，同彥敬郎中飲洪宣慰山園紅梅下，得感皇恩二闋
劉克莊 （1187－1269）	《漢宮春》 （青女初晴） （多謝句芒） （酷愛名花） （牆角殘紅）	秘書家賞紅梅 再和前韻 三和 四和
吳文英 （1260－1264在世）	《金縷歌》 （喬木生雲氣）	陪履齊先生滄浪看梅
章謙亨 （1238在世）	《念奴嬌》 （畫樓側畔）	同官相招西湖觀梅，用東坡大江東去韻。
周密 （1232－1308）	《齊天樂》 （宮檐融暖晨妝懶）	紫霞翁開宴梅邊，謂客曰：梅之初綻……施中山賦之，余和之。

2·2 論梅之作的湧現

南宋時期，人們對梅花的喜好，見於述梅著作的出現，以及他們對梅花的高度評價。下文將會探討宋代論梅之作。

宋代可謂一個愛花的朝代，有關花卉的著作特別多。不論是牡丹、芍藥、菊花、蘭花、海棠皆有專論之作（見附錄3）。然而，以梅花尤爲文人重視。南宋時期，論梅之文、述梅之作，以及蒐集詠梅作品的專書紛紛湧現。有言及梅花高下品價的，如張翊（約十二世紀）的《花經》。在七十一種花卉中，把蝎梅列爲「一品九命」，一般的梅花則是「四品六命」(68)。序云：

> 「翊好學多思致，世本長安，因亂南來，日嘗戲造花經。以九品有命升降次第之。時服其允當。」(69)

由序言看來，蝎梅的品價是最高，而一般梅花只能佔中上之位。這反映了梅花在南宋人心目中的地位。

又有詳盡分述各種梅花的特點，以供辨認的著作，如范成大《梅譜》。它論述了江梅、早梅、官城梅、消梅、古梅、重葉梅、綠萼梅、百葉緗梅、紅梅、鴛鴦梅、杏梅和蠟梅，共計十二種梅花。譜云：

---

(68) （宋）張翊：《花經》，見《筆記小說大觀（五編）》（台北：新興書局，1974年）第三冊，頁 1641－1642。

(69) 同注(68)。

「吳下栽梅特盛，其品不一。今始盡得之，隨所得為之譜，以遺好事者。」[70]

作者著《梅譜》並非爲個人喜好，爲「遺好事者」，予天下愛好梅花之士作參考。總觀全譜，可體會到作者對梅花的認識不淺，如：

「江梅，遺核野生不經栽接者，又名直腳梅，或謂之野梅。……花稍小而疏瘦有韻，香最清，實小而硬。」[71]

道盡了野生江梅的特點，指出它有「直腳梅」、「野梅」的別名，又指出其花小、香清、實硬的特徵。對於各種梅花，甚至說明它們的生長地，如論古梅：

「古梅，會稽最多，四明吳興亦間有之。……凡古梅多苔者，封固花葉之眼，惟隙間始能發花。花雖稀而氣之所鍾，豐腴妙絕。」[72]

不但點出會稽多古梅，四明吳興亦偶然有之，更指出古梅能夠在沒有苔蘚封口的縫隙生長、發花。此外，又論述梅花名字的由來，如

---

[70] （宋）范成大：《梅譜》，見《筆記小說大觀（五編）》第三冊，頁 1727。
[71] 同注[70]。
[72] 同注[70]，頁 1728。

「早梅」是因爲「冬至前已開，故得早名。」[73]而「綠萼梅」是由於花蒂純綠，枝梗青色，故此「好事者比之九疑仙人萼綠華。」[74]

《梅譜》的出現可說爲詠梅詞的興盛推波助瀾。因爲詠梅者得到更多常識，賞梅者更留意梅花的品種特徵；賞梅、詠梅、論梅循環不息。何況，范成大是南宋舉足輕重的文人，其著作《梅譜》自然爲不少文人拜讀。他的影響力，在於把文人的注意力轉移到梅花身上，詠梅之詞自然日漸繁多。

除了《梅譜》，還有列舉梅花喜好、憎妒、榮辱事項的《梅品》。《梅品》爲張鎡（張功甫）所撰，他在〈玉照堂梅說〉云：

> 「梅花為天下神奇，而詩人所酷愛。」[75]

指出梅花是天下珍品，爲文人雅士愛好。由於名人才士以爲只要對花題詠，便不辜負此花，因而有糟蹋之處，使作者幾度爲花呼冤，寫下：

> 「因審其性情思，所以為奬護之策，凡數月乃得之今疏花宜稱、憎嫉、榮寵、屈辱四事，總五十八條，揭之堂上使來者有所警省，且示人徒知梅花之貴而不能愛敬也。」[76]

---

[73] 同注[70]。

[74] 同注[70]，頁 1729。

[75] （宋）張鎡：《梅品》，見王雲五主編：《（明刊本）夷門廣牘》（台北：商務印書館，1969 年）第十冊，卷廿三，頁七。

[76] 同注[75]，頁八。

作者列出各種條項，讓人警惕，知梅花之可貴，並敬重之。於是，梅花由一普通的花卉，被提升至擁有高尚品格、清高情操的品種。試看看〈花榮寵凡六條〉中一、二項：

「為煙塵不染……為王公旦夕留、為詩人閣筆評量、為妙妓澹妝雅歌。」(77)

而〈花屈辱凡十二條〉則云：

「為主人不好事、為主人慳鄙、為富家園內、為與粗婢命名、為蟠結作屏、為賞花命猥奴……。」(78)

梅花只爲懂得欣賞的王孫公子、能文的詩人、清雅的妙婢歌妓而開，而且開於煙塵不染之地；卻會爲主人不懂欣賞、慳鄙、爲自己生於富家園內等等事項而感到屈辱。從《梅品》對梅花的評論來看，宋人已把梅花人格化。梅花被推崇備至，反映南宋文人對梅花的欣賞，已由《梅譜》的深入細微，達至《梅品》的精神化、人格化。

南宋的確是論梅著作盛行時期，除以上評論梅花之作，尚有蒐集詠梅作品的專書。如（宋）陳景沂（1253－1258 在世）的《全芳備祖》，卷一〈梅花〉及卷四〈紅梅、蠟梅〉，皆搜集了由漢至宋

(77) 同注(75)，頁九。

(78) 同注(77)。

代有關梅花的記載、梅花的典故、梅花的種類，以及賦詠梅花的詩詞。如：

「上林苑有朱梅、同心梅、紫蒂梅。」(79)

是有關梅花種植的最早記載。又云：

「杏梅，花比紅梅色微淡，結實甚匾，有斕斑色、全似杏，味不及紅梅。」(80)

論述梅花的種類。(81)最後不能不提（宋）黃大輿（十二世紀）的《梅苑》。黃文吉曾說：

「黃大輿曾編《梅苑》十卷，將唐代至南北宋間之詠梅詞，輯為一集，南渡詞人也有不少作品因之得傳，可見當時愛梅風氣盛。」(82)

《梅苑》輯錄詠梅詞四百一十多首，收錄詞家近七十人(83)，是宋

---

(79) （宋）陳景沂編：《全芳備祖（前集）》（北京：農業出版社，1982年）（據原宋刻本及部份手抄本影印）卷一，頁21。

(80) 同注(79)，頁26。

(81) 此引文與范成大《梅譜》論杏梅內容相同。

(82) 同注(52)。

(83) 此乃筆者根據（宋）黃大輿輯：《梅苑》（台北：商務印書館，1976年）（據文淵閣四庫全書影印）統計所得。

代最早的詠物詞選集。集裡所詠梅花包括蠟梅、紅梅、墨梅、鴛鴦梅、野梅、雪梅、茶梅、岸梅、白梅、十月梅；而與梅花有關的事項則有畫梅、賞梅、觀梅、催梅、獻梅、客答梅、梅贈客、題扇梅、剪綵梅花、別席探題等等。[84]

蕭鵬云：

「《梅苑》的主要價值……在於它折射了某種時代審美追求，體現了當日士大夫的特殊心態，與詞壇的聲音共鳴，與詞人的腳步共振。」[85]

《梅苑》反映當時文人愛好梅花的心態，以及宋人對梅花那種凌霜傲雪高尚情操的欣賞。《梅苑》序云：

「……如予東園之梅，可以首眾芳矣。若夫呈妍月夕，奪霜雪之鮮：吐嗅風晨，聚椒蘭之酷，情涯殆絕，鑒賞斯在。」[86]

梅花之所以爲人欣賞，在於它爲眾芳之首，於霜雪中吐香。

南宋時期湧現這些言梅之作，呈現文壇兩種現象：

一、南宋愛梅風氣確實盛行，文人喜好梅花，所以把有關梅花的記載收錄下來、仔細辨認梅花的種類、論述其特質，又對梅

---

[84] 所列各項皆從《梅苑》所錄各詞題序中覓得。

[85] 蕭鵬：《群體的選擇》（台北：文津出版社，1992年），頁111。

[86] 《梅苑》序，參注32，頁二。

花予以評品，以娛己，亦贈人。

二、宋代有大量詠梅詞作，故此《梅苑》有四百多首詠梅詞，《全芳備祖》有六十多首賦詠梅花之詞，十多首吟詠紅梅及蠟梅的作品，可見詠梅詞的繁盛。

南宋論梅專書對文壇起著一定的影響：一、把文人雅士的注意力引往梅花；二、讓文人在欣賞梅花之餘，對梅花有較深入的認識，使梅花成爲談論的話題。於是，賞梅、詠梅、論梅循環不息。詠梅詞作的興盛，在這種有利背景之下衍生出來。此處，可借蕭翠霞（1964－）《南宋四大家詠花詩研究》一書之言作結：

> 「宋代花書的大量出現，尤其其中有不少著名文人參與寫作，顯示花卉與文學的關係是益形密切了。」[87]

[87] 蕭翠霞（1964－）著：《南宋四大家詠花詩研究》（台北：文津出版社，1994年），頁59。

附錄3

宋代論花著作（從以下各著作可窺見南宋時期有關梅花之論著最多）

牡丹	（北宋）歐陽修（1007－1072） （北宋）張邦基（1111－1118時人） （北宋）周師厚（約11至12世紀） （南宋）丘　璩（1190－1194時人） （南宋）陸　游（1125－1210）	《洛陽牡丹記》 《陳州牡丹記》 《洛陽牡丹記》 《牡丹榮辱志》 《天彭牡丹譜》
芍藥	（北宋）劉　攽（1023－1089） （北宋）王　觀（1056－1085在世） 孔武仲（生卒不可考）	《芍藥譜》 《揚州芍藥譜》 《芍藥譜》
海棠	（北宋）陳　思（1041－1048時人） 沈　立（生卒不可考）	《海棠譜》 《海棠記》
菊花	（北宋）劉　蒙（1102－1106時人） 史正志（生卒不可考） （南宋）范成大（1126－1193） （南宋）史　鑄（1208－1224在世）	《劉氏菊譜》 《史氏菊譜》 《范村菊譜》 《百菊集譜》
蘭花	（南宋）趙時庚（1208－1233在世） （南宋）王貴學（1241－1252在世）	《金漳蘭譜》 《王氏蘭譜》
梅花	（南宋）范成大 （南宋）張　鎡（1153－1211在世） （南渡時期）黃大輿（十二世紀）	《梅譜》 《梅品》 《梅苑》
綜論各花	（南宋）張　翊（約十二世紀）	《花經》

	（南宋）陳景沂（1253－1258 在世） （南宋）佚　名（1188 在世） （南宋）祝　穆（十三世紀）	《全芳備祖》 《錦繡萬花谷》 《古今事文類聚（後集）》〈花卉〉

（以上所列乃參考《筆記小說大觀》、《景印文淵閣四庫全書》統計所得。）

2·3 繪畫梅花的流行

蔡秋來云：

「宋代為我國繪畫之黃金時代。……宋代繪畫人材之芸盛眾多，就精擅畫藝者之身份地位而言，有帝王貴戚，有軒冕士夫，有縉紳名流，有布衣寒士，有道人衲子，有世胄命婦，有職業畫家等等。」[88]

宋代是一個繪畫藝術興盛的時期，尤其在南宋，人們對畫的需求很大。因爲南渡之後，不論君主、權臣、百姓皆縱情享樂，興建宮室，修輯園林，過著歌舞昇平的日子。《御製題南宋都城紀勝錄》序云：

「宋自南渡之後，半壁僅支而君若臣溺於宴安，不以恢復為念，西湖歌舞日夕留連。」[89]

---

[88] 蔡秋來：《宋代繪畫藝術成就之探討》（台北：文史哲出版社，1977 年），頁 89。

[89] 西湖老人（1195－1224 時人）等著：《西湖老人繁勝錄三種》（台北：文海出版社，1981 年），頁 51。

又云：

> 「自高宗皇帝駐蹕於杭（杭州），而杭山水明秀，民物康阜。視京師其過十倍矣。」[90]

杭州的物產比北宋的汴京還要豐厚十倍，加上山明水秀，人們耽於逸樂，生活趨向奢華。於是：

> 「在這種風氣下，大量的宮室、苑圃、邸宅要掛畫來裝飾，多種器物上要用繪畫來美化，富民有事要掛畫表示排場、商人要以繪畫招徠生意，對繪畫的需求量大大增加。」[91]

由於對畫的需求大增，繪畫的人相對增加。尤其是以繪畫竹、石、梅、蘭、水仙等象徵高潔的題材較多。主要因爲：

> 「有些文人對朝廷不圖恢復和腐化享樂不滿，通過畫竹、石、梅、蘭、水仙等等寓意高潔的題材以自況、自勵，表示不肯同流合污。」[92]

另外，與宋代的作畫機關——畫院有關。且看下文：

---

[90] 同注[89]，頁 59。

[91] 傅熹年主編：《中國美術全集——兩宋繪畫》（北京：文物出版社，1988 年）下冊，〈南宋時期的繪畫藝術〉部，頁 2。

[92] 同注[91]，頁 4。

「宋代的畫院，是歷代宮廷的作畫機關，不僅有最充實的整備，還採用畫院的畫家互相競賽創作的方法。結果是在畫院產生很多名手，花鳥畫及山水畫達到空前的發達。」[93]

在繪畫竹、石、梅、蘭、水仙等等花鳥畫之中，以畫梅最爲盛行，同時推動了詠梅詞的創作，以下將分述之。

梅之所以能成爲宋人描畫的對象，皆因他們對梅的寵愛。梅花代表君子、美人，正迎合宋人追求高尚情操，清雅脫俗的審美要求。在宋以前，未有專繪畫梅花的畫家。《芥子園畫譜》有云：

「唐人以寫花卉名者多矣。尚未有專以寫梅稱者。」[94]

在宋代則有釋仲仁（華光長老，約活動於十二世紀）以墨漬作梅（以墨汁沾染作梅），釋惠洪（1071－1128）於生扇上寫梅，儼然梅影，後人因而盛作墨梅。尙有米元章（米芾，1057－1107）、晁補之（1053－1110）、湯叔雅（十二世紀時人）、蕭鵬（約十二世紀人）、張德琪（約十二世紀人）

---

[93] （日）米沢嘉圃著：《中國の名畫——宋之花鳥》（東京：平凡社：1956年），頁2。原文為：
宋の画院は歴代　宮廷作画機関のなかで、もっとも充実整備されていたばかりでなく、画院の画家たちが競って制作するような方法もとられていた。その結果、画院から多くの名手を生みだし、花鳥画や山水画のめざましい発達をみたのである。（論文中所引之文乃筆者自譯本）

[94] （清）王概（1677－1705）撰：《芥子園畫譜》（上海：上海書店影印，1982年）（二集）卷三〈梅譜〉，頁371。

等人專工墨梅[95]。南宋末期，畫梅的人數並沒有減少。《芥子園畫譜》再云：

> 「外此，則茅汝元（約1127－1279時人）、丁野堂（約1127－1279時人）、周密、沈雪坡（十三世紀時人）、趙天澤（約十三世紀末）、謝佑之（十三世紀末）為宋元間之寫梅著名者。」[96]（參看附錄4・1及4・2）

由此可推斷南宋時期畫梅風氣之盛。當時，甚至有教授畫梅的文章。如《華光梅譜》的口訣：

> 「梅傳口訣。本性天然，下筆有力，最莫遷廷，醮墨濃淡，不許浪傳，起筆縱逸，曲徑垂欺，仰如秋月，曲似彎月。」[97]

著名的南渡畫梅畫家楊無咎（字補之，1097－1171）更有論畫梅之說：

> 「木清而花瘦，梢嫩而花肥；交枝而花，繁纍纍，分梢而萼疏蕊疏，立幹須曲如龍，勁如鐵。」[98]

---

[95] 參注[94]。

[96] 同注[94]。

[97] （宋）華光撰：《華光梅譜》，見沈子丞：《歷代論畫名著彙編》（北京：文物出版社，1982年），頁124。

[98] 同注[94]，頁2。

《華光梅譜》論的是用筆之法，取象之道；楊氏言的是畫梅之法。湯叔雅（約活動於十二世紀）闡釋畫梅法，論及畫梅的外形及放置梅花的環境：

> 「梅有幹有條，有根有節，有刺有蘚，或植園亭，或生山巖，或傍水邊，或在籬落。」[99]

從這些論畫梅的著作看來，南宋的畫梅風氣必定很興盛，甚至出現教授畫梅的篇章，而篇章的論述又是如斯仔細。若不是學習畫梅、愛好畫梅的人數眾多，論畫梅之作或許不會這般繁盛，畫者也未必會把個人畫梅的心得記述下來。記錄的目的，在於讓志同道合之士互相砌磋，或予初學者參考、學習。

南宋畫梅風氣盛行，喻示了甚麼？

喻示了三點：一、人們對梅花極爲鍾愛；故狀寫其貌於畫幅上，以便日常欣賞。二、梅花的散佈甚廣，因爲畫梅需要對象——梅花。畫者若不是家中種植了梅花，便是居所附近能看見梅。故此，越多畫梅之人代表梅花的散佈越廣（至少每個畫者或多或少家中或居所附近植有一、二株梅花）。三、賞梅之風盛行。畫梅，需要先懂得賞梅；要畫出梅花的神韻，更需要懂得欣賞梅花的特質。正如（宋）華光的小傳所記：

> 「墨梅始自華光，嘗植梅數本，每花放時，輒移床其下。吟

---

[99] 同注[98]。

> 詠終日，莫知其意。偶月夜未寢，見窗間疏影橫斜，蕭然可愛，遂以筆規其狀，淩晨視之，殊有月下之思。」[100]

畫者是家中「植梅數本」，每至花開時節「移床其下」終日欣賞吟詠，直至偶然見到月光投影，才能「以筆規其狀」畫成一幅梅圖。整個過程也反映了畫者對梅花的痴愛。

或許會問：畫梅風氣盛行，與詠梅詞的興盛又有甚麼關係呢？

畫梅風氣盛行直接推動了詠梅詞的創作。主要基於三點：一、既畫梅必先賞梅，賞梅之時多有詠賞之作，二、既畫成梅，多有題詠梅花的詩詞。三、既畫梅，自有記述畫梅的作品。第一點在前文（此章，節 2·1）已有論述，於此不予重複，且以第二、三點爲論。

畫梅之後多有題梅之詞，以南宋著名畫家楊無咎爲例。他畫了一幅《四梅圖》，寫了四首《柳梢青》詠梅詞，並在序言說明前因後果：

> 「范端伯（約活動於十二世紀中）要予畫梅四枝；一未開、一欲開、一盛開、一將殘，仍各賦詞一首。畫可信筆，詞難命意，卻之不從，勉徇其請。予舊有《柳梢青》十首，亦因梅所作，今再用此聲調，蓋近時喜唱此曲故也。」[101]

---

[100] 同注[97]。

[101] 《全宋詞》冊 2，頁 1206。

畫者爲己之梅圖而寫了四首《柳梢青》，在此以前因爲梅花圖題過十首詞，同用《柳梢青》一調。可見，僅僅是楊無咎，爲畫梅而詠的梅花詞已達十四首。若畫梅的人越多，題梅（詠寫梅花）之詞亦越多。題梅詩詞的人，並非一定是畫梅者本人，可以請人代題。如王沂孫（1230？－1291？）《西江月》（褪粉輕盈瓊靨）的序云：

「為趙元父賦雪梅圖」[102]

點明《西江月》一詞是爲朋友繪畫的梅圖而賦。又如白君瑞（約十三世紀末）的《柳梢青》（玉骨冰姿）序云：

「曹溪英墨梅」[103]

也是爲他人的墨梅（因以墨汁繪畫而成的梅花，僅有黑、白兩色，故稱墨梅）而賦詠的一首詞。再看李曾伯（1198－？）《滿江紅》序：

「甲午（1236 年）宜興賦僧舍墨梅」[104]

作者於僧舍中見墨梅圖而賦詠的一首詞。另外，有題詠畫梅的詞作，如（宋）無名氏《驀山溪》序云：「畫梅」[105]，證明《驀山溪》

---

[102]　《全宋詞》冊 5，頁 3365。
[103]　《全宋詞》冊 5，頁 3592。
[104]　《全宋詞》冊 4，頁 2802。
[105]　《全宋詞》冊 5，頁 3608。

一詞既吟詠墨梅，亦詠畫梅之事。詞云：

> 「孤村冬杪，有景真堪畫。茅舍遶疏籬，見一枝、寒梅瀟灑。欲將詩句，擬待說包容，辭未盡，意悠悠，難把精神寫。臨溪疏影，都是前人話。此外更何如，更須索、良工描下。明窗淨機，長做小圖看，高樓笛，儘教吹，不怕隨聲謝。」[106]

詞人見孤村的寒梅清秀，以詩句把其幽姿描寫下來，但難表達梅花的精神。還是欲請良工把它繪畫下來，供長期欣賞，因爲畫中的梅花不怕笛聲吹落。

南宋時期，畫梅之風盛極一時。單以繪畫墨梅爲例：

> 「據記載，畫墨梅的創始人為北宋的仲仁和尚。楊無咎推波助瀾，技法上又有所創新，將墨筆花卉推向了一個新的高度。後湯叔雅、趙孟堅繼之而起。」[107]

畫者已無數，而題詠梅花之人可想而知。故此，畫梅風氣可以顯示兩點：一、宋人對梅花的熱愛，把梅花帶進繪畫藝術之中。二、詠梅詞的興起並非無因，畫梅的人多了，賦詠的人自然不少，因爲美畫不可無妙詞、無絕詩。（附錄5列舉了為畫梅或梅圖而創作之詞）

最後，可以下文作結：

---

[106] 《全宋詞》冊5，頁3608－3609。

[107] 同注[91]，〈圖版說明〉部，頁21。

「南渡亦標誌著梅花熱潮的開始，它以一近乎瘋狂的熱情橫掃中國文化。南宋體驗大量詠梅詩歌的湧現。」[108]

梅花熱潮橫掃整個文壇，使南宋湧現不少詠梅詩詞。爲何有這梅花熱？只因梅花象徵美麗、高潔、刻苦，擁有美人、隱士、貞士的特質，不論宋代文人、隱逸者、將領、僧侶或是閨秀，對它甚是迷戀。而梅花的形象見於水墨畫及詠梅詞作：

「在南宋時期，梅花充份的表現於傳統的繪畫及詩歌的形式，如花鳥圖及詩。」[109]

宋人對梅花的狂熱在繪畫及詠梅詩詞中表露無遺。而繪畫的藝術和詞作的撰寫，讓這種狂熱得以延續下去。

---

[108] Bickford, Maggie. *lnk Plum: the Making of a Chinese Scholar－Painting Genre.* Cambridge, New York: Cambridge University Press, 1966, P. 27. 原文為：「It is 'Crossing to the South' that also marks the onset of the flowering-plum fever that swept through Chinese culture with an ardor approaching delirium. The Southern Song saw a tremendous outpouring of poems in praise of flowering plum.」筆者自譯。

[109] 同上。原文為：「During the Southern Song period the flowering plum is well represented in traditional pictorial and poetic forms, such as flower-and-bird painting and *shi* poetry.」筆者自譯。

總　結

南宋對梅花的熱愛可由三方面反映：一、賞梅風氣盛行；二、論梅之著繁盛；三、畫梅之習流行。三者助長詠梅詞的興盛。今逐一概括如下：

首先是賞梅風氣，南宋不論君主貴族、文人雅士皆喜愛賞梅。賞梅之餘，對梅吟詠。以詠梅之詞取悅君主貴胄，甚或可獲獎賞。文人雅士之間以詠梅之作互相酬唱、競賽。詠梅詞作自然大量湧現。

其次是繪畫梅花的流行，宋人喜愛畫梅、題梅，故有題畫詩、題畫詞的出現。爲一幅美麗的梅圖而題詠一首詩、一闋詞已是宋人的習慣。由於畫梅人士眾多，梅圖亦多，賦詠畫中梅的作品相應增長。故此，南宋有不少以「墨梅」爲題序的詠梅詞。

最後是論梅之作，論梅作品的產生主要因爲宋人熱愛梅花。越多論梅著作，越能反映文人對梅花的重視。論述梅花，不一定能直接推動詠梅詞的創作，卻能引人注目，把文人的注意力集中在梅花身上。於是，有觀梅者自然不會沒有詠梅之詞。

附錄4·1

宋代畫梅人名錄

時代	畫　者	擅　長
北宋	崔　白（1023－1085 時人）	專用水墨畫梅
	李正臣（1119－1125 時人）	善作叢棘疏梅
	釋惠洪（1071－1128）	寫梅於綃扇
	米　芾（1057－1107）	專工墨梅
	晁補之（1053－1110）	專工墨梅
	僧仲仁（約 11 至 12 世紀）	以墨暈寫梅
	雍　巘（約 11 至 12 世紀）	畫墨梅尤出色
	蕭太虛（約 11 至 12 世紀）	用濃墨作梅枝、以墨暈作花
	桐廬方氏（11 至 12 世紀）	作梅竹
	釋仲仁（約活動十二世紀）	以墨漬作梅
	尹　白（約活動於 12 世紀）	專工墨梅、效華光畫梅
南宋	楊無咎（1127－1189 時人）	創出圈寫法畫梅
	魏　燮（1127－1162 時人）	長於水墨梅
	湯正仲（無咎外甥）	效楊氏、淡墨暈染、白描梅花
	湯叔周（正仲之弟）	工於墨梅
	徐禹功（無咎弟子）	效法楊無咎畫梅法
	趙孟堅（1199－1267）	善以水墨描梅、有梅譜
	楊季衡（無咎姪兒）	畫墨梅得楊氏之法
	劉夢良（楊氏鄉親）	寫墨梅
	湯夫人（湯正仲之女）	善寫梅竹
	蕭鵬摶（約十二世紀時人）	專工墨梅

	張德琪（約十二世紀時人）	專工墨梅
	王　相（1198－1274時人）	效法楊氏
	蕭太虛（十二世紀道士）	善畫梅，有山林清幽之氣
	吳仲圭（約十三世紀時人）	效法楊氏
	釋仁濟（1127－1279年間）	畫梅四十載
	茅汝元（1127－1279年間）	畫墨梅專家、有「茅梅」之稱
	丁野堂（十三世紀時人）	宋末寫梅名者
	周　密（1232－1308）	宋末寫梅名者
	沈雪坡（約13世紀時人）	宋末寫梅名者
	趙天澤（約13世紀末）	宋末寫梅名者
	謝佑之（約13世紀末）	傅色濃厚
	林　椿（1174－1189時人）	效法楊氏水墨畫
	魯之茂（1195－1224時人）	善畫梅竹
	葛長庚（1194－1229）	工於畫梅竹
	丁野堂（1225－1259時人）	善梅竹、畫野梅尤佳
	吳　琚（1165－1195在世）	風格近米芾
	王　柏（1297－1274）	畫梅竹甚妙
	馬宋英（約12至13世紀）	畫墨梅竹、俱妙
	歐陽楚翁（約12 至13世紀）	善水墨梅
	法　常（十三世紀末）	精於水墨花卉
	闞　生（生卒不可考）	作古木雪景梅花
	聞秀才（生卒不可考）	善畫梅
	吳　石（生卒不可考）	善畫梅
	蔣太尉（生卒不可考）	畫梅
	王　介（1195－1200在世）	能畫梅蘭
	胡夫人（生卒不可考）	畫梅竹甚不凡
	宋永年（生卒不可考）	善寫梅

北宋時期畫家約四百四十人，畫梅者只有 11 人；南宋時期畫家約三百四十人，畫梅者則有 37 人。其餘畫花木畫家更過百數。

（根據《圖繪寶鑑》卷三及卷四統計所得。）

以上資料參考：

(1)（元）夏文彥撰：《圖繪寶鑑》卷三、卷四；見于海晏：《畫史叢書》（上海：上海人民美術出版社，1963 年）第三冊，頁 43－120。

(2)王安節摹繪、李笠翁刊序：《芥子園畫譜大全》〈畫法源流〉（掃葉山房刊本）（香港：中興圖書公司，1965 年）。

(3)傅熹年：《中國美術全集——兩宋繪畫》（北京：文物出版社，1988 年）下冊，〈南宋時期的繪畫藝術〉部。

附錄 4·2

南宋著名畫梅圖

畫　者	畫　名	內　容
馬　遠 （約 1190－1230 時人）	《梅石溪鳧圖》 《觀梅圖》	寫石壁上梅花盛開、一群野鴨在溪中嬉戲追逐。 老挺疏枝，秀出物表。
楊無咎 （1097－1169）	《四梅圖》	寫梅花未開、欲開、盛開，將殘四種狀態。

	《雪梅圖》	寫雪天開放的梅花，夾著幾簇竹葉。
林　椿（1174－1189時人）	《梅竹寒禽圖》	寫紅梅翠竹、寒鶯刷羽枝上。
無名氏	《梅竹雙雀圖》	寫竹叢中白梅二枝，枝疏花茂，雙鳥棲其上。
無名氏	《玩月圖》	寫宮中婦女月夜賞梅情景
趙孟堅（1199－1267）	《歲寒三友圖》	寫松、竹、梅，氣韻清逸
劉松年（1127－1279時人）	《竹裡梅花圖》	繪竹裡梅花、路逕委曲竹梅交加，景趣幽雅。
李　唐（1127－1279時人）	《梅竹幽禽圖》	

此外，（作者不詳）《宣和畫譜》卷十七至十九共載28梅圖名目。這些梅圖並非單畫梅，多以梅配竹、雪、鳥及其他花卉；28圖中只有一幅純畫梅花。（見于海晏：《畫史叢書》〔上海：上海人民美術出版社，1963年〕第二冊，頁195－246。）

此圖表參考：

(1)上海博物館編輯：《宋人畫冊》（上海：人民美術出版社，1979年）。
(2)（清）厲鶚（1692－1752）輯：《南宋院畫錄》（光緒10年〔1884〕錢唐丁氏竹書堂刊），八卷。
(3)傅熹年編：《中國美術全集——兩宋繪畫》（北京：文物出版社，1988年），下冊。

附錄5

詞人爲畫梅或梅圖而創作之詞（由下列序言可見）

詞　人	詞　作	詞　序
呂本中 （1084－1145）	《宣州竹》 （小溪篷底湖風重）	墨梅
楊無咎 （1097－1171）	《柳梢青》 （漸近青春） （嫩蕊商量） （粉牆斜搭） （目斷南枝）	范端伯要余畫梅四枝：一未開、一欲開、一盛開、一將殘，仍各賦詞一首。
陳　造 （1133－1203）	《菩薩蠻》 （冰花的皪冰蟾下）	弟子常盼酒所指屏間畫梅乞詞
無名氏	《葛山溪》 （孤村冬杪）	畫梅
王　柏 （1197－1274）	《酹江月》 （今歲臘前）	題澤翁梅軸後
李曾伯 （1198－？）	《滿江紅》 （姑射山人）	甲午宜興賦僧舍墨梅
吳文英 （1260－1264在世）	《暗香疏影》 （占春壓一）	賦墨梅
王沂孫 （？－約1289）	《西江月》 （根粉輕盈瓊靨）	爲趙元父賦雪梅圖
白君瑞 （約十三世紀人）	《柳梢青》 （玉骨冰姿）	曹溪英墨梅

（以上資料乃據唐圭璋主編：《全宋詞》〔北京：中華書局，1986年〕第1－5冊統計所得。）

第三節：結社蓄妓的影響

3·1 結社之風

南宋時期，都市繁榮，人口稠密，方便組社結團。據（宋）耐得翁（十三世紀）《都城紀勝》所載，當時已有屬於興趣的打毬社、射弓社、專予富人捐獻香油的光明會、作齋的茶湯會、聽講佛經的淨業會，還有放生會、八仙社、漁父習閒社、飲食社、花果社、考古社等等⑩，各適其式。至於文士的集會，耐得翁云：

> 「文士則有西湖詩社，此社非其他社集之能比，乃行都士大夫寓居及詩人，舊多出名士。」⑪

西湖詩社，相信是南宋文人最大的集會，亦是一人才濟濟的會社。文人聚集一起，彼此賞論詩文，互相聯詠，直接輔助詠物詞的發展。且看下文：

> 「南宋詞人結社聯吟之風，也直接助成詠物詞的發展。平時，詞社裡同題聯吟，而以詠物為題，最能見出筆力高

---

⑩ （宋）耐得翁（1236 在世）：《都城紀勝》〈社會〉卷，見西湖老人等撰：《西湖老人繁勝錄等三種》（台北：文海出版社，1981 年），頁 83－84。

⑪ 同注⑩，頁 83。

下……。」[112]

解釋了爲何結社聯吟能推動詠物詞（包括詠花詞）的發展，皆因詠物是最好的方法，可考驗文士的學識、才情。何況當時正值昇平之際，沒有國破家亡之哀，賦詠的對象自然傾向眼前所見的自然景物。所謂：

「西湖詩社，多聞遐邇，杭州名士，流寓儒生，競相賦詠。」[113]

相信並非虛言。尤其在吟詠梅花方面，多有競賽賦題之處。如汪元量（活動於 1241－1265）《暗香》題序，記載了與社友觀梅、詠梅之事：

「西湖社友有千葉紅梅，照水可愛。問之自來，乃舊內有此種。枝如柳梢，開花繁艷，兵後流落人間。對花泫然承臉而賦。」[114]

詞人與西湖社友同賞千葉紅梅，因念此花本生於舊日北宋皇宮之

[112] 蔡英俊主編：《中國文化新論（文學篇二）——意象的流變》（台北：聯經出版事業公司，1982 年），頁 385。

[113] 俞玄穆：《宋代詠花詞研究》（台北：政治大學碩士論文，1985 年），頁 26。

[114] 唐圭璋主編：《全宋詞》（北京：中華書局，1986 年）冊 5，頁 3343。

內，兵敗後流落民間，因而感傷流淚，賦下《暗香》一詞，借梅寄情。其餘社友有否和詠？不可得知。但相信不會僅僅只得這闋詠梅詞，或許散佚而未能流傳下來。

再看《疏影》一詞題序：

「西湖社友賦紅梅，分韻得落字。」[115]

可見汪元量與社友聚集賞梅之餘，彼此互相賦詠，皆論紅梅。分韻競賽，以比高下。黃昇（約活動於十三世紀）《賀新郎・梅》（自掃梅花下）有詞句云：

「自醉自吟仍自笑，任解冠、落珮從嘲。書此意，寄同社。」[116]

從詞句來看，社友之間多有吟詠梅花以相寄贈。

雖然不知道西湖詩社有多少人，何時聚集，但相信在梅花盛開之日，自有西湖社友吟詠的蹤影。文人聚集賞花、飲酒、吟詩賦詞是常見之事。除了西湖詩社之外，還有沒有其他文人聚合而成的會社？《都城紀勝》以及《宋代筆記小說》等著書[117]都沒有

---

[115] 同注[114]。

[116] 《全宋詞》冊 4，頁 2993。

[117] （宋）周密：《濟東野語》、《武林舊事》，（宋）王讜（1101－1110 在世）：《唐語林》（上海：上海古籍出版社，1978 年）八卷，以及西湖老人：《繁勝錄》（台北：文海出版社，1981 年）、（宋）孟元老（1126－1147）：《東京夢華錄註》（北京：中華書局，1982 年）皆沒有記載。

記載。不論如何，文人結社直接推動了詠梅詞的興盛。好像西湖詩社一樣，文士以詠物爲比試對象，當然不會不以杭州一帶常見的梅花爲題材。

3·2 酬唱之風

宋代文人喜愛折梅寄贈，以表思念[118]。寄贈梅花之時，多附上借梅托情之詞。如韓淲（1159－1234）《菩薩蠻》（隴頭無驛奚為朵）序云：

「趙昌甫折黃巖梅來，且寄菩薩蠻，次韻賦之。」[119]

趙昌甫（活動於十二世紀中期至十三世紀初）寄梅枝，亦寄《菩薩蠻》詞。作者得梅枝梅詞，寫下同韻的《菩薩蠻》：

「梅以句深長，得花情未忘。」[120]

由此看來，作者得其友贈梅贈詞，明白友人對己之念掛，未敢忘情。又如另一首《菩薩蠻》（的皪南枝橫縣宇）詞序云：

---

[118] 這傳統源自（南朝宋）陸凱折梅贈其友范曄，並寫下：「江南無所有，聊贈一枝春」之句，以表示對友人的念記。（詳見本文第 1 章節 2）。

[119] 《全宋詞》冊 4，頁 2249。

[120] 同注[119]。

「張饒縣以一枝梅來，和韻。」[121]

亦是友人送來一枝梅，一闋詞，作者以相同的聲韻和之。印證文人之間互相寄贈梅花，寄贈梅詞，是普遍常見之事。尤其好友遠在他鄉，以梅花表達思念之情乃人之常情。由於這種贈梅寄詞的風尚盛行，詠梅詞因而增加了。

除了贈梅賦詠之外，文人在日常間互相酬唱應和。從詞的題序可窺見酬唱之風的盛行。如徐鹿卿（1170－1249）《漢宮春》（庾嶺梅花）序：

「和馮宮教詠梅，依李漢老韻。」[122]

詞人唱和馮宮教（約十二世紀末）的詠梅詞，用李漢老（李邴，1085－1146）的字韻，看來三人之間經常有互相酬唱的詠梅詞作。最後，詞人寫了一闋《漢宮春》，又用同一詞調寫了第二首詠梅詞──《漢宮春》（史隱南昌）[123]。又如洪咨夔（？－1236）《賀新郎》（放了孤山鶴）是：

「詠梅用甄龍友韻。」[124]

---

[121] 《全宋詞》冊4，頁2259。

[122] 《全宋詞》冊4，頁2317。

[123] 同注[122]。

[124] 《全宋詞》冊4，頁2463。

而吳泳（1208進士）《卜算子》（漠漠雨其濛）是「和史子威瑞梅」[125]；吳潛（1196－1262）《聲聲慢》（挨晴擀暖）是「和吳夢窗賦梅」[126]；曹勛（1098－1174）《御街行》（凌寒架雪知春近）是「和陸判院梅詞」[127]；黃公度（1109－1156）《眼兒媚》（一枝雪裡冷光浮）及《朝中措》（幽香冷艷綴疏枝）：

「梅詞二首，和傅參議韻。」[128]

各人賦梅詞，多爲詠和友人的詞作。以上各例足見兩點：一、南宋酬唱之風甚盛，文人之間的和唱之詞多不勝數（參看附錄6）。二、詠梅詞得以興盛，或多或少是受了這酬唱之風的影響，有贈梅者自有詠梅之人，有詠梅之詞自有和韻之作。

3·3 蓄養歌妓之風

宋詞是可以歌唱的文學，故不能沒有詞曲演繹者——歌妓。宋代歌妓可分作三類：官妓、私妓、家妓。官妓，隸屬於官府，入樂籍，專供朝廷、地方官宴飲時用。私妓，是在坊間歌樓酒館、勾欄場所，以歌舞維生的女子。家妓，則是蓄養在富貴人家、士

[125] 《全宋詞》冊4，頁2510。
[126] 《全宋詞》冊4，頁2734。
[127] 《全宋詞》冊2，頁1235。
[128] 《全宋詞》冊2，頁1328。

大夫家中，能歌善舞的女子。[129]

周密《齊東野語》卷七，記載了張鎡蓄養歌妓之事：

> 「張鎡功甫、號約齋……其園池聲妓服玩之麗甲天下。……群妓以酒肴絲竹，次第而至。別有名姬十輩，皆衣白，凡首飾衣領皆牡丹，首帶照殿紅一枝，執板奏歌侑觴，歌罷樂作乃退。」[130]

反映歌妓以歌舞娛樂賓客的情況，以及張鎡富甲一方的事實。《齊東野語》卷二十更記載了一官妓事跡：

> 「天台營妓嚴蕊（約爲十二世紀至十三世紀時人），字幼芳。善琴奕歌舞絲竹書畫，色藝冠一時。間作詩詞，有新語，頗通古今，善逢迎。四方聞其名，有不遠千里而登門者。」[131]

可見歌妓除了能歌善舞、善絲竹外，亦懂詩詞創作，而且歌妓的影響力（或謂吸引力）也不小。宋代不知多少詞人爲她們賦詞或填詞送贈。如黃庭堅（1045－1105）贈小妓楊姝（約11世紀）《好事近》

---

[129] 陶第遷著：〈宋代聲妓繁華與詞的發展〉《學術研究》1991年第1期（總第104期），頁121。

[130] （宋）周密：《齊東野語》卷七，見《筆記小說大觀（十三編）》（台北：新興出版社，1976年）第四冊，頁2146。

[131] 同注[130]，頁2347。

（一弄醒心弦）[132]，戲贈官妓盼盼（瀘南〔今四川瀘州〕妓，約 11 世紀）《浣溪沙》（腳上鞋兒四寸羅）[133]；秦觀（1049－1100）贈營伎陶心兒（約 11 世紀）《南歌子》（玉漏迢迢盡），贈婁婉（字東玉，約 11 世紀）《水龍吟》（小樓連苑橫空）[134]；趙師俠（1175 進士）贈妓妙惠（約 12 世紀）《鷓鴣天》（妙曲清聲壓楚城）[135]；東坡贈妓之詞多達 11 首，所贈歌妓約九人[136]。反映歌妓與文人密切的關係，亦顯現她們不容忽視的影響力。

歌妓對於詠梅詞的興盛有一定的幫助。因爲：

> 「歌妓們的唱詞，對加強詞體的建設、擴大詞的傳播、刺激詞作家的創作，產生了重要的影響。」[137]

她們對詞的傳播、詞人的創作，明顯的有很大影響力。凡深受她們喜愛的作家頗能名噪一時，詞作亦能廣泛流傳。（北宋）柳永（約 1023－1063 在世）便是一典型例子。（宋）葉夢得（1077－1148）《石林避暑錄話》云：

---

[132] （清）馮金伯輯：《詞苑萃編》卷十一〈紀事〉；見唐圭璋編：《詞話叢編》（北京：中華書局，1996 年）冊 3，2014。

[133] （清）葉申薌（生卒不可考）撰：《本事詞》卷上；見《詞話叢編》冊 3，頁 2316。

[134] 同注[133]，頁 2315。

[135] 《本事詞》卷下；見《詞話叢編》冊 3，頁 2357。

[136] 詳見注[133]，頁 2314－2315。

[137] 同注[129]，頁 122。

「柳永字耆卿、為舉子時，多游狹邪，善為歌辭，教坊樂工每得新腔，必求永為辭，始傳於世，於是聲傳一時。」[138]

《詞苑萃編》卷二十三記載一名歌妓能唱盡歐陽修之詞，云：

「永叔（歐陽修，1007－1072）閒居汝陰時，一伎能盡記公所為歌詞。」[139]

歌妓能推廣傳誦詞人之作，故能刺激作家填詞。

在南宋的詠梅詞中，歌妓同樣扮演刺激詞人創作的角色。不妨看看洪皓（1088－1144 在世）四首詠梅詞《江梅引》的創作原因：

「……眾賓客皆退，獨留少款。侍婢歌《江梅引》，有『念此情、家萬里』之句，僕曰：『此詞殆為我作也。』……感慨久之。既歸，不寢，追和四章……聊以自寬。」[140]

作者因為聽了侍婢的演唱，感懷身世，於是依同一詞牌寫下《江梅引》（天涯除館憶江梅）、（春還消息訪寒梅）、（重閏佳麗最憐梅）及（去年湖上雪欺梅）四首詠梅詞[141]。可見歌妓的演唱有刺激詞人創作之

---

[138] （宋）葉夢得：《石林避暑錄話》（上海：中華圖書館，石印本）下冊，卷三。

[139] 《詞苑萃編》卷二十三，見《詞話叢編》冊 3，頁 2240。

[140] 《全宋詞》冊 2，頁 1001。

[141] 四首詞原文，可參上注。

用。又如周必大（1126－1204）填寫詠梅詞《點絳脣》（踏白江梅）是因爲：

「嘗奉使過池陽，趙富文太守招宴。籍中有曹盼者，潔白靜默，或病其訥而少慧。周憐之，為賦梅以見，意云：『踏白江梅……莫待冬深，雪壓霜欺後。君知否。卻嫌伊瘦。又怕伊僝僽。』適居七夕，趙又開宴，出家姬小瓊以侑觴，周又賦云……。」[142]

作者見到趙富文（約 12 世紀）家中歌妓楚楚可憐的樣子，故此寫下此篇詠梅詞。從上文可見歌妓刺激詞人的創作靈感和意欲，主要基於兩方面：一、詞人爲其歌聲感動，二、詞人爲其容貌觸動。

歌妓本身亦間接推動了詠梅詞的創作。因爲要讓她們續繼操曲、演唱，娛賓樂己，不可無曲無詞，故此必須有創作歌曲文辭之人。她們不必向人索取曲調詞句，自有供應詞曲之人。如白石（姜夔）創作《暗香》、《疏影》兩首曲調，寫下傳流千古的詠梅詞，創作動機是：

「辛亥（1191 年）之冬，予載雪詣石湖。止既月，授簡索句，且徵新聲。作此兩曲，石湖把玩不已，使工妓隸習之，音節諧婉，乃名之曰暗香、疏影。」[143]

---

[142] 《本事詞》卷下，見《詞話叢編》冊 3，頁 2352。

[143] 《全宋詞》冊 3，頁 2181。

范成大（石湖）向他索句徵新聲，讓歌妓演唱。索新詞、徵新聲，或許是石湖對白石才華的欣賞（由石湖玩不釋手，可窺見一二），但不能排除爲了讓歌妓樂工演唱的可能性，因爲兩首詞最終的結局是「使工妓隸習之」。又如姜白石之所以塡寫《玉梅令》（疏疏雪片）是因爲：

「石湖家自製此聲，未有語實之，命予作。」[144]

若此調是范成大自製，白石何不明言，卻言「石湖家」？雖未得百分百的確定，卻推斷是石湖家中樂工歌妓所制曲調。因爲有調無詞，故令白石塡寫。在有曲有詞之後，自然也是「使工妓隸習之」。由此可說，歌妓是間接推動詠梅詞的創作和興盛。

《本事詞》卷下曾記載白石眷戀歌妓小紅，並爲之賦詩：

「范之家妓善歌者，以小紅為最，姜頗顧之。姜告歸，范即以小紅贈之。歸舟夜過垂虹，適復大雪，姜令小紅唱新詞，自擫笛以和之，乃賦詩云：『自喜新詞韻最嬌，小紅低唱我吹簫。曲終過盡松陵路，回首煙波十四橋。』」[145]

從小紅一事可見歌妓頗受文人的眷顧（「姜頗顧之」），歌妓的獻唱

---

[144] 《全宋詞》冊 3，頁 2173。

[145] （清）葉申薌撰：《本事詞》卷下，見（唐）孟棨（886 在世）等撰：《本事詩、續本事詩、本事詞》（上海：上海古籍出版社，1991 年），頁 452。

（「小紅唱新詞」）能刺激文人的創作靈感。歌妓甚至可以隨文人游賞，以便即時爲主人賓客吹奏演唱。姜白石《鶯聲繞紅樓》（十畝梅花作雪飛）序云：

「甲辰（1184 年）春，平甫與予自越來吳，攜家妓觀梅于孤山之西村，命國工吹笛，妓皆以柳黃為衣。」[146]

由於有樂工吹笛，有身穿柳黃衣飾的歌妓演唱，詞人賦詞後可獲即時演唱。這多少激發詞人的創作意欲（或說，這讓主人家有充足理由，催促相陪來賞梅的詞人賦詞）。周濟（1181？－1839）《介存齋論詞雜著》云：

「南宋詞盛於樂工，而衰於文士。」[147]

南宋之詞多出於懂音律的樂工之手，而且大部份爲應歌而作，爲演唱而填。

總　結

詠梅詞得以盛於南宋，主要原因之一是文人之間的聚集結社。由於社友相聚賞梅，一起創作，以比高下。在詠梅作品之中，

---

[146] 《全宋詞》冊 3，頁 2170。

[147] （清）周濟：《介存齋論詞雜著》〈兩宋詞各有盛衰〉條，見《詞話叢編》冊 2，頁 1629。

就有不少是爲應和詩社而賦詠的。難怪《介存齋論詞雜著》云：

> 「北宋有無謂之詞以應歌，南宋有無謂之詞以應社。」[148]

當然「應社」之詞不一定「無謂」，亦有滿懷寄托之佳作，故不能一概而論。然而，文人之間因爲相聚交往的關係，產生不少酬唱和韻之作。或寄梅詞以道思念，或爲欣賞別人詞作而和詠，或爲友人祝壽……原因各異。因爲和韻酬唱，詠梅詞得以繁多。加上同一詞牌可以賦詞多首，作品數量更見豐盛。以白石次韻其友曾三聘（約 1195－1224 時人）的詠梅詞《卜算子》爲例，便有八首之多。

然而，不論作品如何繁多，沒有歌妓的演唱傳播，不能起推波助瀾之用。蓄養歌妓風尙的流行，推動了詠梅詞的創作：因爲她們的歌聲能令詞人產生共鳴，她們的儀容能觸發詞人的靈感。何況，宋人追求聲色娛樂，有美麗的梅花、精通音律的歌妓，自然不能沒有詠賞梅花的詞作。歌妓又協助詞作的散播，讓大街小巷的百姓皆能哼唱曲詞。看來，南宋詠梅詞的興盛並非無因。

附録 6

以下共計九十首，爲南宋人互相酬唱和韻而作的詠梅詞：

---

[148] 同注[147]，〈應歌應社詞〉條。

葉夢得 （1077－1148）	《臨江仙》 （不與群芳爭絕艷） 《千秋歲》 （曉煙溪畔）	次韻答幼安、思誠、存之席上梅花 次韻兵曹席孟惠解中千葉黃梅
李　光 （1078－1159）	《念奴嬌》 （榕林葉暗）	符昌言寫寄朱胡梅詞，酬唱語皆不凡，因次其韻
趙　鼎 （1085－1147）	《蝶戀花》 （一朵江梅春帶雪）	長道縣和元彥修梅詞
向子諲 （1085－1152）	《虞美人》 （江頭苦被梅花惱） 《減字木蘭花》 （臘前雪裡） 《卜算子》 （竹裡一枝梅）	走筆戲呈韓叔夏司諫 走筆戲呈韓叔夏 薌林（作者之號）往歲見梅、追和一首
南山居士 （姓名、生卒不可考）	《永遇樂》 （滿眼寒姿） 《永遇樂》 （玉骨冰肌）	梅贈客 客答梅
李彌遜 （1089－1153）	《驀山溪》 （衝寒山意） 《清平樂》 （斷橋缺月） （推愁何計）	次韻伯紀梅花韻 次韻葉少蘊和程進道梅花
張元幹 （1091－1162 在世）	《豆葉黃》 （冰溪疏影竹邊春） （疏枝冷蕊忽驚春）	爲伯南賦早梅，後和韻

王之道 （1093－1169）	《蝶戀花》 （曾向水邊雲外見） （杏靨桃腮俱有靦）	和魯如晦梅花二首
曹　勛 （1098－1174）	《御街行》 （凌寒架雪知春近）	和陸判院梅詞
胡　銓 （1102－1180）	《臨江仙》 （我與梅花真莫逆）	和陳景衛憶梅
史　浩 （1106－1194）	《好事近》 （對竹擘吟牋） 《白蘋》 （臘天寒）	次韻彌大梅花 次韻真書記梅花
黃公度 （1109－1156）	《眼兒媚》 （一枝雪裡冷光浮） （幽香冷艷綴疏枝）	梅詞二首，和傅參議韻
洪　適 （1117－1184）	《浣溪沙》 （報導傾城出洞房） （玉頰微醺怯晚寒）	以鴛鴦梅送曾守 以鴛鴦梅送錢漕
侯　寘 （1131－1189 在世）	《蝶戀花》 （雪壓小橋溪路斷）	次韻張子原尋梅
袁去華 （1145 進士）	《驀山溪》 （蕊珠宮闕）	次陳帥用曹元寵梅花韻
姚述堯 （1154－1188 在世）	《醜奴兒》 （山城寂寞渾無緒）	王清叔贈梅花見索
陸　游 （1125－1209）	《定風波》 （攲帽垂鞭送客回）	進賢道上見梅贈王伯壽
朱　熹 （1130－1200）	《念奴嬌》 （臨風一笑）	用傅安道和朱希真詞韻

陳　造 （1133－1203）	《洞仙歌》 （蝶狂風鬧） 《水調歌頭》 （勝日探梅去）	趙史君送紅梅 千葉梅送史君
岳　密 （1135－1209）	《千秋歲》 （梅妝竹外）	用秦少游韻
趙長卿 （十三世紀時人）	《花心動》 （風軟寒輕） 《驀山溪》 （玉妃整佩）	客中見梅寄暖香書院 和曹元寵賦梅韻
廖行之 （1137－1189）	《鷓鴣天》 （九日東離已汎觴）	詠梅菊呈撫州葛守
楊冠卿 （1138－？）	《鷓鴣天》 （歲月如馳烏兔飛）	次韻寶溪探梅未放
辛棄疾 （1140－1207）	《念奴嬌》 （江南盡處） （是誰調護） 《江神子》 （暗香橫路雪垂垂）	 贈妓善作墨梅 余既爲傅巖叟兩梅賦詞，傅君用席上有請云：「家有四古梅，今百年矣，未有以品題，乞援香月堂例。欣然許之……。」 賦梅寄余叔良
石孝友 （1166 進士）	《滿庭芳》 （蘭畹霜濃）	次范倅憶洛陽梅
趙師俠 （1175 進士）	《賀聖朝》 （千林脫落群芳息）	和宗之梅

陳　亮 （1143－1193在世）	《漢宮春》 （雪滿江頭）	見早梅呈呂一郎中鄭四六監嶽
張　鎡 （1153－1211在世）	《卜算子》 （常記十年前）	無逸寄示近作梅詞，次韻回贈
盧　炳 （1214在世）	《減字木蘭花》 （冰姿雪艷） 《鷓鴣天》 （閣雨浮雲寒尚輕） 《蝶戀花》 （羅幕護寒遮曉霧）	詠梅呈萬教 題廣文官舍竹外梅花呈萬教 和人探梅
姜　夔 （約1155－1221）	《卜算子》 （江左詠梅人） （月上海雲沉） （蘚幹石斜妨） （家在馬城西） （摘蕊暝禽飛） （綠萼更橫枝） （象筆帶香題） （御苑接湖波）	吏部梅花八詠，夔次韻
汪　莘 （1155－？）	《滿江紅》 （唐宋諸公）	客有索賦梅詞者，余應之曰：「自林和靖詩出光前絕後矣。姑以此意賦之可也。」
韓　淲 （1159－1234）	《菩薩蠻》 （隴頭無驛受為朵） 《百字令》 （園居好處）	趙昌甫折黃巖梅來，且寄菩薩蠻，次韻賦之 楊氏瞻索古梅曲，次其韻

	《賀新郎》 （又見年年雪） 《菩薩蠻》 （的皪南枝橫縣宇）	次韻昌甫雪梅曲 張饒縣以一枝梅來，和韻
徐鹿卿 （1170－1249）	《漢宮春》 （庾嶺梅花） （吏隱南昌）	和馮宮教詠梅依李老漢韻 又重和
洪咨夔 （？－1236）	《賀新郎》 （放了孤山鶴）	詠梅用甄龍友韻
吳　泳 （1208 進士）	《卜算子》 （漠漠雨其濛）	和史子威瑞梅
葛長庚 （1194－1229）	《好事近》 （行到竹林頭） 《漢宮春》 （瀟灑江梅）	贈趙制機 次韻李漢老詠梅
張　矩 （1241－1252 在世）	《孤鸞》 （塞鴻來早） 《燭影搖紅》 （春小寒輕） 《虞美人》 （金爐級就裙紋摺） 《醉落魄》 （瑤姬妙格）	次虛齋先生梅詞韻 再次虛齋先生梅詞韻 和蘭坡催梅 次韻趙西里梅詞
吳　潛 （1196－1262）	《聲聲慢》 （挨晴拶暖）	和吳夢窗賦梅

	《暗香》 （曉霜一色） 《疏影》 （佳人步玉） 《暗香》 （雪來比色） 《疏影》 （寒梢砌玉）	自昭忽錄示堯章暗香疏影二詞，因信手酬酢。 再和
李曾伯 （1198－？）	《滿江紅》 （萬紫千紅）	招雲岩、朔齋于雷園，二公用前雪韻賦梅。
方　岳 （1199－1262）	《沁園春》 （有美人兮）	和宋知縣致苔梅
吳文英 （1260－1264 在世）	《花犯》 （翦橫枝） 《一翦梅》 （老色頻生玉鏡塵）	謝黃復庵除夜寄古梅枝 賦處靜以梅花枝見贈
陳　著 （1214－1297）	《小重山》 （松是交朋竹是鄰）	次韻定海趙簿詠梅
姚　勉 （1216－1262）	《聲聲慢》 （江涵石瘦）	和徐同年梅
何夢桂 （1228－1274 在世）	《玉漏遲》 （問春先開未） 《水龍吟》 （分知白首天寒）	和何君元壽梅 和邵清溪詠梅見壽
劉辰翁 （1232－1297）	《憶秦娥》 （驚雷節）	……又得中齋別梅，遂並寫寄。

	《摸魚兒》 （記歌頭）	辛巳冬和中齋梅詞
周　密 （1232－1308）	《梅花引》 （瑤妃鸞影追仙雲） 《齊天樂》 （護春簾幕東風裏）	次韻篔房賦落梅 次二隱寄梅
王　奕 （約十三世紀末人）	《摸魚兒》 （問梅花）	……借蕭彥和梅花韻見意
黃公紹 （1265 進士）	《喜遷鶯》 （世情冰盡）	和老人詠梅
張　炎 （1248－？）	《一枝春》 （竹外橫枝） 《壺中天》 （苔根抱古）	爲陸浩齋賦梅南 白香巖和東坡韻賦梅

（以上詞作，據《全宋詞》統計所得）

第四章　南宋詠梅詞的思想內容

引　言

南宋時期（1127－1279），不論詠梅詞人，或是詠梅詞作❶在數量上都較北宋多約三、四倍。（見下列圖表）❷

北宋詠梅詞人／詞作	南宋詠梅詞人／詞作	未確定生卒年之宋人／ 詠梅詞作	無名氏
59 人/ 133 首	172 人/ 573 首	5 人/ 7 首	255 首

這一章將探討南詠梅詞的思想內容。然而，究竟何謂之「內容」呢？若果不予清晰的界定，則無從討論了。

涂公遂在其《文學概論》一書云：

「……我們試將一切文字所寫出來的東西，看它們所包括的究竟是什麼。我們一定可以發現，其中不外是關於神、人、

❶ 有關「南宋詞人」及「南宋詠梅詞」的定義，參看本文的「前言」。

❷ 此表是筆者根據唐圭璋主編《全宋詞》（北京：中華書局，1986 年）統計所得。

物的事、理、情、象。神、人、物是主體；事、理、情、象是從體；這些主體和從體，自然便是我們要探求的文學內容。」❸

不論是「主體」或「從體」皆屬客觀的內容，要通過作者的心靈活動（思想、情感、想像）才能成爲主觀的內容。由於一切文學作品都經過主觀的洗禮才呈現讀者面前，故作者的思想、情感便成爲文學的主要內容。一如涂公遂所云：

「情感等於文學的一種酵素，它和思想是平分著文學內容的領域的。」❹

而「想像」是美化文學、陶鑄及再造心靈的手法，是呈現作者情感、思想的渠道，屬於文學表現手法之一，故筆者不把它當作內容的一部份。

在南宋諸首詠梅詞之中，梅花是客觀的內容，透過梅花表現的思想、情感是真正主觀的內容。這一章主要探討後者，即是詠梅詞背後的思想、情感，並把這些內容（作者的心靈活動）分類討論。以下是五百七十三首南宋詠梅詞思想內容粗略的分類：

---

❸ 涂公遂著：《文學概論》（香港：自由出版社，1956 年），頁 78。

❹ 同上，頁 85。

內容分類	詞作數量（573首）	比率（100%）
寄懷家國身世	81	14.14%
相思離愁	94	16.40%
抒發個人情感	90	15.71%
其他	237	41.36%
綜合性詞作	71	12.39%

（「綜合性詞作」是指同一首詞作中展現多個主題思想：如寫家國之感，卻帶相思之情；寫傷春嘆老之意，卻暗寄仕途之望。各篇詠梅詞內容分類，詳見附錄〈南宋詠梅詞統計〉。）

第一節：借詠梅寄懷家國身世

此類題材在南宋五百七十三首詠梅詞作中，共佔八十一首，分佈如下：

類　別	詞作數量	比　率
追念故國	17	2.97%
思念家鄉	33	5.76%
飄泊行役	31	5.41%
總數	81	14.14%

1・1 追念故國

南宋的詠梅詞作，沒有完全陷入吟風弄月的範疇。在諸篇詠梅詞中，有不少是明顯描寫對故國的追念。《文心雕龍・時序》有云：

> 「時運交移，質文代變，古今情理，如可言乎。……幽（周幽王，公元前 781－前 770 在位）、厲（周厲王，約公元前 857－約前 842 在位）昏而《板》❺《蕩》❻怒；平王（周平王，公元前 770－前 720 在位）微而《黍離》❼哀。故知歌謠文理，與世推移，風動於上，而波震於下者。」❽

---

❺ 「板」：指《詩經・大雅・板》，其云：「上帝板板，下民卒癉。出話不然，為猶不遠。」注云：「板，凡伯〔周厲王之卿士〕刺厲王也。」（見國立故宮博物院編輯委會編：《景印宋本纂圖互註毛詩》〔臺北：故宮博物院，1995 年〕第三冊，卷十七，頁十三。）乃士大夫諷刺厲王無道之詩。

❻ 「蕩」：指《詩經・大雅・蕩》，其云：「蕩蕩上帝，下民之辟。疾威上帝，其命多辟。」注云：「厲王無道，天下蕩蕩無綱紀文章，故作是詩也。」（見《景印宋本纂圖互註毛詩》第三冊，卷十八，頁一。）亦是斥責厲王昏庸無道之詩。

❼ 「黍離」：指《詩經・王風・黍離》，其云：「彼黍離離，彼稷之實，行邁靡靡，中心如噎。知我者謂我心憂，不知我者謂我何求。悠悠蒼天，此何人哉！」注云：「閔宗周也。大夫行役，至于宗周，過故宗廟、宮室盡為禾黍，閔周室之顛覆，彷徨不忍去，而作是詩也。」（見《景印宋本纂圖互註毛詩》第一冊，卷四，頁一。）是一行役在外，而又忠心愛國的士大夫之憤怨。

❽ 劉勰：《文心雕龍》（上海：掃葉山房石印本，1915 年）卷九〈時序篇〉，頁七。

文學是受政治環境、時序哀樂的影響。大宋本是坐擁長江南北的王朝，自金入侵後，失卻半壁江山。愛國將士對此憤怨難平，日夜思念北伐；愛國文人對此則痛心欲絕，有直抒內心悲傷的，如辛棄疾的《菩薩蠻·書江西造口壁》：

> 「鬱孤臺下清江水，中間多少行人淚。西北是長安，可憐無數山。青山遮不住，畢竟東流去。江晚正愁余，山深聞鷓鴣。」❾

稼軒此詞正是南渡詞人灑淚望長安的寫照。大好江山不見半壁，故都爲外族佔領，內心悲痛豈筆墨能形容？鄧廣銘於《稼軒編年箋注》云：

> 「稼軒詞中屢以『西北』喻中原神州，此詞亦以『西北』『長安』喻宋之故都汴京，藉寓北歸願望。」❿

指出詞人內心雖然悲傷，卻積極向前，期望有日能收復失去的江山。在南宋各篇詠梅詞作之中，有不少明顯寄托了對故國的追思。以陸游（1125－1209）《月上海棠》爲例，上片云：

---

❾ （宋）羅大經（約1195－1252在世）撰：《鶴林玉露》（北京：中華書局，1983年）（甲編）卷一，頁13。（「西北是長安」、「畢竟東流去」兩句在《全宋詞》中作「東北是長安」、「畢竟江流去」。〔見《全宋詞》冊3，頁1880－1881。〕）

❿ （宋）辛棄疾撰、鄧廣銘箋注：《稼軒詞編年箋注》（上海：上海古籍出版社，1995年），頁43。

「斜陽廢苑朱門閉。弔興亡、遺恨淚痕裡。淡淡宮梅，也依然、點酥剪水。凝愁處，似憶宣華舊事。」⓫

作者在詞序中云：「成都南有蜀王舊苑，尤多梅，皆二百餘年古木。」⓬並自注：「宣華，故蜀苑名。」顯然，詞人以梅花之憶念故蜀（公元 221－263）暗寫自己對北宋國土的追念。梅花樹雖是古木，但純爲客觀的草木，作者卻把個人所想所思投射梅花之中，故細讀此詞可以體會作者愛國的熱誠。一句「弔興亡，遺恨淚痕裡」惹人淚下。陸游是著名的愛國詩人，國家盛衰興亡可以影響他的喜怒哀樂。北宋江山爲異族侵佔之事，自然令他留下不少遺憾，讓他掉盡不少熱淚。又看周密（1232－1308）的《獻仙音・弔雪香亭梅》：

「松雪飄寒，嶺雲吹凍，紅破數椒春淺，襯舞臺荒，浣妝池冷，淒涼市朝輕換。歎花與人凋謝，依依歲華晚。共淒黯。問東風、幾番吹夢，應慣識當年，翠屏金輦。一片古今愁，但廢綠、平煙空遠。無語消魂，對斜陽、衰草淚滿。又西泠殘笛，低送數聲春怨。」⓭

雖然詞題表明是「弔雪香亭梅」，但詞句卻充滿對故國的追思。

⓫ 唐圭璋主編：《全宋詞》（北京：中華書局，1986 年）冊 3，頁 1588。

⓬ 同上注。

⓭ 《全宋詞》冊 5，頁 3291。

先以舞臺荒、妝池冷、市朝換，帶出江山易主、庭院荒廢的悲涼。再以「幾番吹夢，應慣識當年，翠屏金輦」暗托故國之思。「輦」本是君主后妃所乘的車子。詞人以東風吹夢、慣識金輦，表達自己對帝后之思。因爲看見市朝更換、庭院荒落，激發詞人愛國之情、思國之心，故有「一片古今愁」。此愁貫通古今，亦是不可休止的思國之愁。

南宋大詞家姜白石，雖然一生寄情於音樂及詞作，生活貧苦，多依靠別人的蔭護，沒有當過任何官職，人如詞品，清高幽冷。然而，他兩首詠梅絕唱《暗香》、《疏影》亦流露了對故國之思。《暗香》下片云：

> 「江國、正寂寂。歎寄與路遙，夜雪初積。翠尊易泣。紅萼無言耿相憶。」⓮

周濟《宋四家詞選眉批》評云：「想其盛時，感其衰時。」⓯《疏影》上片云：

> 「客裡相逢，籬角黃昏，無言自倚修竹。昭君不慣胡沙遠，但暗憶、江南江北。想佩環、月夜歸來，化作此花幽獨。」⓰

⓮ 《全宋詞》冊 3，頁 2181－2182。

⓯ （清）周濟：《宋四家詞選眉批》，見唐圭璋編：《詞話叢編》（北京：中華書局，1996 年）第二冊，頁 1655。

⓰ 《全宋詞》冊 3，頁 2182。

《張惠言論詞》評說：「此章更以二帝之憤發之，故有昭君之句。」⑰（清）陳廷焯（1853－1892）《白雨齋話》評此二章云：

> 「南渡以後，國勢日非，白石目擊心傷，多於詞中寄慨。不獨《暗香》《疏影》二章，發二帝之幽憤，傷在位之無人也，特感慨在虛處，無跡可尋，人自不察耳。」⑱

可見，姜白石《暗香》、《疏影》兩詞滿懷對故國的思念。前者以江國之寂寂，喻國衰之悲；後者以漢代美人王昭君遠嫁匈奴（公元前 33 年），但仍然思念江南江北的故國，暗喻自己念國之情。

南宋諸家詞人對於半壁江山的淪陷，感到極度悲傷，發諸詞而成故國之思、哀國之音。雖是詠梅之詞，卻不滯於梅。（清）張德瀛（18 世紀）《詞徵》卷五云：

> 「太史公（司馬遷，前 145－前 86）文，流蕩有奇氣；吳叔庠文，清拔有古氣。詞家惟姜石帚、王聖與、張叔夏、周公謹足以當之。數子者感懷君國，所寄獨深。」⑲

印證南宋大家（姜白石、王沂孫、張炎、周密）作品中所寓之情，不失

---

⑰ （清）張惠言（1761－1802）：《張惠言論詞》，見《詞話叢編》第二冊，頁 1615。

⑱ （清）陳廷焯（1853－1892）：《白雨齋詞話》卷二，見《詞話叢編》第四冊，頁 3797。

⑲ （清）張德瀛（18 世紀）撰：《詞徵》卷五，見《詞話叢編》第三冊，頁 4162。

對君國的感慨追思，情感深沉真摯。

1·2思念家鄉

在南宋諸篇詠梅詞之中，思家念江南是主要的思想內容之一。由於屬詠梅詞，故此多借路上所見之梅，表達家鄉故園之思；又或是在觀賞梅花、折梅欲寄之時，頓生鄉愁，灑下淚兒。如趙長卿（約十三世紀人）《念奴嬌·梅》云：

「水邊籬落獨橫枝，冉冉風煙岑寂。踏雪尋芳村路永，竹屋西頭遙識。……歲晚天涯驛使遠，難寄江南消息。自笑平山，憐清惜淡、故園曾親植，百花雖好，問還有恁標格。」[20]

寫作者踏雪尋梅時，看見梅花，欲寄故鄉人，歎路遙不達。想起自己在故園親植的梅花，內心更是無限唏噓。這首詞流露的思鄉之情比較婉轉，作者始終沒有直接道出對家鄉的憶念，只透過詞意讓人感受其鄉情。他一首《阮郎歸·客中見梅》則清楚表明思家之情。詞云：

「年年為客遍天涯。夢遲歸路賒。無端星月浸窗紗。一枝寒影斜。腸未斷，鬢先華。新來瘦轉加。角聲吹徹小梅花。夜

[20] 《全宋詞》冊3，頁1783。

長人憶家。」㉑

作者年年飄泊天涯，每遇梅花便思念故鄉。在客旅之中，見梅而感慨鬢髮漸斑，歸家之期未定。寒夜聽到角聲吹動，更添一段鄉愁。

然而，思鄉之情不一定是斷腸灑淚般激烈，亦有婉轉流露淡淡思鄉之情，愁而不哀，表現出一副處之泰然的神態。如張孝祥（1132－1169）的《卜算子》就是一典型例子：

「雪月最相宜，梅雪都清絕。去歲江南見雪時，月底梅花發。今歲早梅開，依舊年時月。冷豔孤光照眼明，只欠些兒雪。」㉒

詞人去年在江南見到雪中梅，梅花顯得出塵清絕，明月白雪相輝，景色更是迷人。今年見到依舊的明月、依舊的早梅開，卻欠了一些雪。這首詞表面純為寫景，但細心雕磨詞句會知作者並非思念那些白雪，而是思念家鄉——江南。江南有雪、月、梅，身處異鄉的現在只有月和梅。相比之下，還是江南的白雪景色令人懷念。作者因眼前景物勾起內心積壓已久的鄉愁。情感淡淡流露，不著痕跡。

思家念鄉的題材見於各類文學作品。因為中國人對家的觀念甚重，對故鄉甚重視。然而，故鄉之所以那麼吸引，可引殷儀（1937－）

㉑ 《全宋詞》冊 3，頁 1804。

㉒ 《全宋詞》冊 3，頁 1711。

《悠悠游子情——游子文學透視》一書申論之：

「大凡故鄉，都能喚起游子的一種特殊的親切之感，因為她可以使憂傷的心歡愉，讓驚懼的神經恢復寧靜。正由於故鄉這種安全、溫馨的色彩，才使得羈旅異域的游子刻骨銘心，不能忘懷。」㉓

故鄉的吸引力，在於它擁有熟悉的親友、熟悉的環境，游子對它有深入的認知，同時感到很安全。一但離開親人及自己熟悉的地方，自然勾起依依不捨之情，情深而成思，思之而爲愁，愁越深而越令人憔悴痛苦。

南宋詠梅詞寫思家念鄉的作品，特點如下：

一、借著對梅花的憶念托出故鄉之思：

詞人沒有一開始便傾吐思鄉之情，卻先言梅花後托鄉愁。如張孝祥《卜算子》（雪月最相宜）㉔因爲憶念去年在江南雪中見梅，借惜念梅雪之情，吐露思家之意。洪皓（1088－1129 在世）《江梅引》也是藉著抒發自己對梅花的憶念而寫出思鄉之情。詞云：

「天涯除館憶江梅。幾枝開，使南來。還帶餘杭、春信到燕

㉓ 殷儀著：《悠悠游子情——游子文學透視》（上海：學林出版社，1995 年），頁 17。

㉔ 詳見《全宋詞》冊 3，頁 1711。

臺。……空恁遐想笑摘蕊。斷回腸，思故里。」㉕

作者在驛館希望有故鄉寄來的梅枝，因爲實在太思念故鄉了。追想昔日摘梅的情況，思鄉之情更不可抑止。

二、思念的鄉土以江南為主：

在各篇詠梅詞中，以抒發對江南的思念最多。如上文提及，趙長卿《念奴嬌・梅》有「難寄江南消息」之句；張孝祥《卜算子》有「去歲江南見雪時」之言。又如吳潛（1196－1262）《霜天曉角》（梅花一簇）云：

「便欲和花宿。卻被官身局。借問江南歸未，今夜夢、難拘束。」㉖

點出作者欲歸江南、與花同宿之志，可惜官職在身，好夢難成。夢中也想念江南這故鄉。南渡詞人趙鼎（1085－1146）在其《蝶戀花》（一朵江梅春帶雪）一詞，表現對家鄉無限的思念。詞云：

「望斷江南音信絕，隴頭行客空情切」㉗

㉕ 《全宋詞》冊 2，頁 1002。

㉖ 《全宋詞》冊 4，頁 2761。

㉗ 《全宋詞》冊 2，頁 941。

故鄉江南的音信斷絕，身在隴驛的游子空有深切的鄉情。

1·3飄泊行役

南渡前期，金人侵國，以致宋代戰事頻繁。據（宋）石茂良（約十二世紀初）《避戎夜話》所載靖康（宋欽宗年號，1126－1127）時期，金人已屢次犯境：

> 「靖康丙午（1126 年）仲冬，金人再犯京師，統制姚仲友。領右中三軍備禦。閏十一月三日，賊攻通津門甚急，仲友帶領將副部隊將子弟效用一千餘人，往通津門救護；軍兵下城接戰，殺傷其眾。初七日晚，殿師王宗楚帶領衙兵一千餘人下城，與賊接戰，高師旦死之。」㉘

此外，又在短短兩年間，不斷犯境：

> 「宣化門告急，又帶一行人往宣化門守禦。」㉙
> 「金人至城下，姚仲友與諸將議。」㉚
> 「京師被圍，朝廷急於命將……。」㉛

㉘　（宋）石茂良（約 12 世紀初）撰：《避戎夜話》卷上，見《筆記小說大觀（十編）》（台北：新興書局，1975 年）第一冊，頁 573。

㉙　同上注。

㉚　同上注，頁 576。

金人每次犯境，皆惹得宋室惶恐，趕忙派兵禦敵。由於戰事頻繁，參與人數亦眾。故此，南宋詞不乏有關邊塞行役的描寫。

南渡以後，金人沒有罷休，不斷求索侵境。南宋志士如岳飛、韓世忠等人，多次抗敵，形成宋朝不論南北時代皆飽受戰事牽連[32]，人們顛沛流離、家破人亡。在南宋時期，爲行役、參戰而四周飄泊，表現出飄泊之苦、行役之哀的作品不少。在詠梅詞中，一切哀愁苦楚透過頌詠梅花曲折的表達。如陸游《滿江紅》（夔州催王伯禮侍御尋梅之集）云：

> 「疏蕊幽香，禁不過、晚寒愁絕。那更是、巴東江上，楚山千疊。帽閒尋西路，鞭笑向南枝說……清鏡裡，悲華髮。山驛外，溪橋側。悽然回首處，鳳凰城闕。憔悴如今誰領，飄零已是無顏色。」[33]

詞人記述尋梅，由尋梅帶出四周的環境：寒冷之夜，在巴東江邊見到楚地山巒、在山驛之外、溪橋旁邊，這環境是梅花所在之地。詞人寫梅花「飄零」無顏色，其實也是寫自己飄零的身世。飄零

---

[31] 《避戎夜話》卷下，參注[28]，頁 581。

[32] 據《建炎以來朝野雜記》所載，自宋渡以後有「十三處戰功」、「建炎三大戰」、「富平之役」、「金兵犯江浙」、「岳飛襄陽之勝」、「紹興失河南」等等戰事，足見南渡以後，戰事不斷，鮮有平靜之時。（見〔宋〕李心傳〔1166－1243〕撰：《建炎以來朝野雜記》〔上海：商務印書館，1937 年〕甲集，卷十九，頁 289－294。）

[33] 《全宋詞》冊 3，頁 1581。

本來已是哀傷之事，加上華髮斑斑、容顏憔悴，又身處邊塞山驛，哀傷之中增添了幾分淒涼之意。

又如張孝祥《清平樂・梅》（吹香嚼蕊）道出了戍邊之景，從而反映出行役之苦。詞下片云：

「如今見說闌干。不禁月冷霜寒。壟上驛程人遠，樓頭戍角聲乾。」㉞

處身在冷月寒雪的戍邊之地，見到的是遠處山壟上的驛站，聽到的是高樓傳來的戍角聲。雖然詞裡沒有一字言「苦」、也沒有說「哀」之詞，但從景象的淒清，可體會作者的悲苦。景物是淒冷的：清冷的月，寒氣迫人的霜雪，可以想像作者不禁寒氣的情景。加上驛站人遠，欲寄家書不易，望收鄉訊亦難，說明了身在邊塞之苦和戍役之悲。在這淒清的景象下、悲苦的心情中，偏偏又聽見戍角聲動，角聲悲咽淒嗚，惹人愁緒。

除了戍守行役之外，在南渡偏安的繁華時期，文人為求仕或出仕而四周飄泊。如趙長卿《柳梢青・過何郎石見早梅》寫路上見梅，以嘆個人飄泊之恨。詞云：

「盈盈粉面香肌。記月榭、當年見伊。有恨難傳，無腸可斷，立馬多時。」㉟

㉞　《全宋詞》冊 3，頁 1711。

㉟　《全宋詞》冊 3，頁 1801。

作者因爲出仕，四處飄泊，在路上見到「粉面香肌」的梅花，記起以前曾在月榭見過，心中不免產生悲傷，尤其在旅途之中，行馬之上，柔腸寸斷。又如辛棄疾《念奴嬌・題梅》一詞，表現作者因爲出仕而飄泊異鄉的情懷：

> 「漂泊天涯空瘦損，猶有當年標格。萬里風煙，一溪霜月，未怕欺他得。不如歸去，閬苑有箇人惜。」㊱

梅花漂泊瘦損，卻仍然擁有當年清高脫俗的標格。雖然它不怕風霜煙月欺負，但詞人還是渴望它回仙界的花苑去，因爲那裡有人愛惜它。詞人描繪梅花亦抒寫自己：感嘆自己如梅花般漂泊瘦損、無人賞識，但個人清高之志不減；雖被風霜（小人）所欺，卻從不屈服。然而，縱使渴望回京城，似乎也沒可能。鄧廣銘《稼軒詞編箋注》評此詞云：

> 「後三首梅詞亦有『家山何在』、『江南盡處』及『漂泊天涯』等語，知皆為仕宦期內所作，據各詞詞意推知皆作於閩地。」㊲

作者正值出仕福建，離開臨安（杭州），漂泊天涯的抑鬱讓詞人瘦

㊱ 《全宋詞》冊 3，頁 1892。

㊲ 鄧廣銘箋注：《稼軒詞編年箋注（增訂本）》（上海：上海古籍出版社，1995 年），頁 337。

損。

不論詞人是爲行役、出仕或求仕而飄泊異鄉，在諸篇詠梅詞中，作者表現的痛苦是一致的：有家歸不得，憔悴爲飄零。詞人往往透過孤獨生長於旅途路上、山驛旁邊的梅花，抒發飄泊行役之情。從梅花身上看到孤身上路的自己，頓生同是天涯淪落人之感，故此既詠梅亦以自詠。

第二節：借詠梅寫相思離愁

此類題材在五百七十三首詠梅詞作中佔九十四首，分佈如下：

類　別	詞作數量	比　率
相思之情	53	9.25%
懷念友人	31	5.41%
離別愁緒	10	1.74%
總數	94	16.40%

2·1 相思之情

大凡世間有男女之處，自有兒女之情。既有兒女之情，自有相思之苦。不論是閨中少婦、樓上佳人思念遠行丈夫、心中愛郎；或是路上行人、羈旅之士憶念閨中妻子、心儀女子，都屬相思之類。

南宋詠梅詞之中，寄寓相思的作品不少。文人描寫相思之情主要透過幾種途徑：一、見梅花盛開，欲折寄意中人，以傳達己之思念。二、獨自觀賞梅花時，憶念昔日曾經共賞梅、尋梅的伴侶。三、梅花酷似所思之人，思念之情油然而生。四、看見梅花，內心頓生相思之情。以下逐一探討：

一、見梅花盛開，欲折寄意中人，以傳達己之思念：

南渡詞人李清照的詠梅詞《孤雁兒》（藤床紙帳朝眠起）就是一例。詞云：

> 「……笛裡三弄，梅心驚破，多少春情意。小風疏雨蕭蕭地。又催下、千行淚。吹蕭人去玉樓空，腸斷與同倚。一枝折得，人間天上，沒箇人堪寄。」[38]

寫梅花開放，勾起作者內心的情意以及對丈夫趙明誠（1081－1129）的思念。因爲風吹雨下，景象蕭索，使作者不禁簌簌淚下。情感既不可壓抑，索性排山倒海的傾吐：丈夫去後樓空，詞人暗自斷腸。縱然折得梅花一枝，也與夫婿音容相隔，天上人間，沒有人代寄這相思之情。相思本乃痛苦之事，因所思之人不在身旁。而詞人所受的苦楚更甚，因爲思念之人已逝去，即使走遍大江南北也無緣再見一面。儘管相思如何刻骨銘心，也不能傳達。王之道（1093－1169）《東風第一枝・梅》：

---

[38] 唐圭璋主編：《全宋詞》（北京：中華書局，1986 年）冊 2，頁 925。

「覓一枝、欲寄相思，伴取箇人書去。」[39]

詞人也是因爲看見梅花而欲寄贈所思之人。

二、獨自觀賞梅花時，憶念昔日曾經共賞梅、尋梅的伴侶：

王炎（1138－1218）《鷓鴣天・梅》便表現了此種情懷：

「淡淡疏疏不惹塵。暗香一點靜中聞。人間怪有晴時雪，天上偷回臘裡春。　疑淺笑，又輕顰。雖然無語意相親。老來尚可花邊飲，惆悵相攜失玉人。」[40]

作者賞梅之際突然意會無人爲伴的寂寞。儘管年紀老邁以後，尚可與花同飲，卻沒有昔日攜手共賞的伊人在旁。雖無一字明言相思，卻讓人體會到作者對玉人深刻的思念。又如向子諲（1085－1152）《玉樓春》詞：

「記得江城春意動。兩行疏梅龍腦凍。佳人不用辟寒犀，踏雪穿花雲鬢重。真珠旋滴留人共。更沈香暖金鳳。如今梅雪可憐時，都似綠窗前日夢。」[41]

詞人見到園內梅花開於雪中，想起舊日與意中人踏雪尋梅之景，

[39] 《全宋詞》冊 2，頁 1149。
[40] 《全宋詞》冊 3，頁 1852。
[41] 《全宋詞》冊 2，頁 970。

抒發了相思之情。佳人不畏寒冷在梅雪中穿插，露水滴在她身上，回來點燃沈香消寒……而今只有惹人憐愛的梅花白雪，昔日之事仿如窗前夢。

三、梅花酷似所思之人，思念之情油然而生：

梅花長得美，酷似詞人心裡的意中人。所謂：「雲想衣裳花想容」㊷，見花而想其容乃自然之事，偏偏梅花之姿與思念的伊人相似，何能不教人沾惹相思。如袁去華（1145 年進士）《減字木蘭花·燈下見梅》一詞云：

> 「鉛華盡洗，只有檀脣紅不退。傾坐精神。全似當時一箇人。」㊸

作者說梅花彷似所思的伊人，因爲梅花清雅脫俗，不施鉛華的本質與作者的意中人相似。尤其它那傾坐之姿更神似。這是睹物思人，凡遇見物有相似者，皆以爲是意中人。作者燈下見梅便以爲與玉人相似，其思念之情深可想而知。如斯看來，向子諲《卜算子》「竹裡一枝梅，雨洗娟娟靜。疑是佳人日暮來，綽約風前影。……新恨有誰知，往事何堪省」㊹把梅花當作佳人來訪，他的痴情並非誇張之言。

㊷ （唐）李白《清平調》詩云：「雲想衣裳花想容，春風拂檻露華濃，若非群玉山頭見，會向瑤台月下逢」，以讚美楊貴妃的容貌。（見《全唐詩》卷 890，第十二冊，頁 31。）

㊸ 《全宋詞》冊 3，頁 1507。

㊹ 《全宋詞》冊 1，頁 972。

四、看見梅花，內心頓生相思之情：

這類詞作在沒有任何輔助條件下，詞人看見梅花便產生了思念之意。以姜夔《小重山令·賦潭州紅梅》爲例云：

「人繞湘皋月墜時，斜橫花樹小，浸愁漪。一春幽事有誰知？東風冷，香遠茜裙歸。去昔遊非。遙憐花可可，夢依依。九疑雲杳斷魂啼。相思血，都沁綠筠枝。」㊺

作者見紅梅，頓生思念之情，並把梅花比作意中人。以梅花之「可可」（細小）比作夢裡意中人的嬌小、楚楚可憐之貌。以梅花心事無人知，暗喻自己相思的心事無人知。「相思血，都沁綠筠枝」一句點明詞人情感的深切。「相思血」本指堯帝二位女兒、舜帝二名妃子——娥皇、女英，兩人因舜之死，相思慟哭而亡。作者有意以二妃之典，暗喻自己相思之深。究竟詞人思念甚麼人？應是合肥勾闌姊妹。夏承燾先生（1900－1986）箋注《疏影》（苔枝綴玉）時云：

「白石此詞亦與合肥別情有關……范成大贈以小紅，似亦為慰其合肥別情。」㊻

而在評論《小重山令》一詞時，再云：

㊺ 《全宋詞》冊3，頁2170。

㊻ 夏承燾箋校輯著：《姜白石編年箋注》（北京：中華書局，1961年），頁49。

「此詠潭洲種之紅梅，詞中『相思』字，用湘妃九疑事以切湘中，然與本年懷人各詞互參，似亦念別之作。」[47]

若以此詞與《疏影》互參，可推算詞人所懷之人同是合肥姊妹。詞裡寄寓的相思，亦是對兩姝而言，一如夏氏所言：白石「集中懷念合肥各詞，多託興梅柳。」[48]姜白石相思之情，多借托梅花柳樹表現出來。

此外，作家亦有以女子口吻，寫出見梅而增添對郎君的思念。如趙長卿的《朝中措・梅》，寫一女子於冬日因無事倚欄、思念君郎。看見梅花，認為它不管人家相思消瘦，只顧獨自盛開、芬芳飄香。女主人翁希望寄語所思行人，自己也如梅花般飄香，但望行人能早點歸來（欣賞）。詞云：

「別來無事不思量。霜日最淒涼。凝想倚欄干處，眉應為蕭郎。梅花豈管人消瘦，只恁自芬芳。寄語行人知否，梅花得似人香。」[49]

這明顯是一首看見梅花而徒添相思之情的詞作。

南宋借詠梅寄相思，因為梅花是代表思念的傳統物象。由戰國時代越王遣使送梅枝給梁王（參閱本文第一章節 2・1）開始，梅花

[47] 同上注，頁 14。

[48] 同注[46]，頁 4。

[49] 《全宋詞》冊 3，頁 1777。

已代表了友好的關係。及至南朝宋·陸凱的《贈范曄詩》開始，梅枝才奠下象徵思念的物象地位。南宋詞承接傳統而來，以賦詠梅花寓寫相思之情，自然乃順理成章之事。

總觀所有描寫相思的詠梅詞，主要可分作：㈠作家以男性身份（作家本身是男性）抒發對閨中少婦、樓閣佳人的思念，以婉轉的筆觸抒發內心深藏的思念之意。㈡作家以女性身份（作家本身可以是男性或女性）描繪閨中寂寞，思念遠行在外的夫婿，或是不知身在何方的情郎。且看下列得出的結論：

詞作內容	所思對象
一、見梅花盛開，欲折寄意中人以傳達己之思念。	男性思念佳人或妻子 女性思念情郎或夫婿
二、獨自觀賞梅花時，憶念昔日曾經共賞梅、尋梅的伴侶。	男性思念佳人或妻子
三、梅花酷似所思之人，思念之情油然而生。	男性思念佳人或妻子
四、看見梅花，內心頓生相思之情。	男性思念佳人或妻子 女性思念情郎或夫婿

以上共同之處是：因梅花而產生思念之情，懷念意中人。

2·2 懷念友人

南宋詠梅詞之中，借詠梅以懷念友人並不算多，若與相思詞比較，是三比一。每出現三首相思詞，便覓得一首懷念友人之詞。

借詠梅以懷友，可舉張鎡《卜算子》，其友寄示梅詞，作者次韻回贈云：

> 「常記十年前，共醉梅邊路。別後頻收尺素書，依舊情相與。早願卻來看，玉照花深處。風暖還聽柳際鶯，休唱閒居賦。」㊿

詞中洋溢著對好友無逸（曾三聘，1144－1210）[51]的懷念。十年前彼此共醉賞梅之事歷歷在目，別後仍然收到多封來信，希望對方能來玉照堂、聽鶯鳴賞梅。作者與友人相識十載有餘，彼此酷愛梅花，故此份外投契。雖然十年未見，但友情長存。

此外，韓淲（1159－1234）《菩薩蠻》（的皪南枝棋縣宇）[52]、（隴頭無驛奚為朵）二首詞，皆謝友贈梅，借詠梅以懷友，內容與張鎡一詞相似。前者答謝友人張饒縣（生卒不可考）寄賦梅枝及梅詞；

㊿ 《全宋詞》冊 3，頁 2132。

[51] 根據昌彼得等人編《宋人傳記資料索引》（台北：鼎文書局，1976 年）所載，宋代字「無逸」的共有六人。分別是孫畋（1080－1151）、謝逸（？－1113）、曾三聘（1144－1210）、王稼（1236 年進士），以及張畋（金鄉人，生卒不可考）、趙時遠（善畫工詩，生卒不可考）。從生卒年而論，孫畋、謝逸皆在張鎡（1153－1211）未出生已亡故，而王稼則在張鎡去世後二十五年才登第，三者皆不可能是他十多年的好友。剩下較有可能的是張畋、趙時遠、曾三聘。然而，張畋與趙時遠生卒不詳，加上趙時遠雖字「無逸」，亦有云其字「無近」，兩者為張鎡好友的可能性皆不能確定。最後是曾三聘，因其生卒年與張鎡相近，又曾經長期在朝中任職，與為官四十多年的張鎡相識是較大可能的。故此，筆者推算「無逸」應指曾三聘。

[52] 《全宋詞》冊 4，頁 2259。

後者表現自己對友人趙昌甫（趙蕃，1143－1229）的憶念。詞云：

「竹罏良夜飲。飲竟煎僧茗。以句深長。得花情未忘。」[53]

昌甫寄來一枝梅花，詞人因而懷念昔日與他煎茶同飲之事，對他的思念更深。又如姜夔《卜算子》其一：

「江左詠梅人，夢繞青青路。因向淩風臺下看，心事還將與。憶別庾郎時，又過林逋處。萬古西湖寂寞春，惆悵誰能賦。」[54]

白石在西湖觀梅，思念喜愛梅花而又身在江南的友人曾三聘。因爲好友曾撰詠梅詞八首，故白石見到梅花寂寞，感歎友人不在，無人賦詠。短短數句，思友之情卻不經意流露。

2·3 離愁別緒

所謂：「多情自古傷離別」[55]，自古以來，多情的是詩人作家。在他們筆下湧現不少離愁別緒的作品。在這些作品之中，經常出現的用詞乃「愁」、「恨」、「怨」、「悲」，全是作家個人情感的寫照。

---

[53] 《全宋詞》冊 4，頁 2249。

[54] 《全宋詞》冊 3，頁 2185。

[55] （宋）柳永（985－1053？）的《雨霖鈴》有「多情自古傷離別，更那堪冷落清秋節」之句。（見《全宋詞》冊 1，頁 21。）

如趙長卿《長相思》一次過運用此四字，詞上片云：

「斂愁眉。恨依依。腸斷關情怨別離。雲中過雁悲。」[56]

是離別愁緒的描寫。在十首寄寓離愁別緒的詠梅詞之中，四字出現比率如下：

出現用詞	比例	比率
愁	7 / 10	70%
恨	1 / 10	10%
怨	0 / 10	0%
悲	0 / 10	0%

詠梅詞中抒發的情感，與一般的離情詞略不同。「愁」多「恨」少，而又無「怨」無「悲」。

在南宋各篇詠梅詞之中，離情往往與梅花扯上關係。作者見到梅花，想起與伊人離別之時。見花思人，因思人而傷心回憶昔日彼此離別的一刻，偏偏痛苦的事又最刻骨銘心。如趙長卿一首詞《菩薩蠻·梅》就寫出此傷心情景：

「梅花枝上東風軟。朝來吹散真香遠。雅淡有餘清。客心和淚傾。美人臨別夜。月晃燈初灺。玉枕小屏山。眉尖曾

[56] 《全宋詞》冊 3，頁 1818。

細看。」[57]

作者在初春遇到梅花開放，聞到清香的味道。梅花的雅淡不禁令他淚如雨下。想起昔日與美人分別之夜，曾在燈月之下細細觀看她的眉尖。寫離情，卻沒有愁、恨、怨、悲等字詞，僅以一「淚」字說明。蕭瑞峰《多情自古傷離別——古典文學別離主題研究》一書對「淚」的作用，評論如下：

「作為內心苦水的結晶，淚的揮灑，說明離人已傷心到極點。」[58]

「淚」已代表了愁、恨、怨、悲。它往往在離別的場合，替人表達內心的情感。然而，毛幵（約十二世紀）《醉落魄・梅》雖同是言別離，卻表現淡而不傷的離愁。詞云：

「暮寒淒冽。春風探繞南枝發。……西洲昨夢憑誰說。攀翻剩憶經年別。新愁悵望催華髮。雀啅江頭，一樹垂垂雪。」[59]

作者在寒夜裡，見到月下竹外的梅花，嗅著梅花清香，頓生離愁。

---

[57] 《全宋詞》冊 3，頁 1775。

[58] 蕭瑞峰著：《多情自古傷離別——古典文學別離主題研究》（台北：文史哲出版社，1966 年），頁 152。

[59] 《全宋詞》冊 3，頁 1366。

夢裡不能忘記的是數年前的離別，而今華髮斑斑，眼前只有讓人想起分離的江頭，以及梅花樹上垂垂將墜的白雪。全詞只有一「愁」字，昔日離情僅在「經年別」中暗示，在「江頭」中含蓄暗示今日依舊是離別。

南宋詠梅詞寄托的離愁別緒沒有一般詞作直接、強烈。作家往往透過上片寫梅、見梅、嗅梅、賞梅，發現梅花的優美，懷念與意中人的別離，趙長卿《菩薩蠻》是一例。亦有見梅開、嗅梅香，驚覺時光流逝，一年容易過，春季再次來臨，頓感離別之久，因而黯然神傷，毛幵的《醉落魄》是也。由於情感是透過先言梅，而後言情，在如此一層轉折下，所寫的離愁比較婉轉含蓄，沒有如山洪暴發般激烈。不論如何，詠梅詞中的離情，還是需要讀者細細品嚐、慢慢體會箇中味道。

第三節：借詠梅抒發個人情感

此類詞作在五百七十三首中，共佔九十首，分佈如下：

類別	詞作數量	比率
傷春嘆老	26	4.54%
官運仕途	33	5.76%
懷才不遇	31	5.41%
總數	90	15.71%

3·1 傷春嘆老

春天是一個賞心悅目的季節，不少文人雅士、平民百姓、達官貴人都會在春日郊遊踏青。（晉）陶淵明（365－427）《移居》詩之二：「春秋多佳日，登高賦新詩。」[60]之句。春天實在是一郊遊的好時光，尤其在清明節前後。（宋）程顥《郊行事》詩云：

> 「況是清明好天氣，不妨游衍莫忘歸。」[61]

（宋）韓琥（生卒不可考）在其《寒食》詩，寫出一家大小春游之景：

> 「野老春游近午天，吹盡海棠無步障，開成山柳有堆綿，呼兒覓友尋鄰伴，看卻村農又下田。」[62]

春天，由於是百花爭放，綠草萌芽的季節，深得人們喜好。除了春光明媚，可以郊遊之外，主要因為春天朝氣勃勃，充滿生機，好像人們年輕時期。因此，它在文學的世界成為人們青春的象徵。春去，象徵年華消逝；青春不可留，往往令人感到悲嘆。萬雲駿在其〈傷春傷別是唐宋詞的主旋律〉一文云：

---

[60] （晉）陶潛撰、（宋）李公煥（生卒不可考）箋註：《箋註陶淵明集》（台北：中央圖書館，1991 年），頁 80。

[61] （元）方回（1227－1307）編：《瀛奎律髓》（上海：上海古籍出版社，1993 年）卷十，頁 80。

[62] 同上注，頁 113。

「我們……認為傷春不過是感傷花落春去。傷別不過是離別相思。當然，這一層意思，不可棄掉，但還有其他幾層意思。傷春傷別的第二層意思是感傷春的消逝，流年的不在。」[63]

姑且不論「其他幾層意思」如何，但萬氏提出的第二層意思應是為人公認的，因為早於春秋戰國時代，楚國（公元前 1027－前 223）詩人屈原已在《離騷》中帶出感傷時光的流逝：

「惟草木之零落兮，恐美人之遲暮。」[64]

故此，傷春與嘆老可謂同屬一主題。在南宋詠梅詞之中，這思想內容又是如何表達呢？且看趙長卿《點絳脣・梅》：

「開盡梅花，雪殘庭户春來早。歲華偏好。只恐催人老。惟有詩情，猶被花枝惱。金樽倒。共成歡笑。終是清狂少。」[65]

作者之所以感傷年華老去，皆因見到枝上梅花已開盡，庭戶的積雪也開始溶解，頓生春來得太早、春催人老之感。由於作者心裡

---

[63] 萬雲駿著：〈傷春傷別是唐宋詞的主旋律〉《中國古典文學論叢 3》1985 年 12 月，頁 83。

[64] 就此二句，王闓運（1833－1916）注云：「零落皆墮也，草曰零，木曰落。遲，晚也……草木零落，歲復盡矣。」（見屈原著、〔漢〕王逸（89？－158？）章句、王闓運注：《楚詞釋》〔台北：文海出版社，1967 年〕，頁 11。）

[65] 《全宋詞》冊 3，頁 1784。

抑鬱難解，於是縱情詩酒之中，以清狂作解脫，以歡笑忘憂。如（宋）韓淲（1159－1224）《減字木蘭花·梅詞》云：

「菊花開了。待得梅梢來索笑。雪色江波。看盡千林未覺多。一丘緩步。只恐朝來有新句。歲歲年年。白髮催人到酒邊。」[66]

此詞與上詞類同。作者見菊花已開過了，梅花亦很快會開，雖看不厭千林雪色，在緩步之間，卻感到歲月年年催人，只好借酒澆愁。

從以上兩例可見，在詠梅詞作中，文人嘆老並非由於春盡花落而來，反而是因爲春到梅開，感覺一年又過去，時光不留人，頓生悲傷。然而，南宋諸篇詠梅詞裡，真的沒有感傷春去之詞？非也。且看周密《齊天樂·次二隱寄梅》：

「一枝空念贈遠……幾度月昏霜曉。尋芳草欠早。怕鶴怨山空，雁歸書少。不恨春遲，怕春容易老。」[67]

詞句之中，作者明顯的流露傷春逝、怕春老之意。一句「尋芳草欠早」說明尋花已太遲，春已暮，流露對春的惋惜。而「不恨春遲，怕春容易老」更表明自己不怨春遲來，只怕春易暮、春光逝

[66] 《全宋詞》冊 4，頁 2252。
[67] 《全宋詞》冊 5，頁 3289－3290。

去的心情。這一切傷春之情，皆因收到好友寄來的梅枝，因梅枝而觸發的。

又如王道享（約活動於12世紀）《桃源憶故人》一詞云：

「劉郎自是桃花主，不許春風閒度。春色易隨風去。片片傷春暮。返魂不用清香炷。有梅花淡佇。從此鎮長相顧。不怨飄殘雨。」[68]

作者表明怕春易逝「春色易隨風去」，故見桃花而感到花落「片片傷春暮」，只有梅花不懼風雨的飄打。然而，風雨也是「殘」。

南宋文人在詠梅詞中流露的感傷之情，正是傷春易逝、春易老，亦是感傷年華易逝，發出青春不可留的悲嘆。然而，僅僅是時光的流逝，不會令人感到如此傷心的。究竟爲何？主要有以下兩個原因：

一壯志未酬、抱負未伸：

見歲月流失，自然份外哀傷。猶如魏武帝曹操（公元155－220）《短歌行》詩云：

「對酒當歌，人生幾何？譬如朝露，去日苦多。」[69]

他傷年華老去、人生苦短是因爲統一天下的大志未酬，才感覺生

---

[68] 《全宋詞》冊2，頁984。

[69] 詩見中華書局編輯：《曹操集》（北京：中華書局，1962年），頁5。

命短暫、年華飛逝。詩末「山不厭高，海不厭深。周公吐哺，天下歸心」[70]四句，印証其大一統之心。在南宋傷春嘆老的詠梅詞中，亦有此種感傷。如李彌遜（1089－1153）《洞仙歌·登臨漳城詠梅》云：

> 「天涯傷老大，萬斛新愁，一笑端須問花借……且留與山翁，醉吟清夜。」[71]

表現作者傷老之情，內心的抑鬱只有借「醉吟」消除。《全宋詞》論平云：

> 「大觀三年（1109）登第進士……以爭和議，忤秦檜意。乞歸。遂以徽猷閣直學士知漳州。紹興十二年（1142）落職。」[72]

詞人二十歲登第，正是少年得志。可是因爲忤逆秦檜之意，一生仕途不如意。由戶部侍郎，貶謫漳州。他出知漳州期間，正值壯年，內心不得志的抑鬱可想而知。最後，落職時才五十三歲。

二、飄泊在外、歷盡滄桑：

詞人因爲飄泊在外，倍感春天易逝，時光易老。如侯寘（1131

---

[70] 同上注。

[71] 《全宋詞》册 2，頁 1052。

[72] 《全宋詞》册 2，頁 1047。

—1189在世）《鳳凰臺上憶吹笛》（浴雪精神）：

「傷牢落，一夜夢回，腸斷家山。……莫向高樓噴笛，花似我、蓬鬢霜斑。」(73)

詞人在驛路上見梅，憶念家鄉。作者害怕梅花被高樓的笛吹落，因爲梅花與自己一樣風燭殘年、霜鬢斑斑。詞裡充滿了嘆老的思想。袁去華《驀山溪》（蕊珠宮闕）有「今老矣，客天涯，還認何郎否」(74)之句，同是因爲飄泊異鄉而倍感青春已逝、年華老去。

3·2官運仕途

在詠梅詞之中，不少作品是借詠梅以寄托自己仕途之望，詞人以梅花凋謝後，所結梅子能夠調鼎和羹（詳見本文第一章節 1·1）之事，暗喻個人抱負。「調鼎」本指一國宰相之職，亦泛指輔佐朝廷的大臣和官員。在這類有關官運仕途的詠梅詞中，主要可分作兩大類：

一、熱切求仕之心：

以趙長卿的詠梅詞表現得最明顯、最懇切。其《念奴嬌·梅》云：

---

(73) 《全宋詞》冊3，頁1430。

(74) 《全宋詞》冊3，頁1501。

「桃李輿臺，冰霜賓客，月地還淒悄。暗香消盡，和羹心事誰表。」[75]

表現出自己有出仕之心，可借此心無人能代傳達予君主。其《探春令·賞梅十首》第六首云：

「看綠陰結子，成功調鼎，有甚遲和晚。」[76]

流露了調鼎之事（出仕之事）不怕遲和晚，暗喻年老也可以出任社稷大臣，只要成功便可。再看他的《水龍吟·梅詞》：

「向枝間且作，東風第一，和羹事、期他日。」[77]

寫出期望將來有日能出仕之抱負。史浩（1106－1194）也有兩首《好事近》詠梅詞：

「帝所待調金鼎，莫教人輕折。」[78]
「帝家金鼎待調羹，何以且休折。」[79]

---

[75] 《全宋詞》冊3，頁1782－1783。
[76] 《全宋詞》冊3，頁1780。
[77] 《全宋詞》冊3，頁1775。
[78] 《全宋詞》冊3，頁1280。
[79] 同上注。

表明梅花是不能輕折取，因爲可待它結子，作調羹之用。詞人以梅寫己，暗托追求仕途之心。又如李彌遜《驀山溪·次李伯紀梅花韻》一詞云：

> 「狂歌醉客，小摘問東風，花謝後，子成時，趁得和羹否。」[80]

表達了相同的仕途之望，又怕未能趕及和羹之用（因為實在不知能否在朝為官）。不論如何，以上各詠梅詞流露了作者熱切求仕之心。

二、不欲出仕、但求歸隱之心：

宋代士子並不是人人渴望趕科場，也有人辭官歸故里，享受山林之樂。吳潛（1196－1262）《滿江紅·戊午八月十二月賦後圃早梅》顯然表達了此意：

> 「止渴事，風煙邈。和羹事，風波惡。想翠禽啁哳，笑他都錯。爭似花開頹醉玉，月更引霜天角。便一年、強作十年人，山中樂。」[81]

作者認爲領兵行軍（止渴事），只會風塵撲撲；出任朝臣（和羹事）只會讓自己陷入是非、名利角逐的風波裡；做這些傻事只會引來翠鳥明禽的取笑。所以，醉賞花間、望月吟風隱居山林的生活是

---

[80] 《全宋詞》冊 2，頁 1050。
[81] 《全宋詞》冊 4，頁 2756。

最好的，過一年山林生活，勝過當十年官員。又如陳草閣（約十三世紀末）的《沁園春》表現了隱居的閒適。詞云：

「對荒煙野草，淺溪沙路，班荊三嗅，此意誰如。高臥南陽，歸來彭澤，借問風光還似無。難窮處，待憑將妙手，作歲寒圖。」[82]

流露了無心官場之意，作者願效陶淵明返樸歸真、隱居山川大自然之中，又滿足於荒林野草、小溪沙路的風光，閒來繪寫梅雪圖。

3·3 懷才不遇

在詠梅的諸篇作品中，文人利用梅花的孤高獨立，寄托個人寂寞之情。這種寂寞主要來自無人賞識的痛苦，一如梅花雖美，卻生於僻靜之地，無人尋賞。陸游的《卜算子·詠梅》便充份表現了這種寂寞之情：

「驛外斷橋邊，寂寞開無主。已是黃昏獨自愁，更著風和雨。無意苦爭春，一任群芳妒。零落成泥碾作塵，只有香如故。」[83]

翟瞻納（1944－）在其《放翁詞研究》論著云：

---

[82] 《全宋詞》冊4，頁3020。

[83] 《全宋詞》冊3，頁1586。

「放翁詞中，時頌言梅等香草，含有楚大夫香草自喻之意。」[84]

此詞作者以梅花自喻。梅花開於驛外斷橋旁，在黃昏獨自愁緒，並爲風雨吹打。然而，梅花無心爭春色，任由群芳嫉妒。即使凋落成塵，也有花香如故。這好比作者爲君王冷落驛外，受盡一切風雨折磨，縱然無心爭名逐利，也爲人嫉妒。但是個人堅貞的情操，只有死後才能明志。詞中充滿了寂寞的情感，尤其「寂寞開無主」一句，表現了梅花雖美而無人欣賞之意，猶如詞人才高而無人賞識，既有懷才不遇的寂寞，亦有爲小人所妒的無奈。（參本文第二章節3·3）

又看姜夔的《卜算子·吏部梅花八詠，夔次韻》之六：

「綠萼更橫枝，多少梅花樣。惆悵西村一塢春，開遍無人賞。」[85]

杜子莊在《姜白石詩詞》一書評論此詞：

「作者借詠梅而自嘆。『惆悵西村一塢春，開遍無人賞』是作者的不平之鳴，也是這首詞的中心思想所在。」[86]

---

[84] 翟贍納著：《放翁詞研究》（台北：嘉新水泥公司化基金會，1972年），頁32。

[85] 《全宋詞》冊3，頁2186。

[86] 杜子莊選注：《姜白石詩詞》（南昌：江西人民出版社，1981年），頁4。

作者以梅花於西村（今杭州西湖孤山後邊）盛開而無人賞識，以喻己之寂寞無人賞。花雖美，卻寂寞的自開自落；詞人雖有才華，卻白白的虛渡年華。梅花的寂寞與詞人的寂寞貫通一致。夏承燾在〈姜夔傳〉中道出白石才華不為君主賞識的一面：

> 「夔於寧宗慶元三年（1197 年），進大樂議及琴瑟考古圖於朝，論當時樂器、樂曲、歌詩之失。……五年，又上聖宋鐃歌十二章，詔免解與試禮部，不第，遂以布衣終。」[87]

雖然詞人能得到一參試機會，還是落敗了。自此空懷曲樂的才華，無人賞識，終以貧窮布衣卒。不難想像作者內心的孤寂和傷感。寂寞者，無知音人也；傷感者，懷才不遇也。葛長庚《好事近·贈趙制機》也同樣的反映了梅花無人賞識的寂寞。詞云：

> 「行到竹林頭，探得梅花消息。冷蕊疏英如許，更無人知得。冰姑雪老歲年徂，俯仰自嗟惜。醉臥梅花影裡，有何人相識。」[88]

竹林中的梅花「無人知得」，作者為此而感到嘆惜。嘆惜的是縱然冷蕊疏花與白雪相映，也無人欣賞。回望自己，不是與梅花相同嗎？儘管倒臥梅花影裡，也無人認識自己。這裡充滿了不平之氣。內心難平的委屈，變成痛苦和憂鬱，只有借酒醉排遣、借尋

---

[87] 姜夔著：《白石詩詞集》（香港：商務印書館，1961 年），頁 195。
[88] 《全宋詞》冊 4，頁 2575。

梅消解。因爲梅花與自己同病相憐：有過人之處卻不爲人知。

然而，對於梅花不受賞識，從佚名詞人的描述中可找出三個原因：

一、梅花不及桃李艷：

（宋）無名氏《念奴嬌》（蘭枯蕙死）句云：

「待到春來，滿城桃李，相並無顏色。殷勤祝付，畫樓休品長笛。」[89]

點出梅花與桃李相比顯得失色，不及桃李鮮艷奪目。何況春暮梅花凋落，故作者渴望高樓不要吹笛催梅落。

二、京城眾人只賞桃李：

（宋）無名氏《漢宮春》（點點江梅）詞云：

「無人共折，傍溪橋、雪壓霜欺。君不見、長安陌上，只誇桃李芳菲。」[90]

長安（今西安）本是西漢（公元前 206－公元前 8 年）及唐代（618－907）首都，此處借指宋朝京城。在京城的人（包括在上者），只誇賞桃李的美艷，難怪梅花無人採折，傍在溪橋被霜雪欺壓。

---

[89] 《全宋詞》冊 5，頁 3604。

[90] 《全宋詞》冊 5，頁 3603。

三、梅花生於僻靜無人知處：

（宋）無名氏的《擊梧桐》（雪葉紅凋）下片云：

> 「但悵望、王孫未賞，空使清香成陣。怎得移根帝苑，開時不許眾芳近。免教向、深巖暗谷，結成千萬恨。」[91]

作者認爲王孫未能賞梅，因爲梅花生於山巖幽谷，遠離王孫的居所。故此，他渴望梅花有日能夠移根帝王御苑，讓君王貴冑評賞，不使梅香空成陣。

以上三點可揭示詞人不爲賞識的原因：一、詞人沒有像小人般媚世取悅在權者，也由於詞人擁有高尚情操而羞恥如此做。（梅花不及桃李明艷，不懂以顏色媚惑賞花者）二、京城的王孫貴冑只會賞識取悅於己的小人、奸媚之輩，而不懂欣賞爲勢所欺的正直君子。（一如王孫愛好桃李，而棄賞為風霜磨折的梅花）三、詞人無法親近君王，縱使胸懷治世之才，也未爲人君得知。（一如梅花雖美，卻處偏僻之地，不為人知曉。）這現實的情況，無人能改變。詞人只有無奈，痛苦的沉浸在沒有知音人的寂寞裡。

總　結：

在南宋詠梅詞中，不論是寄懷家國身世之情、相思離愁之意，又或是抒發個人傷春嘆老、官運仕途之望，以及懷才不遇等情感，它們都擁有一共同色彩——感傷色調。焦桐（1956－）在其〈感傷：

---

[91] 《全宋詞》冊5，頁3606－3607。

宋詞的美學表徵〉一文中云：

>「我認為感傷可以作為宋詞普遍存在的美學表徵，是它區別于別代文體之獨特所在。……在宋詞題材中，寫離愁別恨、羈旅行役、男女傷情、壯志不酬、知音難求……的占了很大比例，而愁、恨、怨、淚、醉、腸斷、夢……等有濃厚感傷色彩的詞語在宋詞中也反復出現，頻率很高。」[92]

詠梅詞沒有因爲是詠物詞而例外，感傷色調在不同程度及形式上展現出來。

第四節：其　他

前三節所論的詠梅詞內容，主觀色彩較爲濃厚。作者每每透過詠梅寄托個人情感、家國身世、相思離愁。詠梅不外是一題材，背後的情感思想才是真正的主體。所謂「醉翁之意不在酒」[93]，詞人之意並非在於詠梅，而是借詠梅帶出的情感。這一節，將會討論客觀描寫比較濃厚的詞作。在這些作品之中，作者把注意力

---

[92] 焦桐：〈感傷：宋詞的美學表徵〉《山東大學學報：哲社版（濟南）》，1990 年 1 月，頁 51。

[93] 句出歐陽修（1007－1072）《醉翁亭記》：「醉翁之意不在酒，在乎山水之間也。山水之樂，得之心而寓之酒也」，見《六一居士文集》（上海：會文堂書局，1913 年）冊二，卷五，頁四。）指歐陽修之心意不在酒，在於山水風景。此處筆者借用此句，說明第四章一至三節討論的詠梅詞，詞人之意不在詠頌梅花，而在於詞背後的感情思想。

集中梅花身上，較少注入個人的情感意願。即使有所寄托，也比較隱晦。這類詞作大致可分爲三大類，在五百七十三首詠梅詞中，共佔二百三十七首，分佈如下：

類別	詞作數量	比率
頌詠梅花	136	23.73%
文人雅事	92	16.06%
賀壽之作	9	1.57%
總數	237	41.36%

4·1 頌詠梅花

在這類作品中，詞人題詠各種梅花，分別如下：

一、紅梅：

侯寘（1131－1189 在世）《浣溪沙·次韻王子弁紅梅》云：

「應為長年餐絳雪，故教丹頰耐清霜。」[94]

詠寫紅梅長於霜雪又耐寒的特質。又如陳造（1133－1203）《水調

[94] 《全宋詞》冊 3，頁 1437。

歌頭·千葉紅梅送吏君》云：

「曾是瑤妃清瘦，帝與金丹換骨，酒韻上韶顏。」[95]

頌詠紅梅天生鮮紅嬌艷的顏色。

二、臘梅：

張孝祥（1132－1169）《風入松·臘梅》一詞云：

「玉妃孤艷照冰霜。初試道家妝。素衣嫌怕姮娥妒，染成宮樣鵝黃。」[96]

詠賞臘梅的鵝黃顏色，不與姮娥（明月）爭素白。

三、瓶梅：

「分得數枝來小院。依倚銅瓶，標致能清遠。淡月簾櫳疏影轉。騷人為爾柔腸斷。」[97]

「葉葉裡，一枝冷浸銅瓶水。銅瓶水。飛英簇簇，硯屏香几。」[98]

---

[95] 《全宋詞》冊3，頁1726。

[96] 《全宋詞》冊3，頁1719－1720。

[97] 《全宋詞》冊2，頁1137。

[98] 《全宋詞》冊5，頁3390。

前者是王之道（1093－1169）的《蝶戀花·瓶梅》，後者是黎廷瑞（1271－1298）《秦樓月·梅花十闋》的第三闋。兩者描寫將梅枝帶入室內，浸插銅瓶裡的景致。王之道細賞月下瓶梅的疏影，黎廷瑞敘寫銅瓶的梅花飄飛。詞句中隱約透露了兩位詞人對梅花的鍾愛。

四、早梅：

王炎（1138－1218）《好事近·早梅》云：

> 「玉頰映紅綃，攙報東風消息。雖清臞如許，有生香真色。」[99]

描繪早開的梅花是為報春天的消息。雖清瘦，卻有天然香氣和顏色。又如呂勝己（12世紀中期至13世紀初）《謁金門》：

> 「芳信拆。漏洩東君消息。帝殿寶鑪煙未熄。龍香飄片白。」[100]

梅花早開，洩漏了春天來臨的訊息。梅花香氣，猶如仙宮寶鑪散發出來的龍香、其色則潔白如霜。

五、月下梅：

---

[99] 《全宋詞》冊3，頁1856。

[100] 《全宋詞》冊3，頁1755。

丘崇（1135－1209）《錦帳春》詞云：

「好是天寒，倍添幽雅。正雪意、垂垂欲下。更朦朧月影，弄明初夜。梅花動也。」[101]

趙長卿《訴衷情·重臺梅》上片云：

「檀心刻玉幾千重。開處對房櫳。黃昏淡月籠艷，香與酒爭濃。」[102]

前者頌詠月下欲開，正是雪、月、梅相映；後者寫月下梅飄香，月與梅輝映。

六、雪梅：

李子正（十二世紀時人）《減蘭十梅·雪》詞云：

「六花飛素。飄入枝頭無覓處。密綴輕堆。只似香苞次第開。」[103]

寫寒雪飄飛，飛進梅花叢中，宛若梅苞逐一開放。

---

[101] 《全宋詞》冊 3，頁 1749。
[102] 《全宋詞》冊 3，頁 1779。
[103] 《全宋詞》冊 2，頁 996。

七、殘梅：

李子正《減蘭十梅・殘》詞云：

「香苞漸少。滿地殘英寒不掃。傳語東君。分付南枝桃李春。東風吹暖。南北枝頭開爛熳。一任飄吹。已占東風第一枝。」[104]

描寫梅花將殘，苞花漸少，落英漸多。只要輕風一吹，便隨風飄落。然而，作者對梅花依然讚賞不已，認爲它佔了東風第一枝，曾作過報春使者。

八、落梅：

趙長卿《探春傍》（賞梅十首）之十云：

「清江平淡，暗香瀟灑，滿林風露。漸枝上、也學楊花柳絮。輕逐春歸去。東君著意勤遮護。總留他不住。幸西園別有，能言花貌，委曲關心愫。」[105]

梅花縱然瀟灑有暗香，也學柳絮飄落。東風雖努力挽留，卻也無用。

九、梅影：

[104] 《全宋詞》冊 2，頁 997。

[105] 《全宋詞》冊 3，頁 1781。

王質（1127－1189）《清平樂·梅影》云：

「從來清瘦。更被春僝僽。瘦得花身無可有，莫放隔簾風透。一枝相映孤燈。燈明不似花明。細看橫斜影下，如聞溪水泠泠。」[106]

賞頌的是燈前橫斜的梅影，讓人想起經常與梅爲伴的泠泠溪水聲。

以上諸篇詠梅詞擁有兩點共同的特色：一、以客觀手法描寫梅花的姿態；二、透過詠梅表達的感情比較隱而微，主要反映詞人對梅花的鍾愛。在這類詠梅詞作，頌讚梅花的特質如下：

一、清絕之姿：

李洪（1129－？）《西江月·臘梅》：「此花清絕勝南枝，攙過春風第一」[107]點出臘梅清瘦幽美之態。而虞儔（1190－1200 在世）《滿庭芳·臘梅》則云：「色染鶯黃，枝橫鶴瘦，玉奴蟬蛻花間，鉛華不御，慵態儘攲鬟。」[108]繪出臘梅清瘦脫俗之姿。

二、報春之花：

呂勝己《謁金門·早梅》：「芳信拆。漏洩東君消息。」[109]讚

---

[106] 《全宋詞》冊 3，頁 1637。
[107] 《全宋詞》冊 3，頁 1672。
[108] 《全宋詞》冊 3，頁 2014。
[109] 同注[100]。

美梅花於冬末盛開，是報春的使者。王炎（1138－1218）《好事近·早梅》同樣指出梅花是報春的來使：「玉頰映紅綃，攙報東風消息。」⑩梅花是冬末春初開放的花朵，先百花於春來而開，故被頌詠爲報東風的使者。

三、凌霜傲雪的情操：

韓淲《百字俵》一詞云：「園居好處，是古梅飛動、欺霜凌雪。」⑪指出梅花凌霜的特質。又如徐鹿卿（1170－1249）《漢宮春》詞：「豈徒冰雪蹊徑，不受侵欺。孤高自負，儘炎涼、變態無期。」⑫同樣讚賞梅花不爲霜雪欺、孤高自負的品質。

4·2 文人雅事

南宋詠梅詞之中，有不少作品吟詠與梅花相關的文人雅事，包括探梅、訪梅、賞梅、栽梅、畫梅。在這些詞作之中，以記述活動爲主、抒情爲次，屬於客觀主題內容。且看詞人如何敘述箇中情況：

一、探梅訪梅：

以踏雪尋梅，或是冒寒訪梅爲主題的詞作甚多。如劉辰翁《臨江仙·訪梅》詞：

---

⑩　同注⑨⁹。

⑪　《全宋詞》冊4，頁2255。

⑫　《全宋詞》冊4，頁2317。

「西曲罥衣迷去路，雪銷斷岸無痕。尋花不擬到前村。暖風初轉袖，小徑忽開門。」[113]

記述作者獨自尋梅，在彎彎曲曲的小徑中、踏著滿地雪，幾乎迷了路，幸而最終覓得出路。又如姜白石《卜算子·吏部梅花八詠，夔次韻》之五云：

「……下竺橋邊淺立時，香已漂流卻。空徑晚煙平，古寺春寒惡。老子尋花第一番，常恐吳兒覺。」[114]

描述詞人尋梅的痴狂程度：在煙霞籠罩、春寒猶厲的晚上，獨自往古寺中尋梅、摘梅枝、倚冰樹、望花香飄流。反映作者痴愛梅花的一面。

二、觀梅賞梅：

南宋文人對觀賞梅花的描寫甚多，大多借以寄托個人情懷，卻不乏純以觀梅、賞梅爲主題的作品，王之道《西江月·賞梅》：

「雪後千林尚凍，城邊一徑微通。柳梢搖曳轉東風。來看梅花應夢。酒面初潮蟻綠，歌脣半啟櫻紅，冰肌綽約月朦朧。彷彿暗香浮動。」[115]

---

[113] 《全宋詞》冊 5，頁 3204。

[114] 《全宋詞》冊 3，頁 2186。

[115] 《全宋詞》冊 2，頁 1150。

寫雪後初晴，作者在城邊的柳梢搖搖下賞花。一邊飲酒，一邊聽歌，直至月上夜空，月影、梅影浮動，梅香飄送。又如韓淲《菩薩蠻·野趣觀梅》詞：

「平生常為梅花醉。數枝滴滴香沾袂。雪後月華明。膽瓶無限清。夜深燈影瘦。飲盡杯中酒。明日景尤新。人間都是春。」[116]

記述詞人於明月之夜，在霜雪初晴之時觀梅飲酒。在深夜燈影瘦薄之中盡飲，祝願明日處處皆春景。姜白石兩首《卜算子》（月上海雲沉）及（御苑接湖波）[117]記述賞梅、觀梅之作。

三、種梅栽梅：

南宋是一個高度評賞梅花的朝代，文人對梅花的痴愛，可謂前無古人。由於這種愛花之心，在自己庭園植梅、栽梅的情況甚多，並把這些活動入詞。如趙長卿《鷓鴣天·梅》一詞云：

「手種梅花三四株。要看冰霜照清臞。朝來幾朵茅檐下，竹外江頭恐不如。」[118]

作者種植三四株梅花，早上見梅開檐下，心裡很高興，認為竹外

[116] 《全宋詞》冊4，頁2239。

[117] 兩首詞載《全宋詞》冊3，頁2185及2186。

[118] 《全宋詞》冊3，頁1784。

江邊的梅花也不如自己手種的那幾株梅花美。又如呂勝己《醉桃源》：

「去年手種十株梅。而今猶未開。山翁一日走千迴。今朝蝶也來。」⑲

描繪痴愛梅花的作者，一日走數百迴，只爲看看去年種下的梅花開未。在這早上連蝴蝶也飛來了。從這類描述種梅、栽梅的詞作中，讀者可以體會詞人對梅花的熱愛。這類作品主要描述了他們傻痴的一面：爲愛好梅花而種梅、等待梅花開，爲看梅花開放而多次往回山林。

四、繪畫梅花：

宋代是一個詩、書、畫聞名的朝代，不論書法、繪畫皆有傑出的成就。在這個熱愛梅花的時代，梅花自然成爲文人繪畫的對象。在南宋詠梅詞作中，繪畫梅花成爲描寫的主題。如王柏（1197－1274）《酹江月·題澤翁梅軸後》云：

「怕它香已飄零，羅浮夢斷，不與東君接。買得鵝湖千幅絹，留取天然標格。樹老梢臞，蕊圓須健，不放風騷歇。花光何處，兒孫聲價方徹。」⑳

(119) 《全宋詞》冊 3，頁 1752。

(120) 《全宋詞》冊 4，頁 2775。

害怕冰姿玉骨的梅花飄零，故買來畫絹，把它收入畫幅之中。畫中的梅花枝幹老瘦，花朵圓潤健壯。花朵自是美，然其「兒孫」梅子價更高。觀看如斯梅圖，能使人俗念全消。

4・3 賀壽之作

南宋時期，梅花被應用於祝壽的場合。因爲：一、梅花本身是一耐寒的花種，能在風霜凌厲的隆冬盛放，予人品格淸高、擁有高尙情操的形象。它堅貞不屈、孤芳自賞的特質，成爲眾人歌頌的焦點，宋人以擁有梅花的特質爲榮。二、梅花凋謝後能結成梅子，作調鼎和羹之用，故藏著有輔君之才，能爲國效力之意，爲一般文人受落。三、梅枝蒼勁、花朵千百，花瓣重疊，予人長年不盡（千千百百）之意，在宋人心目中乃吉祥之花[121]。所以，梅花順利成爲祝壽的物象。

王質（1127－1189）《西江月・借江梅臘梅爲意壽董守》詠江梅詞云：

> 「月斧修成膩玉，風斤琢碎輕冰。主人無那壽杯深。倩取花來喚醒。……試將花蕊數層層。猶比長年不盡。」[122]

---

[121] （宋）趙彥端（1121－1175）《秦樓月》（梅綴雪）有一句：「祥花不滅晴空月。晴空月。依前消瘦，還共清絕。」詞人以「祥花」稱呼梅。（見《全宋詞》冊3，頁1447。）

[122] 《全宋詞》冊3，頁1638。

作者把梅花比作月鑿風琢的冰玉，而梅花花蕊層層疊疊好比人們長年不盡之意，是以梅花賀壽。又如曾晞顏（1262 年進士）《好事近・以梅爲壽》一詞：

「試將玉蕊比修齡，算枝頭千百。更有不凡風味，付調羹仙客。」[123]

指出梅枝花蕊多層重疊，若以此比作人的壽命，可有千百之數。何況梅花與眾不同，能作調羹。南宋文人往往借梅花花瓣的重疊、花朵及枝幹的繁多，祝賀壽辰者長命百歲，年壽之數如梅花那麼多。再看姚述堯（1154－1188 在世）《念奴嬌・厲主簿爲梅溪先生壽》：

「最愛瀟灑溪頭。孤標凜凜，不與凡華逐。自是玉堂深處客，聊寄疏籬茅屋。已報君王，為調鼎，直與人間足。更看難老，歲長友松竹。」[124]

詞人先寫梅花瀟灑，不與凡俗相比。次寫梅花雖處於疏籬茅屋，卻可爲君王調鼎（梅花之效用）。後言梅花於歲寒不凋，與竹松長青，是難老之物。一切對梅花的頌詠，實是讚賞壽辰之人，認爲他如梅花一般，居於竹籬，不同凡俗，擁有調鼎之才，能爲君王

---

[123] 《全宋詞》冊 5，頁 3185－3186。

[124] 《全宋詞》冊 3，頁 1550。

分憂，再祝賀他與松竹同青。

總　結：

雖然這一節描寫的內容比較客觀，鮮有觸及詞人內心世界，但可以看到兩點。一、詠梅詞的內容多元化：詞人無所不談，除了頌詠各式各樣的梅花，還有文人雅事的記述、祝壽之詞。二、宋人愛梅之心顯而易見：在寒冷天氣中，到僻靜之地尋梅；爲求可以時常觀賞梅花而栽梅、畫梅。在這些詠梅詞中，作者收藏個人情感，把注意力集中在梅花、或與梅花相關的事物上。

在南宋諸篇詠梅詞之中，祝壽詞僅有九篇。盡錄如下：

詞人、賀壽詞	詞　　序
姚述堯（1154－1188 在世） 《念奴嬌》（早春時候）	厲主簿爲梅溪先生壽
王　質（1127－1189） 《西江月》（月斧修成膩玉） 《西江月》（輕臘細凝蜂蜜）	借江梅、臘梅爲意壽董守
盧祖皋（1199－1223 在世） 《醉梅花》（傳得西林一派清）	葉行之府判……今七十有四矣，耳目聰明，髭鬢未白。因其初度，賦《醉梅花一首壽之。
張　矩（1241－1252 在世） 《弧　鸞》（荊谿清曉）	以梅花爲趙窩壽

吳文英（1260－1264 在世） 《漢宮春》（名壓年芳）	壽梅津
曾晞顏（1262 進士） 《好事近》（昨夜探寒梅）	以梅爲壽
何夢桂（1228－1274 在世） 《水龍吟》（倚窗閒嗅梅花） 《玉漏遲》（問春先開未） 《水龍吟》（分知白首天寒）	和何逢原見壽 和何君元壽梅 和邵清溪詠梅見壽

（以上據唐圭璋主編《全宋詞》統計所得）

第五章　南宋詠梅詞的藝術特色

引　言

李旭東在《詞的寫作與賞析》一書云：

> 「『詠物』單就這名詞上已經可以想到是以『物』為對象的作品。就一般而論，這是藝術性較高的，無論就欣賞上和模仿上都比較困難。」❶

說明了兩點：一、詠物詞（包括詠梅之作）的藝術性較高。二、詠物詞的析賞比較困難。既然詠物詞的藝術性比較高，以下的篇幅將集中討論本文的中心——詠梅詞的藝術特色，並以表現手法、文字運用、意象三方面爲探討焦點。

第一節：表現手法

這一節將集中討論南宋詠梅詞三大主要描寫特色：比興、用

---

❶ 李旭東著：《詞的寫作與賞析》（台北：益群書店，1984年），頁164。

典，以及擬人手法。為何選此三類？因為約六百首詠梅詞，幾乎每一首詞都擁有這三種描寫技巧，正好顯示詠梅詞整體的藝術特色。

1·1 善用比興

詞多用比興的原因：

（清）沈祥龍（光緒 1875－1908 時人）撰《論詞隨筆》（詞之比興多於賦）：

> 「詩有賦比興，詞則比興多於賦。或借景以引其情，興也。或借物以寓其意，比也。蓋心中幽約怨悱，不能直言，必低徊要眇以出之，而後可感動人。」❷

運用比興手法，能使詞意婉轉低徊，情感含蓄，欲吐不吐的幽怨容易感動讀者。在傳統詩歌藝術手法賦、比、興之中，詞作的比興手法較多。為何會如此？在蔡嵩雲（1892－1944 在世）撰寫的《柯亭詞論》（詞賦少而比興多）可尋得答案：

> 「詞尚空靈，妙在不離不即，若離若即，故賦少而比興多。」❸

❷ （清）沈祥龍撰：《論詞隨筆》〈詞之比興多於賦〉條，見唐圭璋編：《詞話叢編》（北京：中華書局，1996 年）冊 5，頁 4048。

❸ 蔡嵩雲撰：《柯亭詞論》〈詞賦少而比興多〉條，見《詞話叢編》冊 5，頁 4905。

詞之所以多用比興、少用賦的緣由，爲求達到空靈婉轉的境界。蔡氏云：

> 「詠物詞，貴有寓意，方合比興之義。寄託最宜含蓄，運典尤忌呆詮，須具手揮五絃目送飛鴻之妙，方合。……白石詠梅，暗香感舊，疏影弔北狩扈從諸妃嬪。大都雙管齊下，手寫此而目注彼，信為當行名作。」❹

指出詠物詞在乎有寄托、有寓意，故此適合運用比興手法。所謂：「手寫此而目注彼」，是「興」的描寫手法。白石的《暗香》《疏影》雖然詠寫的是梅花，卻寄托了相思之情與家國之感。以下將會探討詠梅詞裡的比興手法：

甲——「比」：

「比」是指比喻手法。《景印宋本纂圖互註毛詩》云：

> 「見今之失不敢斥言，取比類以言之。」❺

說明「比」是不直接明言、陳述，而用譬喻的手法。（宋）朱熹（1130

---

❹ 同注❸，頁 4907。

❺ 此語見國立故宮博物院編輯委員會編：《景印宋本纂圖互註毛詩》（臺北：故宮博物院，1995 年）卷二。另外，《毛詩會箋》解釋「比」說：「以彼喻是也。」（〔日〕竹添光鴻（1842－1917）撰：《毛詩會箋》〔台北：大通書局，1920 年〕冊一，頁 30。）可見「比」是比喻之意。

－1200）云：

「比者，以彼物比此物也。」❻

解釋了比喻是以乙事物來說明甲事物。甲與乙基本上是不同的事物，卻有著相似的地方。比喻又可分爲明喻、暗喻、借喻三大類。

一、明喻：

明喻，是有明顯的比喻詞：「似」、「如」、「像」、「一般」、「似的」、「宛如」等等。袁暉在《比喻》一書，以圖展示明喻❼：

明喻	＝	被比喻物（本體）	＋	比喻詞	＋	比喻物（喻體）

在南宋諸篇詠梅詞之中，明喻運用的句例不多。略舉如下：

「伴我情懷如水」——李清照《孤雁兒》❽

以「情懷」（本體）比作「水」（喻體），取其水與情懷一般輕柔。「如」是比喻詞。

---

❻ （宋）朱熹等注：《四書五經》（北京：中國書店，1985年）中冊，頁一。

❼ 袁暉（1937－）著：《比喻》（合肥：安徽人民出版社，1982年），頁4。

❽ 《全宋詞》冊2，頁925。

「無人到、寂寞渾似，何遜在揚州。」——李清照《滿庭芳》❾

作者以梅花無人到訪的寂寞之情，比作何遜在揚州時的寂寞。梅花是詞人的自喻。兩者同是取其寂寞一共通點。（「寂寞」是本體，「何遜在揚州」是喻體，「渾似」是比喻詞。）

「撚殘枝重嗅，似徐娘雖老，猶有風情。」——周　密《憶舊遊》❿

以「徐娘」比作梅花：以徐娘芳華不在，仍帶風韻，比喻梅花雖殘謝，仍有餘韻殘香。（「殘枝」是本體，「徐娘」是喻體，「似」是比喻詞。）

「素壁秋屏，招得芳魂，彷彿玉容明滅。」——周　密《疏影》⓫

詞人以梅花投射在白壁屏風上的影子，比作美女若隱若現、忽明忽暗的容貌。（本體是「素壁秋屏」上的梅影，「彷彿」是比喻詞，「玉容明滅」是喻體。）

---

❾　《全宋詞》冊 2，頁 926。

❿　《全宋詞》冊 5，頁 3273。

⓫　《全宋詞》冊 5，頁 3287。

「黃昏片月，似碎陰滿地。」——張 炎《疏影》⓬

以黃昏月下的梅影，比作滿地的碎陰。梅影與「碎陰」同是細碎的黑影。（本體是「黃昏片月」下的梅影，「似」是比喻詞，「碎陰滿地」是喻體。）

「先得月、玉樹宛若籠紗。」——張 炎《瑤臺聚八仙》⓭

詞人以梅花樹在月下矇朧的情景，比作仿如籠上輕紗的樣子。兩者同取其矇矓一共同點。（「先得月」的「玉樹」是本體，「籠紗」是喻體，「宛若」是喻詞。）

二、暗喻

暗喻，亦稱隱喻，可分為兩種：一是有明顯的比喻詞，如「是」、「成」、「為」、「做」、「等於」。另一種是沒有出現比喻詞，只有本體和喻體。如所示之圖：

南宋詠梅詞，暗喻的運用較為罕見。但亦偶能見之：

⓬ 《全宋詞》冊 5，頁 3474。

⓭ 《全宋詞》冊 5，頁 3498。

「若無和靖即無梅」——辛棄疾《浣溪沙》⓮

作者把痴愛梅花的林和靖比作梅花，有他便如有梅，無他便彷若無梅。（「即」是明顯的比喻詞，「和靖」是本體，「梅」是喻體。）

「玉照梅開，三百樹、香雲同色。光搖動、一川銀浪，九霄珂月。」——張鎡《滿江紅》⓯

此處埋藏三個沒有比喻詞的暗喻：以「香雲」暗喻飄香的「三百樹」梅花，其密如雲、彼此同色。又以「一川銀浪」暗喻梅花在月光下搖動的樣子，彷如一片銀白的波浪。再以「珂」暗喻「月」，指月如美玉般晶瑩潔白。（「三百樹」是本體，「香雲」是喻體。「一川銀浪」是喻體，「光搖動」下的三百梅樹是本體。最後一句是「同位型」（即本體、喻體連合一起）的暗喻手法，被比喻物和比喻物直接組合成一句子，多數喻體在前，本體在後。「珂」是在前的喻體，「月」是在後的本體。）

「十畝梅花作雪飛。」——姜　夔　《鶯聲繞紅樓》⓰

詞人以十畝梅花的飄飛，比作散落的雪花。（「十畝梅花」是本體，「雪」是喻體，「作」是明顯的喻詞。）

⓮　《全宋詞》冊 3，頁 1901。

⓯　《全宋詞》冊 3，頁 2136。

⓰　《全宋詞》冊 3，頁 2170。

三、借喻

袁暉云:「借喻是一種省略性比喻。」[17]它省略了比喻詞及本體(被比喻物),直接以喻體(比喻物)代替本體,或者以喻體的某些等特徵、用詞代替本體。如所示之圖:

借喻	=	喻體 /(特徵、用詞) = 本體

在諸篇南宋詠梅詞之中,借喻的運用可謂比比皆是。舉列如下:

> 「紅酥肯放瓊苞碎」——李清照《玉樓春》[18]

「紅酥」借喻梅花柔軟如酥的紅蕊,「瓊苞」是指梅花如瓊玉的花苞。(「紅酥」、「瓊苞」是喻體,本體及喻詞皆沒有出現。)

> 「香臉半開嬌旖旎。當庭際。玉人浴出新妝洗。」——李清照《漁家傲》[19]

作者以美人「香臉」比作嬌美的梅花,以「玉人浴出新妝洗」比作雪裡梅花清奇脫俗,如洗妝出浴的美人。(「香臉」是喻體的局部

---

[17] 同注[7],頁 43。
[18] 《全宋詞》冊 2,頁 926。
[19] 同上注。

特徵、「玉人」是喻體，本體及喻詞沒出現。）《漁家傲》另一句「共賞金樽沈綠蟻」亦同樣運用了借喻手法。「綠蟻」指美酒，以酒面上的綠色泡沫比喻酒。（「綠蟻」是喻體的局部特徵，沒有本體及喻詞。）

「瓊瑤萬頃」——辛棄疾《永遇樂》⑳

以「瓊瑤」借喻梅花，取梅花之色與美玉一樣潔白。（「瓊瑤」是喻體，沒有出現本體和喻詞。）

「甚美人、忽到窗前」——周　密《疏　影》㉑

以「美人」借喻梅影。以投影窗前的梅影，比喻忽到窗前的美人倩影。（「美人」是喻體，同樣沒有本體及喻詞。）

「苔枝綴玉」——姜　夔《疏　影》㉒

作者以「玉」借喻細小如玉，而又潔白的梅花。梅花開在長滿青苔的綠枝上，好像苔枝綴滿白玉。（「玉」是喻體，本體及喻詞皆沒有出現。）

南宋主要詞人，在詠梅詞運用比喻的情況粗略統計如下：

---

⑳　《全宋詞》冊3，頁1935。

㉑　《全宋詞》冊5，頁3287。

㉒　《全宋詞》冊3，頁2182。

詞　人	明　喻（運用次數）	暗　喻（運用次數）	借　喻（運用次數）	詠梅詞總　數
李清照	2	0	8	7
陸　游	0	0	11	5
辛棄疾	1	3	8	15
姜　夔	0	4	10	14

明喻及暗喻的運用明顯比較少見。相反，借喻觸目皆是。這現象與詠物詞蘊藉含蓄的風格不謀而合，因爲詞人多借詠物表達個人情感身世，故以含蓄爲貴。何況，宋代文人最忌詠物而說出所詠之物㉓，運用借喻可以省略本體（梅花）以及有關本體的敘述，正符合詞人的需求。

乙——「興」：

「興」是常用於詠物詞的一種手法。 詞人往往先言所詠之物，再抒己之情。 在詠梅詞作中，被詠寫的自然是梅花（或與梅花相關的事物），才帶出詞人想說的情理。南宋詠梅詞運用「興」的若佔六成，如下列之表：

㉓ 宋文人甚重視以婉轉含蓄的手法詠物，詠物時不可點明所詠之物。（宋）沈義父撰：《樂府指迷》〈詠物最忌說出題字〉條云：「詠物詞，忌說出題字。如清真梨花及柳，何曾說出一個梨、柳字。」（見《詞話叢編》冊 1，頁 284）作者在〈詠物不可直說〉條又云：「鍊句下語，最是緊要，如說桃，不可直說破桃，須用『紅雨』、『劉郎』等字。」（見《詞話叢編》冊 1，頁 280。）

詠梅詞總數	運用「興」的詞作	沒運用「興」的詞作
573	336（59%）	237（41%）

（注：此統計根據《全宋詞》統計所得，並且在兩種假設之下成立：1、大凡沒有借詠梅抒發個人情感，純是詠頌梅花、記述賞梅、應酬之詞不屬於「興」的手法。2、大凡借詠梅以抒個人情懷、身世、家國等等情理的詞作，皆屬於「興」的手法。）

在運用「興」的詠梅詞中，作者主要透過觀賞梅花而抒發思念之情。又或是透過頌詠梅花自憐身世、感傷家國。（詠梅詞以「興」表達的內容在第四章已詳細討論過，在此不再重復。）詞人往往先詠寫梅花，再抒己之情。如吳文英《金縷歌·陪履齋先生滄浪看梅》云：

「喬木生雲氣。訪中興、英雄陳跡，暗追前事。」㉔

作者先以梅花樹四周多雲氣起興，再借梅花的生長地滄浪（指名園「滄浪亭」，在今江蘇省蘇州市），帶出自己想抒發的故國之情。又如姜白石《小重山令·賦潭州紅梅》：

「人繞湘皋月墜時。斜橫花樹小，浸愁漪。……相思血，都沁綠筠枝。」㉕

㉔ 《全宋詞》冊4，頁2939。
㉕ 《全宋詞》冊3，頁2170。

詞人在湘皋看見梅花，以梅花的橫斜花細小起興，抒發自己對情人的思念，又幻想情人如何思念自己。再如張炎《壺中天・白香巖和東坡韻賦梅》：

「苔根抱古，透陽春、挺挺林間英物。……且浸芳壺，休簪短帽，照見蕭蕭髮。幾時歸去，朗吟湖上香月。」㉖

詞頌讚古梅透露春天消息，是林間英物；再以此起興，抒發自己年老之嘆，對家鄉之思念。

1・2用事用典

典故的定義包含廣泛，大凡引用前人的語詞或古人的故事，皆可稱爲典故；前者稱「語典」，後者稱「事典」。賦詞，運用典故可以豐富內容，表現作者才學；更重要的是，能使詞意變得婉轉曲折。南宋詠梅詞爲求詠物曲折婉轉、含蓄蘊藉，運用了各類典故，數目可謂多不勝數。 然而，南宋詠梅詞的主要特色，是大量運用梅花典故，包括「事典」（古人的故事）和「語典」（前人的語詞）。原因何在？可引（宋）沈義父（理宗 1225－1264 時人）《樂府指迷》〈論詠物用事〉一文作答：

「如詠物，須時時提調，覺不可曉，須用一兩件事（典故）

㉖ 《全宋詞》冊 5，頁 3513。

印證方可。如清真詠梨花水龍吟，第三第四句，引用『樊川』、『靈關』事。又『深閉門』及『一枝帶雨』事。覺後段太寬，又用『玉容』事，方表得梨花。若全篇只說花之白，是凡白花皆可用，如何見得是梨花。」㉗

說明了詠物必須用相關典故，如詠梨花，要引與梨花有關的典故，讓人清楚明白所詠的是梨花。若只言花朵雪白，不能讓人肯定詠的是梨花。所以，南宋詞人詠梅花，自然也要運用與梅花相關的典故，形成（清）李調元（1734－1803）《雨村詞話》卷二所言的情況：

「各家梅花詞不下千闋，然皆互用梅花故事綴成……。」㉘

這一小節會集中討論與梅花有關的典故。除了討論典故外，會點出「明用」及「暗用」的句例。所謂「明用」，是指用古人之事，顯而易見，讀者一看便知；所謂「暗用」是指典故暗藏詞中，不易看出，好像人嚐鹽水，乍看不知，細嚐才明瞭。

甲、南宋詠梅詞所運用，與梅花相關的主要事典如下：

㉗ （宋）沈義父撰：《樂府指迷》〈論詠物用事〉條，見《詞話叢編》冊1，頁279。

㉘ （清）李調元：《雨村詞話》卷二，見《詞話叢編》冊4，頁1403。

一、何遜揚州：

何遜以詠梅而聞名，在揚州（今南京市）時，曾有詠梅詩《揚州法曹梅花盛開》:「兔園標物序，驚時最是梅。銜霜當路發，映雪擬寒開。枝橫卻月觀，花繞凌風台。朝洒長門泣，夕駐臨邛杯。應知早飄落，故逐上春來。」[29]後人多以此典詠梅。

明用：

姜白石《暗香》:

「何遜而今漸老，都忘卻、春風詞筆。」[30]

以揚州詠梅出名的何遜自況，感嘆自己年華已去，沒有賦詠風月的閒情和才華。又見吳文英《解語花·梅花》：

「東風半面。料準擬、何郎詞卷。」[31]

「何郎」二字指何遜揚州賦梅之典。作者借此典頌詠梅花之美，指梅花之美，只有何遜的詞筆才能賦詠。

---

[29]（唐）歐陽詢（557－641）著、汪紹楹校：《藝文類聚》（上海：上海古籍出版社，1982 年）卷 86，頁 1472。

[30]《全宋詞》冊 3，頁 2181。

[31]《全宋詞》冊 4，頁 2881。

暗用：

此典暗用之例較罕見。

二、壽陽妝額：

《歲華紀麗》：「（南朝宋）武帝女壽陽公主人日臥於含章簷下，梅花落公主額上，成五出花，拂之不去。皇后留之，自後有梅花妝是也。」[32]因爲各宮女競相效法，使之成爲宮中流行的妝扮。所以，「梅花妝」亦稱「宮妝」。後人多以此典賦詠梅花或女性。

明用：

周密《滿庭芳·賦湘梅》：

> 「還疑是，壽陽凝醉，無語倚含章。」[33]

詞人明用壽陽公主一典，狀寫湘梅的姿態：花蕊微紅而幽獨。句中運用了暗喻，壽陽一典被化爲喻體。（「疑是」乃暗喻的比喻詞，本體自然是湘梅。）

暗用：

汪元量（1241－？）《暗香》（館娃艷骨）：

---

[32] （唐）韓鄂撰、（明）胡震亨、毛晉同訂：《歲華紀麗》（見《津逮秘書》〔上海：博古齋，1922 年〕第 104 冊）卷一，頁九。

[33] 《全宋詞》冊 5，頁 3279。

「翠條裊娜，猶學宮妝舞殘月。」[34]

此處暗用壽陽妝額一典，說明千葉紅梅的來歷。一如詞序云：「西湖社友有千葉紅梅，照水可愛。問之自來，乃舊內有此種。枝如柳梢，開花繁艷，兵後流落人間。對花泫然承臉而賦。」指出它來自舊日宮廷，如今依然學著宮妝打扮。

三、孤山處士：

林逋字君復，二十年隱居於西湖孤山，終身不娶，以梅爲妻，鶴爲子；死後謚「和靖先生」。《西湖遊覽志》：「逋字君復，隱居孤山……繞種梅花，吟詠自適，徜徉湖山、或連宵不返，客至則童子放鶴招之。」[35]

明用：

辛棄疾《念奴嬌・賦梅花》：

「未須草草，賦梅花，多少騷人詞客。總被西湖林處士，不肯分留風月。」[36]

---

[34] 《全宋詞》冊 5，頁 3343。

[35] （明）田汝成撰：《西湖遊覽志》，見王雲五主編：《四庫全書珍本五集》（台北：商務印書館，1975 年），卷二 ，頁四十一。

[36] 《全宋詞》冊 3，頁 1916。

詞人明用此典，指出西湖的梅花美態已被林逋寫盡，沒有留下半點給後人描繪。

暗用：

劉克莊（1187－1269）《沁園春·夢中作梅詞》：

「曾經諸老平章，只一孤山說影香。」[37]

「孤山」二字暗藏林逋典。詞人認爲在歷代的詠梅作品之中，只有孤山林逋最出色，能盡道梅花的暗香疏影。

四、鹽梅和羹：

《尚書·商書·說命下》記載殷王武丁對宰相傅說云：「若作和羹，爾惟鹽梅。」[38]殷王欲使傅說治國，使之協調昌順，一如以梅子調鼎內食物，使之可口。後人以此典喻仕途，或喻人有將相之才。

明用：

趙長卿（約十二世紀時人）《念奴嬌·落梅》：

---

[37] 《全宋詞》冊 4，頁 2597。

[38] 《尚書商書殘卷》（說命下）第十四，見羅振玉（1866－1940）輯：《雲窗叢刻》（約 1914 年刊印）第十種，第一冊。

「好把芳心收拾取，與個和羹人說。擺脫風塵，消停酸苦，終有成時節。浮花浪蕊，到頭不是生活。」㊴

詞人把落梅比喻爲風塵女子，以其結子與和羹之人比作從良，正好擺脫浮花浪蕊的酸苦生活。此處「和羹人」是借指有才能的君子。

暗用：

楊無咎（1097－1171）《柳梢青》（目斷南枝）：

「欲調商鼎期，可奈向、騷人自悲。」㊵

指出梅落之後可以調鼎，但詩人卻爲梅落而悲傷。「調商鼎」暗指鹽梅和羹之典，借指梅子。

五、望梅止渴：

《世說新語·假譎》：「魏武行役，失汲道，軍皆渴，乃令曰：『前有大梅林，饒子甘酸，可以解渴。』士卒聞之，口皆出水，乘此得及前源。」㊶

明用：

㊴ 《全宋詞》冊 3，頁 1782。

㊵ 《全宋詞》冊 2，頁 1206。

㊶ （南朝）劉義慶（403－444）撰、（梁）劉孝標（462－521）注：《世說新語》（上海：上海古籍出版社，1982 年）（下卷之下·假譎第二十七），頁 442。

吳潛（1196－1262）《滿江紅・戊午八月十二日賦後圃早梅》：

「止渴事，風煙邈。和羹事，風波惡。」㊷

詞人利用此典賦詠梅花，說明行軍治國是一件風塵僕僕的勞役事。

暗用：

此典無暗用的手法，因為「止渴」一典顯而易見。

六、羅浮夢事：

《龍城錄》：「隋開皇中，趙師雄遷浮。一日天寒日暮，在醉醒間，因憩僕車於松林間。酒肆旁舍，見一女人淡妝素服，出迓師雄。……師雄喜之。與之語但覺芳香襲人，語言極清麗。因與之扣酒家門，得數杯，相與共飲。少頃，有一綠衣童子來，笑歌戲舞，亦自可觀。師雄醉寐，但覺風寒相襲，久之東方已白。師雄起視，乃在大梅花樹下，上有翠羽啾嘈、相顧月落參橫，但惆悵而已。」㊸

明用：

吳文英《燭影搖紅・賦德清縣圃古紅梅》：

㊷ 《全宋詞》冊 4，頁 2756。

㊸ （唐）柳宗元撰：〈龍城錄〉，見（清）陳蓮塘：《唐代叢書》（京都〔北京〕，琉璃廠刊本，清同治 10 年〔1871〕版），第七冊，頁十七。

「姑射青春對面。駕飛虯、羅浮路遠。」44

指眼前的紅梅可以盡賞。而羅浮（今廣東省增城、博羅、河源等縣之間）梅花雖好，卻路遙不能及。

暗用：

暗用此典之例絕少，僅見於蔣捷《翠羽吟》，把羅浮仙事演繹成章：

「有麗人、步依修竹，蕭然態若游龍。……勸我浮香桂酒，環佩暗解，聲飛芳霧中。……醉不知何處，驚翦翦、淒緊霜風。……梅花未老，翠羽雙吟，一片曉峰。」45

作者遇上美麗的仙女，與之同飲，醒來發現只有一雙翠鳥啾啾。正是趙師雄羅浮遇梅花仙子，醒來但見禽鳥而感到惆悵的故事。

七、蕚綠華：

南朝梁陶弘景（502－557 時人）《真誥》卷一〈運象〉：「蕚綠華者，自云是南山人，不知是何山也。女子，年可二十上下，青衣，顏色絕整。」46綠華，乃神話中一位年輕美麗的仙女。（宋）

---

44 《全宋詞》冊 4，頁 2915。

45 《全宋詞》冊 5，頁 3446。

46 （南朝梁）陶弘景：《真誥》（運象篇第一），見王雲五主編：《叢書集成》（1939 年商務印書館發行）第 570 冊，頁 1。

范成大《梅譜》:「綠萼梅，凡梅花附蒂，皆絳色，唯此絕綠，枝梗亦青，好事者比之仙人萼綠華云。」[47]

明用：

張炎（1248－？）《一萼紅·賦紅梅》:

「倚欄干，問綠華何事，偷餌九還丹。」[48]

這裡以紅梅比喻爲萼綠華仙女，以她偷吃九還丹升仙得道，說明紅梅之美，仿如天仙。

暗用：

此典沒有暗用的例子。

除以上例舉的事典外，尚有一些並非經常出現，但與梅花有關的事典：

宋廣平：

唐代廣平郡（治所在今河北雞澤縣東南）公宋璟有《梅花賦》[49]。黃公紹（1165進士）《喜遷鶯》明用此典：

---

[47] （宋）范成大：《梅譜》，見《筆記小說大觀（五編）》（台北：新興書局，1974年）第三冊，頁1727。

[48] 《全宋詞》冊5，頁3471。

[49] 此賦見張壽平編：《隋唐五代文彙》（台北：中華叢書委員會，1957年）頁186－187。

「除宋廣平，與林和靖，肉眼有誰能認。」㊿

借宋璟、林逋惜梅、愛梅之事，讚美梅花仙豐道骨，說明只有兩人才懂得欣賞。

江妃：

唐代江采蘋，性好梅，吟賞梅至夜分不去，唐玄宗戲稱「梅妃」。[51]辛棄疾《生查子・重葉梅》：

「主人情意深，不管江妃怨。折我最繁枝，還許冰壺薦。」[52]

明用江妃愛梅一事，說明友人不怕被江妃埋怨也折梅贈友。

庾郎：

北周庾信以詩賦著名，其《庾子山集》有《詠梅》詩一首[53]。姜夔《卜算子・吏部梅花八詠，夔次韻》：

「憶別庾郎時，又過林逋處。」[54]

㊿ 《全宋詞》冊 5，頁 3370。

[51] 詳見本文第二章節 1・1。

[52] 《全宋詞》冊 3，頁 1977。

[53] （北周）庾信著、屠隆（1542－1605）評：《庾子山集》（中國：屠隆，〔明〕萬曆〔1573－1605〕年間刊印本）卷五，頁十三。

[54] 《全宋詞》冊 3，頁 2185。

明用此典，以庾信曾賦梅之事，比喻好友曾三聘詠梅，三聘著有詠梅詞。

蜀城高髻：

蜀州郡侯閣出現兩高髻婦人憑欄而笑，題詩於壁，似爲紅梅幻化。(55)

吳苑雙身：

晏元獻（約 13 世紀時人）移植西崗圃中一株珍貴紅梅，園吏被賄，偷折紅梅，使汴京（今杭州）出現兩株紅梅。(56)「吳苑」即現

(55)（宋）陳景沂《全芳備祖（前集）》云：「蜀中有紅梅數本，郡侯建閣扃鑰，游人莫得見。一日有兩婦人高髻大袖，憑欄大吟。郡侯啟鑰，闃不見人，惟東壁有詩云：『南枝向暖北枝寒，一種春風有兩般，憑杖高樓莫吹笛，大家留取倚闌干。』」（〔北京：農業出版社，1982 年〕〔據原宋刻本及部份手抄本影印〕卷四〈紅梅〉，頁 213－214。）「高髻」是古代婦女的髮飾。《後漢書》卷二十四〈馬援列傳第十四〉附〈馬廖傳〉云：「長安語曰：『城中好高髻，四方高一尺。』」（見范曄〔398－445〕撰、李賢〔651－684〕等注：《後漢書》〔北京：中華書局，1965 年〕第二冊，頁 853。）

(56) 范成大《梅譜》：「承平時，此花獨盛於姑蘇。晏元獻公始移植西岡圃中。一日貴游賂園吏一枝分接。由是都下有二枝。此花獨盛於姑蘇。晏元獻公始移植西岡圃中。一日貴游賂園吏得一枝分接。由是都下有二本。」又云：「王琪（字）君玉（1025 在世）時守吳郡，聞盜花種事，以詩遺公曰：『館娃宮北發精神，粉瘦瓊露蕊新。園吏無端偷折去，鳳城從此有雙身。』當時罕得如此。」（見《筆記小說大觀（五編）》〔台北：新興書局，1974 年〕第三冊，頁 1730。）王琪《聞盜紅梅種遺晏同叔》一詩亦見於厲鶚〔1692－1752〕輯撰：《宋詩紀事》（上海：上海古籍出版社，1983 年）上冊，頁 280－281。

在的長洲苑，在江蘇省吳縣境內。「雙身」成為名貴紅梅的代稱。王沂孫《一萼紅·前題》（翦丹雲）：

「吳苑雙身，蜀城高髻，忽到柴門。」[57]

明用兩典以詠門前一株紅梅。

紙帳梅花：

（宋）林洪（13 世紀）《山家清事》有〈梅花紙帳〉條[58]，指以紙製成的帳子，飾以梅花，以求清幽雅致。

李清照《孤雁兒》：

「籐床紙帳朝眠起。說不盡、無佳思。」[59]

詞序「世人作梅詞，下筆便俗。予試作一篇，乃知前言不妄耳」，點明為詠梅而賦此詞，故首句暗用與梅花有關的「紙帳」一典以

---

[57] 《全宋詞》冊 5，頁 3358。

[58] （宋）林洪《山家清事》〈梅花紙帳〉：「法用獨床，傍植四黑漆柱，各掛以半錫瓶，插梅數枝後，設黑漆板，約二尺，自地及頂欲靠以清坐。左右設橫木一，可掛衣。」（見周光培編：《宋代筆記小說》〔石家莊：河北教育出版社，1995 年〕第八冊，頁 236。）另外，齊己（生卒不可考）：《夏日草堂作》云：「沙泉帶草堂，紙帳卷空床。」（見彭定求：《全唐詩》〔北京：中華書局，1960 年〕卷 838，第十一冊，頁 9441。）以「紙帳」借指簡樸的生活。

[59] 《全宋詞》冊 2，頁 925。

切題。

乙、南宋詠梅詞，運用了與梅花有關的語典，細析如下：

1、何郎傅粉：

語出：宋璟《梅花賦》：「儼如傅粉，是謂何郎。」[60]
例句：辛棄疾《最高樓·客有棋敗者，代賦梅》：

「花知否，花一似何郎，又似沈東陽」[61]

含意：以三國魏明帝（205－239，227－239 在位）尚書何晏（約公元 3 世紀）（何郎）的俊美儀容比作梅花的姿容。

2、暗香疏影：

語出：林逋《山園小梅》二首，其一：

「疏影橫斜水清淺，暗香浮動月黃昏。」[62]

例句：辛棄疾《江神子·賦梅寄余叔良》：

---

[60] 「如傅粉，是謂何郎」兩句見《隋唐五代文彙》頁 186－187。「何郎傅粉」一事則見《世說新語》〈容止〉：「何平叔（何晏）美姿儀，面至白。魏明帝疑其傅粉。正夏月，與熱湯餅。既噉，大汗出。以朱衣自拭，色轉皎然。」（見劉義慶撰、劉孝標注：《世說新語》〔上海：商務印書館，約 1929 年〕，頁 98。）

[61] 《全宋詞》冊 3，頁 1911。

[62] 此詩見《全宋詩》冊 2，頁 1217。

「暗香橫路雪垂垂，晚風吹，曉風吹。」[63]

含意：借林逋詩以描寫梅花於風中散發的幽香。

3、暗蕊：

語出：蘇軾《紅梅三首》其三：「抱叢暗蕊初含子，落盞穠香已透肌。」[64]

4、斂蛾媚：

語出：南朝梁簡文帝《梅花賦》：

「春風吹梅畏落盡，賤妾為此斂蛾媚。」[65]

例句：洪皓（1088－1144 在世）《梅花引・憐落梅》：

「貪為結子藏暗蕊。斂蛾眉，隔千里。」[66]

含意：借蘇軾詩寫梅花爲貪結梅子而凋落；又借梁簡文帝《梅花賦》，抒發惋惜梅落之情。

5、一枝竹外橫斜好 / 竹外一枝斜：

---

[63] 《全宋詞》冊 3，頁 1957。

[64] （宋）王十朋撰：《蘇軾詩集註》（台北：商務印書館，1981 年）（四庫全書珍本十一集，文淵閣本影印本）卷 25，頁 24。

[65] 此賦見《藝文類聚》卷 86，頁 1472－1473。

[66] 《全宋詞》冊 2，頁 1002。

語出：蘇軾《和秦太虛梅花》詩：

「江頭千樹春欲暗，竹外一枝斜更好。」[67]

例句：張炎《壺中天·白香岩和東坡韻賦梅》：

「半樹籬邊，一枝竹外，冷艷凌蒼雪。」[68]

含意：借東坡詩詠傲雪凌霜的籬邊梅花。

6、江南驛使／江路梅花／驛傳梅信／寄與路遙／一枝春：

語出：南朝宋陸凱《贈范華詩》：

「折梅逢驛使，寄與隴頭人。江南無所有，聊寄一枝春。」[69]

例句：趙師俠《蝶戀花·臨安道中賦梅》：

「隴首人歸芳信斷，萬重雲水江南遠。」[70]

含意：借此典詠梅，表現思鄉念遠之情。

7、一聲羌管／一聲羌笛／羌管一聲催／笛聲吹落盡：

語出：李白《與史郎中欽聽黃鶴樓上吹笛》詩：

---

[67] 《蘇軾詩集註》卷 25，頁 24。

[68] 《全宋詞》冊 5，頁 3513。

[69] （宋）李昉（925－996）撰：《太平御覽》（北京：中華書局，1963 年）冊四，卷 970，頁 4300。

[70] 《全宋詞》冊 3，頁 2080。

「黃鶴樓中吹玉笛，江城五月落梅花。」[71]

例句：王炎（1138－1218）《臨江仙・落梅》：

「一聲羌笛怨黃昏。吹香飄縞袂，脫跡委紅裙。」[72]

含意：借李白詩詠寫梅花飄落之景。但李白詩裡的「落梅花」其實是指樂府歌集的笛子曲名《梅花落》。

8、玉奴不負東昏約：

語出：蘇軾《次韻楊公濟奉議梅花十首》其四：

「月地雲階漫一樽，玉奴終不負東君。」[73]

例句：俞國寶（1174－1189 在世）《賀新涼・梅》：

「萬里瑤台終一到，想玉奴、不負東昏約。留此恨、寄殘月。」[74]

含意：此處借東坡詩句，以南朝齊東昏侯（蕭寶卷，483－501，499－501 在位）的寵妃潘玉兒（字玉奴，約 5 世紀）不肯嫁軍主田安（約 5 世紀）而自縊之事[75]，詠梅花的高尚情操。

---

[71] （清）彭定求：《全唐詩》（北京：中華書局，1960 年）卷 182，頁 1857。

[72] 《全宋詞》冊 3，頁 1856。

[73] 《蘇軾詩集註》卷 25，頁 31。

[74] 《全宋詞》冊 4，頁 2281。

[75] 李延壽（7 世紀）撰：《南史》卷五十五〈王茂傳〉云：「時東昏侯妃潘玉兒

9、玉笛吹：

語出：（唐）崔櫓（847－881 年間進士）《崖梅》：

「初開偏稱雕梁畫，未落先愁玉笛吹。」[76]

例句：洪皓《江梅引·訪寒梅》：

「月下花神言極麗，且同醉，休先愁，玉笛吹。」[77]

含意：引崔氏之詩，說明月下梅花極美，姑且同賞醉飲，勿憂其落。

10、東風一夜吹：

語出：蘇軾《梅花二首》其一：

「一夜東風吹石裂，半隨飛雪度關山。」[78]

例句：洪皓《江梅引·憶江梅》：

「亂插繁花須異日，待孤諷，怕東風，一夜吹。」[79]

有國色，〔南朝宋〕武帝將留之，以問〔王〕茂。茂曰：『亡齊者此物，留之恐貽外議。』帝乃出之。軍主田安啟求為婦，玉兒泣曰：『昔者見遇時主，今豈下匹非類。死而後已，義不受辱。』及見縊，潔美如生。」（〔北京：中華書局，1975 年〕第五冊，頁 1352。）

[76] 《全唐詩》卷 567，頁 6567。

[77] 《全宋詞》冊 2，頁 1002。

[78] 《蘇軾詩集註》卷 25，頁 21。

含意：借東坡詩以表達害怕梅花凋落之情。

11、東閣詩興：

語出：（唐）杜甫《和裴迪登蜀州東亭送客逢早梅相憶見寄》詩：

「東閣官梅動詩興，還如何遜在揚州。」[80]

例句：汪莘（1155－？）《滿江紅》（唐宋諸公）：

「何事西鄰春得入，還如東閣人傷別。」[81]

含意：作者借此讚美前人的詠梅作品。

12、巡檐索笑／索盡梅花笑：

語出：（唐）杜甫《舍弟觀赴藍田取妻子到江陵喜寄三首》其二：

「巡檐索共梅花笑，冷蕊疏枝半不禁。」[82]

例句：辛棄疾《醜奴兒》：「年年索盡梅花笑，疏影黃昏。」[83]

含意：借杜甫詩寫個人對梅花的喜愛。

---

[79] 同注[77]。

[80] 《全唐詩》卷 226，頁 2437。

[81] 《全宋詞》冊 3，頁 2195。

[82] 《全唐詩》卷 231，頁 2541。

[83] 《全宋詞》冊 3，頁 1968。

13、返魂香：

語出：一、（唐）韓偓（844－923）《湖南梅花一冬再發偶題於花援》：

「湘浦梅兩度開，直應天意別栽培。玉為通体依稀見，香號返魂容易回。」(84)

二、蘇軾《岐亭道上見梅花戲贈季常》詩云：

「蕙死蘭枯菊亦摧，返魂香入嶺頭梅。」(85)

例句：趙長卿《念奴嬌·梅》：

「蘭枯菊稿，是返魂香入，江南春早。」(86)

含意：借東坡詩，以詠江南梅花開於蘭菊枯謝之時。

14、忽到窗前／昨夜應是梅花發／梅窗夜月見修妍／疑是梅花：

語出：（唐）盧仝（795－835）《有所思》：

「相思一夜梅花發，忽到窗前疑是君。」(87)

例句：楊無咎《柳梢青》（傲雪凌霜）：

---

(84)《全唐詩》卷680，頁7793。

(85)《蘇軾詩集註》卷25，頁23。

(86)《全宋詞》冊3，頁1782。

(87)《全唐詩》卷388，頁4378。

「一夜相思，幾枝疏影，落在寒窗。」[88]

含意：借盧仝詩以述窗前疏疏落落的梅影。

15、重閨佳麗：

語出：南朝梁簡文帝（蕭綱）《梅花賦》：

「於是重閨佳麗，貌婉心閑。憐早花之驚節，訝春光之遺寒。」[89]

例句：洪皓《江梅引・憐落梅》：

「重閨佳麗最憐梅，牖春開，學妝來，爭粉翻光、何遽落梳台。」[90]

含意：借蕭綱《梅花賦》中閨閣美人憐梅，抒發個人憐惜梅落之情。

16、探盡江梅無消息：

語出：（唐）李白《早春寄王漢陽》詩：

「聞到春還未相識，走傍寒梅訪消息。」[91]

---

[88] 《全宋詞》冊 2，頁 1196。

[89] 同注[65]。

[90] 《全宋詞》冊 2，頁 1002。

[91] 《全唐詩》卷 173，頁 1775。

例句：張孝祥（1132－1169）《柳梢青·探梅》：

「月淡黃昏，煙橫清曉，都無消息。」[92]

含意：化用李白詩，表達對梅花開的企盼。

南宋詠梅詞在用典方面，有幾個主要特色：一、大量運用與梅花有關的典故（包括事典和語典）；二、引用典故時，有明用與暗用之分（如上文所舉之例）；三、一首詞之中甚至有多個與梅花有關的典故。如方岳（1199－1262）《花心動·和楚客憶梅》：

「遜在揚州，逋老孤山，芳信頓成消歇。江南茅屋今安在，疏影瘦、祇堪歎息。」[93]

分別運用了「何遜楊州」、「孤山處士」兩事典，以及「暗香疏影」一語典。又如吳潛《酹江月·梅》[94]：

「姑射神游，壽陽妝褪，色界塵都洗。」

明用「壽陽妝」一梅花典，以及「姑射神人」這與梅花並無直接關連的典故。

「堪笑強說和羹，此君心事，指高山流水。」

則引了「調鼎和羹」一事典，以及「高山流水」伯牙與鍾子期的

---

[92] 《全宋詞》冊 3，頁 1699。

[93] 《全宋詞》冊 4，頁 2844。

[94] 《全宋詞》冊 4，頁 2732。

故事。

「隴驛淒涼，卻怕被、哀角城頭吹起。」

暗用「一枝春」及「玉笛吹」兩語典。

「巡檐何事，歲歲相誓而已。」

又暗用了「巡檐索笑」一語典。

僅此一詞已用了五個與梅花有關的典故（包括兩事典、三語典），以及兩個與梅花無關的典故；由此可見，南宋詞人甚鍾情於典故的運用。適量運用典故，能使內容豐富，使文章婉轉含蓄。可是，大量引用典故會導致詞意晦澀難解，南宋詠梅詞中，不乏此種詞意難掌握的作品。

1·3 擬人手法

詠物之時，若能多用擬人手法，可使被描寫的物件栩栩如生。擬人手法賦予物件生命和思想，使之能說話、能喜能憂、擁有人類的一切情感。在南宋詠梅詞之中，詞人爲求令被頌詠的梅花超越植物的形體，擁有人類的情感和精神，大量運用了擬人法。經過仔細研究，可以分作下以幾類：

一、賦予梅花人的感覺：

梅花會辛苦：

范成大《鷓鴣天·雪梅》:「疏香辛苦顫朝寒。」[95]
以人「辛苦」的感覺，擬寫梅花冒寒噴香。

梅花被煩惱：

王質（1127－1189）《清平樂·梅影》:

「從來清瘦，更被春僝僽。」[96]

以「僝僽」（煩惱、折磨之意）一詞，擬寫素來清瘦的梅花被春折磨。

梅花會害羞：

劉清夫（約12末至13世紀中）《念奴嬌·武夷詠梅》:

「的皪妍姿羞半吐，斜映小幽絕。」[97]

以人的感覺——「羞」，擬寫梅花因害羞而半開。

二、賦予梅花人的情感：

梅花笑：

---

[95] 《全宋詞》冊3，頁1619。
[96] 《全宋詞》冊3，頁1637。
[97] 《全宋詞》冊4，頁2698。

葛立方（1138－1164在世）《滿庭芳·評梅》：

「出籬含笑，芳意為人傾。」[98]

以人「含笑」的情態，擬寫梅花的開放。

梅花愁：

陸游《卜算子·詠梅》：

「驛外斷橋邊，寂寞開無主。已是黃昏獨自愁，更和著風和雨。」[99]

以人的「寂寞」、「愁」，賦寫梅花孤獨開於橋邊。

梅花怨：

姜夔《玉梅令》：

「有玉梅幾樹，背立怨東風，高花未吐，暗香已遠。」[100]

以人的情感「怨」，擬寫梅花埋怨東風吹拂，令自己未盛開，幽香卻已四散。

三、賦予梅花人的思想：

梅花有意送香：

---

[98] 《全宋詞》冊2，頁1342。

[99] 《全宋詞》冊3，頁1586。

[100] 《全宋詞》冊3，頁2173。

趙長卿《菩薩蠻·賞梅》：

「梅花有意舒香粉。舒香已得先春信。」[101]

以「有意」擬寫梅花散香是有心及刻意的。

梅蕊會商量：

楊無咎《柳梢青》：

「嫩蕊商量。」[102]

詞人以「商量」把梅花欲開、未開的狀態，寫成梅花花苞彼此在商討開花與否。把沒有思想的梅花變成有思想的人。

四、賦予梅花人的活動能力：

梅花能睡能醒：

王十朋（1112－1171）《點絳脣·暗香梅》：

「雪徑深深，北枝貪睡南枝醒。」[103]

以人的「貪睡」擬寫北面梅枝未開；以人「醒」的姿態，擬寫向南的梅枝已開。

---

[101] 《全宋詞》冊3，頁1775。

[102] 《全宋詞》冊2，頁1206。

[103] 《全宋詞》冊2，頁1351。

梅花能出入：

陸游《朝中措·梅》：

「幽姿不入少年場。」[104]

以人的進出進「入」，擬寫梅花不願生（不入）於繁華之地。

梅花能理會人：

趙長卿《朝中措·梅》：

「梅花豈管人消瘦，只恁自芬芳。」[105]

此句意謂：梅花飄送芬芳香氣，令人增添相思悴憔。詞人卻以擬人法把梅花寫成能顧及人的相思悴憔，只是它不「管」（理會），自顧散放幽香。

梅花能收能藏能舒展：

趙長卿《探春令·賞梅十首》其六：

「問梅花底事，收香藏蕊，到此方舒展。」[106]

以人的活動「收」、「藏」、「舒展」，擬寫梅花未開時收香藏蕊，此刻才開花散香。

---

[104] 《全宋詞》冊 3，頁 1584。

[105] 《全宋詞》冊 3，頁 1777。

[106] 《全宋詞》冊 3，頁 1780。

梅花能學人追逐：

趙長卿《探春令·賞梅十首》其十：

「漸枝上、也學楊花柳絮。輕逐春歸去。」[107]

以「學」（模仿、效法之意）、「逐」兩種人的動態，狀寫梅花如楊花、柳絮般飄落，追隨春歸去。

梅花會弄媚：

姜夔《清波引》（冷雲迷浦）：「歲華如許。野梅弄眉嫵。」[108]
以描寫女性的「弄眉嫵」，狀擬野生梅花展示美麗。

梅花沉默不語：

姜夔《暗香》：「紅萼無言耿相憶。」[109]
《疏影》：「無言自倚修竹。」[110]
前者寫紅梅沉默不語；後者寫梅花無言倚著修竹。兩句主要描繪梅花的幽靜獨開，卻把它人性化，會像人一般沉默無言。

五、賦予梅花人的體態：

---

[107] 《全宋詞》冊3，頁1781。
[108] 《全宋詞》冊3，頁2178。
[109] 《全宋詞》冊3，頁2181。
[110] 《全宋詞》冊3，頁2182。

寫梅的嬌小：

趙長卿《清平樂・問訊梅花》：

「楚梅嬌小。」[111]

以形容人的體態「嬌小」一詞，擬寫梅花的細小嬌弱。

寫梅消瘦：

吳文英《一翦梅・賦處靜以梅花枝見贈》：

「春到一分，花瘦一分。」[112]

以形容人的「瘦」，狀寫梅花的清疏。

六、賦予梅花人的品格：

與世無爭的高尚品格：

陸游《卜算子・詠梅》：

「無意苦爭春，一任群芳妒。」[113]

詞人以「無意苦爭」、「一任」擬寫梅花與世無爭、不畏人妒的清高品質。

---

[111] 《全宋詞》冊 3，頁 1778。

[112] 《全宋詞》冊 4，頁 2931。

[113] 《全宋詞》冊 5，頁 1586。

不畏惡劣環境的堅忍品質：

蕭泰來（1239－1253 在世）《霜天曉角》：

「千霜萬雪。受盡寒磨折。賴是生來瘦硬，渾不怕、角吹徹。」[114]

詞人以「受盡」、「磨折」、「賴是生來」、「不怕」寫人遭遇的字詞，擬寫梅花不畏惡劣環境（嚴寒折磨、角聲吹落）的堅忍。

南宋詞人詠梅，雖然只是運用平平無奇的擬人法，卻變化多端。作者不但賦予梅花生命，還賦予它們人的感覺、情感、思想、活動能力、體態，以及人的品格。於是，在宋人筆下的梅花會感覺辛苦、會煩惱、會愁怨、會寂寞、會商量、會計劃，能活動自如，有女兒家的嬌小、人的消瘦，又擁有與世無爭、不畏逆境的高尚人格。宋人出神入化的擬人法，使梅花由平凡的花朵變成有人的特點。既獲得詠物而不滯於物的效果，又讓讀者深入了解梅花的特質。

第二節：用字遣詞

（清）沈祥龍《論詞隨筆》云：「詞之用字，務在精擇。」[115]指出詞的用字經過精心挑選。這印證詞的用字是非常重要的。用

---

[114] 《全宋詞》冊 4，頁 2858。

[115] （清）沈祥龍撰：《論詞隨筆》（文字之用），見唐圭璋編：《詞話叢編》（北京：中華書局，1996 年）冊 4，頁 4048。

字可以影響詞的格調及意境。南宋詠梅詞的用字遣詞，可謂有三種主要特點：一、用幽冷字眼；二、色彩渲染甚多；三、用字淺白精煉。以下將會逐一探討。

2·1 幽冷字詞

南宋詠梅詞所用的字眼偏向幽冷。原因有二：

其一、與梅花生長的環境有關：

梅花生於冬末春初，開於寒冷天氣。故此在詠梅之時，自然運用不少與「冷」有關的字詞。

其二、與宋人心目中的梅花形象有關：

宋人心目中的梅花是遺世獨立、孤芳自賞的，給人孤清冷艷之感（詳見本文第二章）。因此在描寫梅花之時，不免偏向自己的意向及構想的形象，以幽冷的格調詠寫梅花。要達到幽冷的格調，多少借助與「冷」相關的文字。名詞，如「冰」、「雪」、「霜」本身已是冷的物質，還有予人寒冷之感的「玉」；形容詞，如「清」、「冷」、「寒」、「幽」、「凍」點明寒冷之意。

這些用字若予劃分，大概可以分作以下幾類：

一、描寫四周的霜雪

要渲染寒冷的環境，不得不運用「霜」、「雪」、「冰」了。故此它們成爲詠梅詞中經常出現的字詞。在詠梅詞中，雪有疏、深，冰有嫩、薄。

疏雪：

「雪裡已知春信至」——李清照《漁家傲》首句[116]

梅花開於雪中。

「月下疏疏雪」——曹勛（1098－1174）《虞美人》（芙蓉露下閒庭晚）[117]

月下淺積疏落白雪。

雪霜：

「料雪霜深處」——趙長卿《探春令・賞梅十首》其三[118]

雪霜深處正是梅花所藏之地。

嫩冰：

「嫩冰猶薄」——辛棄疾《瑞鶴仙・賦梅》[119]

描寫四周環境是一片嫩薄的冰霜。

冰雪：

---

[116] 《全宋詞》冊 2，頁 926。

[117] 《全宋詞》冊 2，頁 1227。

[118] 《全宋詞》冊 3，頁 1780。

[119] 《全宋詞》冊 3，頁 1955。

「冰雪寒中見」——辛棄疾《生查子・重葉梅》[120]
梅花於冰天雪地的環境中仍能見。

二、描寫天氣的寒冷

在詠梅詞中，無論寫的是白天、夜晚或是天上的浮雲，詞人皆以「冷」、「寒」或「霜」字形容，造成一寒冷的感覺。

雪天：

「雪天孤艷」——趙長卿《水龍吟・梅詞》[121]
滿佈霜雪的天氣，一枝梅花獨稱奇。

天寒：

「天寒日暮」——趙長卿《念奴嬌・梅》[122]
天寒之日正是梅花開放時節。

霜日：

「霜日最淒涼」——趙長卿《朝中措・梅》[123]
詠梅詞中的「日」也是寒冷帶霜意。
以上描寫的是白天及日暮的寒冷。

---

[120] 《全宋詞》冊 3，頁 1977。
[121] 《全宋詞》冊 3，頁 1775。
[122] 《全宋詞》冊 3，頁 1784。
[123] 《全宋詞》冊 3，頁 1777。

冷雲：

「冷雲疏雨」——曹勛《青玉案》（塵埃踏遍長安道）⓬

在梅花開放的日子，雲亦冷、雨亦疏。

寒雲：

「鸞鑑不勞呵手、對寒雲」——曹勛《虞美人》（芙蓉露下閒庭晚）⓬

在詠梅詞之中，雲也是寒冷的。

兩例皆詠梅詞所描寫的雲。

晚寒：

「晚寒愁絕」——陸游《滿江紅》（疏蕊幽香）⓬

梅花出現在寒冷、令人愁絕的晚上。

夜霜：

「夜霜金縷寒」——趙長卿《菩薩蠻·賞梅》⓬

在佈滿霜雪的晚上，衣衫也不敵寒意。

夜冷：

---

[124] 《全宋詞》冊 2，頁 1227。

[125] 同上注。

[126] 《全宋詞》冊 3，頁 1581。

[127] 《全宋詞》冊 3，頁 1775。

「翠禽夜冷」——周密《梅花引・次韻篔房賦落梅》[128]
翠禽寒夜棲宿梅枝。

清夜：

「清夜月高山小」——辛棄疾《念奴嬌》（是誰調護）[129]
清冷的夜晚，高掛的明月映著遠處的山。
以上是詠梅詞中描繪的夜晚：冷清而透寒。

三、描寫月色的清冷

在描寫月色方面，詞人爲了強調明月的清冷，以「淡」、「冷」、「雪」、「霜」等詞加之，慕求月如霜雪。

淡月：

「良宵淡月」——李清照《滿庭霜》（小閣藏春）[130]
在美好的晚上，月色清淡。
「黃昏淡月籠艷」——趙長卿《訴衷情・重臺梅》[131]
淡月籠著清艷的梅花。

雪月：

---

[128] 《全宋詞》冊5，頁3276。
[129] 《全宋詞》冊3，頁1949。
[130] 《全宋詞》冊2，頁926。
[131] 《全宋詞》冊3，頁1779。

「雪月照疏籬」——趙長卿《菩薩蠻·梅》[132]
以「雪月」帶出疏籬月色冷。

霜月：

「一溪霜月」——辛棄疾《念奴嬌·梅》[133]
以「霜月」點出溪水與月色皆寒。

冷月：

「冷月枯枝」——王沂孫《一萼紅·紅梅》[134]
寒冷的月色映照著枯瘦的梅枝。

月冷：

「溪頭月冷」——吳文英《天香》[135]
溪上的月色清冷。

四、描寫梅花的幽冷

南宋詞人狀寫梅花，少不了幽冷之詞。因爲梅花是生於嚴寒季節的花卉，故此描寫梅花、梅香之時，自然運用不少帶有冷意的字詞。雖言梅花美艷，卻以「寒」、「雪」形容之；道梅之花蕊，

---

[132] 《全宋詞》冊 3，頁 1784。
[133] 《全宋詞》冊 3，頁 1893。
[134] 《全宋詞》冊 5，頁 3358。
[135] 《全宋詞》冊 4，頁 2909。

引「冷」、「凍」之詞；論梅花姿態，以「冰」字明言；細說梅香，不離「冷」詞；繪其落英，少不了「玉」字。

寒梅：

「寒梅點綴瓊枝膩」——李清照《漁家傲》（雪裡已知春信至）[136]
寒梅初開於如玉之枝上。

寒艷：

「暗香寒艷」——曹勛《青玉案》（塵埃踏遍長安道）[137]
狀寫梅花，把它比作寒冷中的艷麗花朵。

雪艷：

「雪艷冰魂」——辛棄疾《醜奴兒》（年年索盡梅花笑）[138]
雪中梅花清絕艷美。

冷蕊：

「卻對斜枝冷蕊」——楊無咎《水龍吟》（當年誰種官梅）[139]
梅花橫斜的枝上，點綴著冷艷的花蕊。

凍蕊：

「一枝凍蕊出疏籬」——趙長卿《浣溪沙・賦梅》[140]

---

[136] 《全宋詞》冊2，頁926。
[137] 《全宋詞》冊2，頁1227。
[138] 《全宋詞》冊3，頁1968。
[139] 《全宋詞》冊2，頁1177。
[140] 《全宋詞》冊3，頁1803。

以「凍蕊」比喻冒寒而開的梅花。

寒蕊：

「寒蕊瘦、不禁雪」——趙長卿《霜天曉角・詠梅》[141]

以梅花清瘦，禁不起霜雪。

冰姿：

「冰姿斜映」——楊無咎《水龍吟》（當年誰種官梅）[142]

梅花的冰冷艷姿斜斜映照。

冰彩：

「幻成冰彩」——楊無咎《柳梢青》（目斷南枝）[143]

以「冰彩」狀寫畫中梅花。

娥寒：

「娥寒初破東風影」——朱淑真（1148？－1180？）《菩薩蠻・詠梅》[144]

以「娥寒」狀寫在春風初開的梅花。

---

[141] 《全宋詞》冊 3，頁 1804。

[142] 同注[139]。

[143] 《全宋詞》冊 2，頁 1206。

[144] 《全宋詞》冊 2，頁 1407。

玉英：

「玉英真素」——趙長卿《花心動・客中見梅寄暖香書院》[145]

以「玉英」比喻梅花，點出其純樸淨白的特質。然「玉」予人冰冷之感。

萬玉：

「萬玉明清曉」——曹勛《青玉案》（塵埃踏遍長安道）[146]

清早的萬朵梅花如玉。

冷香：

「冷香下、攜手多時」——姜夔《鶯聲繞紅樓》（十畝梅花作雪飛）[147]

梅花的幽香也是冷。

五、描寫感覺的冷清

在帶有冷意的用字之中，亦有描繪感覺上的清冷。略舉二例如下：

清冷：

「自開自落清無比」——楊無咎《水龍吟》（當年誰種官梅）[148]

---

[145] 《全宋詞》冊 3，頁 1769。
[146] 《全宋詞》冊 2，頁 1227。
[147] 《全宋詞》冊 3，頁 2170。
[148] 《全宋詞》冊 2，頁 1177。

梅花的花開花落，予人孤清幽冷的感覺。

冷落：

「但傷心，冷落黃昏」——辛棄疾《瑞鶴仙·賦梅》[149]

作者感傷在予人冷落感覺的黃昏，梅花會凋落。

六、描寫夢的幽冷

清夢：

「如今清夢已驚殘。」——曹勛《虞美人》（風流賀監栽培好）[150]

連夢也是清冷的。

幽夢：

「沙邊幽夢」——史達祖《一翦梅》（誰寫梅谿字字香）[151]

在沙邊的夢也是幽幽的。

爲瞭解各幽冷字詞出現的狀況，筆者在南宋詠梅詞中隨意抽選一百首詞做樣本，統計各字出現次數。得出結果如下：

---

[149] 《全宋詞》冊3，頁1955。

[150] 同注[146]。

[151] 《全宋詞》冊4，頁2346。

名詞	出現次數	出現頻率（每首詞）
雪	50	0.50
玉	29	0.29
冰	24	0.24
霜	19	0.19

（注：不入統計的用字，如「玉奴」、「玉妃」中的「玉」字，以及「清客」、「清秀」中的「清」字。因為前者是人物稱號，後者是另有含意的詞彙。）

形容詞	出現次數	出現頻率（每首詞）
寒	48	0.48
清	35	0.35
冷	34	0.34
幽	20	0.20
淡	18	0.18
凍	7	0.07

綜合以上幽冷字詞，名詞的出現總數為 122，形容詞則為 162。它們平均在每首詞出現的比率為：1.22 及 1.62。換句話說，在一首詠梅詞之中，幽冷字（包括名詞及形容詞）的出現頻率是 2.84。即是，讀者在每首詠梅詞平均可見二、三個如上文表格列舉的字眼。由此可見，南宋詠梅詞用字遣詞第一個特點是大量運用幽冷字詞。

2・2 色彩運用

南宋詠梅詞詠寫的雖然主要是梅花，然而，詞中運用的色調並非只是皚皚白雪、素淡梅花。相反，在詠梅詞中渲染了各種各樣的色彩，與梅花的粉白、霜雪的皚白形成強烈對比。以下是詠梅詞可覓見的各種色彩：

一、翠：

「翠簾垂」——李清照《訴衷情》（夜來沈醉卸妝遲）[152]
寫的是窗簾的翠綠色。

「卻放疏花翠葉中」——辛棄疾《鷓鴣天》（病繞梅花酒不空）[153]
寫的是梅枝上葉子的翠綠。

二、綠：

「人妒垂楊綠」——姜夔《鶯聲繞紅樓》（十畝梅花作雪飛）[154]
寫垂楊樹中的綠。

「綠蓑衝雪」——王沂孫《花犯·苔梅》[155]
寫雪中蓑衣的綠。

三、青：

「青鳳啼空」——王沂孫《一萼紅·石屋探梅》[156]
青色的鳳鳥於空中啼鳴。

---

[152] 《全宋詞》冊 2，頁 930。
[153] 《全宋詞》冊 3，頁 1923。
[154] 《全宋詞》冊 3，頁 2170。
[155] 《全宋詞》冊 5，頁 3352。
[156] 《全宋詞》冊 5，頁 3357。

「恨無飛雪青松畔」——辛棄疾《鷓鴣天》(病繞梅花酒不空)[157]
寫的是青綠的松樹。

四、碧：

「折得青鬚碧蘚花」——姜夔《卜算子》(象筆帶香題)[158]
碧綠的是生於花枝上的苔蘚。

「碧波池沼」——趙長卿《清平樂·問訊梅花》[159]
碧綠的是池沼中的水波。

五、黛：

「不須抹黛勻紅」——趙長卿《清平樂·問訊梅花》[160]
黛綠色是畫眉用的顏料，紅色是胭脂。

六、蒼：

「步蒼苔、尋幽別塢」——吳文英《金縷歌》(喬木生雲氣)[161]
蒼綠色的是地上的青苔。

「傍蒼林卻恨」——史達祖《龍吟曲·問梅劉寺》[162]
蒼綠的是樹林。

---

[157] 《全宋詞》冊3，頁1923。
[158] 《全宋詞》冊3，頁2186。
[159] 《全宋詞》冊3，頁1778。
[160] 同上注。
[161] 《全宋詞》冊4，頁2939。
[162] 《全宋詞》冊4，頁2344。

以上所寫的雖然是只是綠色，卻出現不同的深淺、色澤：「青」、「翠」、「碧」比「綠」爲淺，而「綠」又比「蒼」淺，「黛」是最深色。色澤方面，以前三者較爲鮮明，後三者略爲暗淡。

七、粉：

「粉面微紅」——楊無咎《柳梢青》（嫩蕊商量）[163]

「粉牆斜搭」——楊無咎《柳梢青》首句[164]

上句粉紅的是美人面，微紅的是紅暈，以美人面比喻梅花。下句粉紅的是梅花砌成的粉牆。

八、檀：

「檀脣羞啟」——楊無咎《柳梢青》（嫩蕊商量）[165]

淺絳色的咀脣，比喻梅花花苞的開放。

九、丹：

「破丹霧、應有鶴歸時」——王沂孫《一萼紅・紅梅》[166]

「青鳳銜丹」——王沂孫《一萼紅・紅梅》[167]

前句丹紅的是薄霧；後句丹紅色的是梅花花蕾。

---

[163] 《全宋詞》冊 2，頁 1206。

[164] 同注[163]。

[165] 同注[163]。

[166] 《全宋詞》冊 5，頁 3358。

[167] 同上注。

十、朱：

「斜陽廢苑朱門閉」——陸游《月上海棠》首句⑯⑧

朱色的是蜀王昔日豪華第宅的大門。

十一、紅：

「紅酥肯放瓊苞碎」——李清照《玉樓春》首句⑯⑨

紅的是梅花花苞。

「粉」、「檀」、「丹」、「朱」、「紅」五個不同色調詞，雖同樣指紅色，但「粉」、「檀」指較爲淺淡的紅色；而「丹」、「朱」、「紅」則是正紅色。

十二、金：

「體薰金鴨」——楊無咎《柳梢青》（粉牆斜搭）⑰⓪

金色的是放香的薰爐。

「柳搖金線」——趙長卿《探春令·賞梅十首》其六⑰①

金色的是透過柳樹的陽光。

十三、黃：

「蝶粉蜂黃大小喬」——吳文英

《浣溪沙·琴川慧日寺蠟梅》⑰②

---

⑯⑧ 《全宋詞》冊3，頁1588。

⑯⑨ 《全宋詞》冊2，頁926。

⑰⓪ 《全宋詞》冊2，頁1206。

⑰① 《全宋詞》冊3，頁1780。

黃色是蜜蜂，粉色是蝴蝶。

「金」、「黃」同是帶黃的顏色。但前者光度較強、較耀眼，後者色澤較鮮明。

十四、銀：

「銀蟾光滿」——趙長卿《念奴嬌·梅影》[173]

「滿地平鋪銀雪」——趙長卿《念奴嬌·落梅》[174]

前句銀色的是月亮，後句銀色的是滿地霜雪。

十五、白：

「瘦稜稜地天然白」——辛棄疾《最高樓》（花知否）[175]

白色的是梅花花朵。

十六、素：

「夜半更邀素月」——辛棄疾《永遇樂·賦梅雪》[176]

素色是夜半的月亮。

其實，「銀」、「白」、「素」皆可指白色，但「銀」指光白而言；「白」指正白色；「素」泛指不鮮明、單一的色調。

---

[172] 《全宋詞》冊 4，頁 2894。

[173] 《全宋詞》冊 3，頁 1782。

[174] 同上注。

[175] 《全宋詞》冊 3，頁 1911。

[176] 《全宋詞》冊 3，頁 1935。

十七、紫：

「紅紫端如僮僕」——蘇仲及（約12世紀）《念奴嬌》（問梅何事）⑰

「千紅萬紫」——劉辰翁（1232－1297）《漢宮春》（疏影橫斜）⑱

前者指紅的、紫的花朵，仿如僮僕奴婢，後者紫色的是春日盛開的花朵。

十八、墨：

「粉塗墨暈」——趙長卿《念奴嬌・梅影》⑲

墨色是畫梅影的水墨。

「墨」自然是指黑色而言。「墨」本來是中國書畫中常用的石墨、墨汁，因墨是黑色，故代指黑色。

從以上列舉的十八種顏色，可窺見詠梅詞色彩的斑爛。究竟在這些顏色之中，哪一種最常出現於詠梅詞中呢？這裡來一個小小的統計。在100首隨意抽選的詠梅詞樣本裡，發現有59首詞出現上文提及的顏色；即是約59%的詠梅詞有色彩渲染。其顏色出現次數如下：

翠	綠	青	碧	黛	蒼	粉	檀	紅	丹	朱	金	黃	白	銀	素	紫	墨
15	13	9	5	1	7	6	1	14	2	6	9	2	3	5	5	2	2

---

⑰ 《全宋詞》冊2，頁991。

⑱ 《全宋詞》冊5，頁3211。

⑲ 《全宋詞》冊3，頁1782。

「翠」、「綠」、「紅」三色在詠梅詞中，出現的次數最多；其次是「青」、「金」二色。說明南宋詠梅詞在用字遣詞的第二個特點：多用顏色字，形成色彩鮮明、斑爛的特色。

2·3 淺白精煉

（清）孫麟趾（約19世紀）撰《詞逕》（詞須淺明）云：

「深而晦，不如淺明也。惟有淺處，乃見深處之妙。譬如畫家有密處，必有疏處。能深入不能顯出，則晦。」[180]

指出詞淺而易明的重要性：因爲顯淺才能見其精深之處。南宋詠梅詞的詞人，大部份能做到這點，他們的詞句不但淺白易解，而且精煉妙極。此一小節會看看南宋人如何利用淺白的語言描寫美麗的意境，以及他們用字精妙之處。

甲、南宋人詠梅，能以顯淺的文字，描寫不同的意境。且看下文：

凄美意境：

「人繞湘皋月墜時。斜橫花樹小，浸愁漪。一春幽事有誰知。東風冷、香遠茜裙歸。」（姜夔《小重山令·賦潭州紅梅》）[181]

詞中沒有一難字，可謂淺白易明，卻塑造出一凄美的意境：

---

[180] （清）孫麟趾撰：《詞逕》，見《詞話叢編》冊3，頁2556。

[181] 《全宋詞》冊3，頁2170。

寂靜的夜晚、冷月將墜、東風猶寒、幽獨的梅花、滿懷心事的詞人。詞人以「湘皋」、「月墜」、「東風冷」渲染出一片冷寂的環境；以「橫斜」、「花小」、「浸漪」描寫梅花的狀態；再借一「愁」字、「幽事」無人知，帶出梅花的寂寞和愁緒，同時也是詞人心理的投影。

幽美意境：

「近水橫斜。先得月、玉樹宛若籠紗。」（張炎《瑤臺聚八仙》）[182]

短短三句，以顯淺的文字描繪了幽美的意境：水邊橫斜著一棵梅花樹，在月光的映照下，如玉的梅樹仿如被籠上一層輕紗。描寫的景色如詩如畫。

乙、詠梅詞用字淺白而又精煉，以下逐一細看南宋文人如何妙用文字：

寫梅枝上的花朵：

「青鳳銜丹」（王沂孫《一萼紅・紅梅》）[183]

「青鳳」本指鳳翹，是古代女士的髮簪，此處借指青綠色的

---

[182] 《全宋詞》冊 5，頁 3498。
[183] 《全宋詞》冊 5，頁 3358。

梅枝。詞人以梅花枝上的紅色花蕾，比作鳳翅上的鳳鳥銜著丹砂。「青鳳」是梅枝，「丹」是紅梅，「銜」字把紅梅附生枝上的情景寫得栩栩如生。

寫窗外梅影：

「寂寂西窗閒弄影」（張炎《壺中天·白香巖和東坡韻賦梅》）[184]

這七個樸實的文字，本來寫西邊窗外的梅影搖動，詞人卻以「閒弄」二字把「西窗」寫活了。讓「西窗」由被動體變成主動體：是西窗弄影，而非影投西窗。這兩字寫出影動原因——「西窗閒弄」，「西窗」閒來無事撥弄梅影。「寂寂」是四周寧靜的描述。

寫衆多梅花：

「苔枝上、翦成萬點冰萼」（趙以夫〔1189－1156〕《角招》）[185]

顯淺的一句描寫枝上萬朵梅花。「點」字，暗示初開梅花的細小，僅僅一小點而已。「翦」字，把附生枝上的梅花，狀繪成一藝術品的剪裁，是上天的鬼斧神工。「冰萼」暗示梅花冰清玉潔及耐寒的特質。

寫梅花初開：

「兩三初破輕寒」（吳潛《聲聲慢·和吳夢窗賦梅》）[186]

---

[184]　《全宋詞》冊 5，頁 3513。

[185]　《全宋詞》冊 4，頁 2663。

簡單六字，描寫了三兩梅花的初開。一「破」字，把梅花突破寒冷，頑強破苞而開的狀態，寫得活靈活現。「兩三」數量詞，指梅花的疏落，僅得兩三朵。

寫梅花凋落：

「落葉紛紛水映空」（尤袤〔1127－1194〕《瑞鷓鴣·落梅》）[187]

這是精簡淺易的句子。作者沒有正面描寫梅花的凋落，只寫梅葉飄飛，側面反映梅花零落。「水映空」三字，寫梅花落盡，以倒映溪水裡的梅枝空無一物，表現梅花盡零落。「映」是唯一的動詞，它把梅葉、梅枝、溪水三者聯繫起來。「紛紛」充分描繪梅葉凋落的急速、連續性及數量之多。

概括而論，南宋詠梅詞在用字遣詞的第三個特點，是用顯淺的文字塑造幽美的意境，並且巧妙描寫梅花。難怪南宋詠梅詞深得各評者的讚賞。清人查禮（1716－1783）曾在《銅鼓書堂詞話》中稱讚云：

「宋人落梅詞，名句甚夥。」[188]

（清）馮金伯《詞苑萃編》卷五，激賞南渡詞人朱翌（1097－

---

[186] 《全宋詞》冊 4，頁 2735。

[187] 《全宋詞》冊 3，頁 1632。

[188] （清）查禮撰：《銅鼓書堂詞話》（宋人落梅詞），見《詞話叢編》冊 2，頁 1479。

1171）詠梅詞作：

「西湖詠梅者多矣，而不為琱琢，自然大雅，首推此詞。」[189]

此外，（元）陸輔之（1275－？）《詞旨》下編〈警句凡九十二則〉，更列舉不少南宋詠梅詞中淺易精妙的句子：

「惟有兩行低雁，知人倚、畫樓月。」
——范成大《霜天曉角》[190]
「千樹壓西湖寒碧。」——姜夔《暗香》[191]
「昭君不慣胡沙遠，但暗憶江南江北。」
——姜夔《疏影》[192]
「一般離緒兩消魂。馬上黃昏。樓上黃昏。」
——劉招山《一翦梅》[193]
「新愁萬斛為春瘦，卻怕春知。」
——高觀國《金人捧露盤·詠梅》[194]
「清絕。影也別。知心惟有月。」
——蕭泰來《霜天曉角·詠梅》[195]

---

[189] （清）馮金伯輯：《詞苑萃編》卷五〈品藻三〉，見《詞話叢編》冊 2，頁 1865。
[190] （元）陸輔之撰：《詞旨（下）》，見《詞話叢編》冊 1，頁 319。
[191] 同注[190]，頁 321。
[192] 同注[190]。
[193] 同注[190]，頁 322。
[194] 同注[190]，頁 323。

「南樓不恨吹橫笛，恨曉風、千里關山。」

——吳文英《高陽臺・落梅》[196]

「玉奴最晚嫁東風，來結梨花幽夢。」

——吳文英《西江月》[197]

這些詞句簡潔精煉，但塑造了一淒美的意境，印證南宋詠梅詞用字遣詞精而淺的特點。

第三節：意象運用

南宋詠梅詞的意象運用甚多，包括自然意象及人物意象。首先必須說明的，此處的「意象」是指：一、肖像而言；二、單純意象而言。即劉若愚（1914－1986）《中國詩學》第二章中所云：

「這個詞有肖像的意義：也就是做為物體的肖像。」[198]

「是喚起感官知覺或者引起心象而不牽涉另一事物的語言表現。」[199]

---

[195] 同注[190]，頁 325。

[196] 同注[190]，頁 327。

[197] 同上注。

[198] 劉若愚著、杜國清（1941－）譯：《中國詩學》（台北：幼獅文化公司，1971年），頁 151。

[199] 同上注，頁 152。

所謂「感官知覺」是指視覺、嗅覺、聽覺、味覺、觸覺。而「心象」是指心中的畫像(心中所思、所想的物形)。換言之此處的「意象」是指文學作品中出現的物象，而這物象有一定的用意（作家之心意）。

爲何文學作品中會有意象？可借劉勰《文心雕龍·物色》一文解釋：

> 「是以詩人感物，聯類不窮，流連萬象之際，沉吟視聽之區，寫氣圖貌，既隨物以宛轉，亦與心而徘徊。」[200]

因爲作家流連於萬物之中，爲萬物感動，激發內心隱藏的情感思想。這些情思借助一切外間的形體(如花草鳥木、山川水壑)發放出去，因而產生「意象」。總括而言，意象可說是作家用文字繪畫的圖畫，而背後隱含作者之意。

在南宋詠梅詞之中，詞人運用各種不同的大自然意象，故詠梅詞裡出現的意象甚多，大概可分爲天象、氣象、時間、地理、花木、蟲鳥六類。以下就其出現情況及背後含意一一探討。首先，筆者隨意抽選一百首詞做樣本，統計各類意象出現的次數。（為求能全面，此處所抽取的樣本與上節抽取的不一樣。）得出結果如下：

一、天象類：天、日、月、星、銀河。

[200] 劉勰：《文心雕龍》（上海：掃葉山房石印本，1915 年）卷十〈物色篇〉，頁一。

天	日	月	星	銀河
2	2	54	1	1

以「月」的出現頻率最高。

月：

北宋林逋早有詠梅詩《山園小梅》二首，其一：「疏影横斜水清淺，暗香浮動月黃昏。」把月和梅花聯繫起來，作者以神來之筆把月下梅花的姿態神韻盡寫了。在南宋詠梅詞中，運用「月」這意象有四個作用：

其一、月的皎白正好與梅花的潔白相映。

「素質籠明。多少風姿無限情。」（李子正《減蘭十梅·月》）[201]

在清淡的月光籠罩下，素白的梅花顯得風姿綽約。

其二、月的寒光，更能襯托梅花的幽冷。

「寒蟾初滿。正是枝頭開爛熳。」（李子正《減蘭十梅·月》）[202]

在滿月的寒光下，梅花燦爛盛開。以月的清寒映襯梅花幽冷的特

[201] 《全宋詞》冊2，頁996。

[202] 同注[201]。

質。

其三、月光能帶出梅花清疏的影子，讓清雅的梅顯得更脫俗。

「暗香疏影。冰麝蕭蕭山驛靜。」（李子正《減蘭十梅·月》）[203]

在月的投射下，地上散著疏疏梅影，暗香飄遠。四周山驛一片寂靜。最後，月的寂靜能夠映襯梅花的幽寂。

「冷蕊孤香，竹外朦朧月。」（毛幷（約12世紀人）《醉落魄·梅》）[204]

此畫面是一片幽靜：冰冷孤獨的梅花，惟有竹外皎潔的月相伴。

從以上各例看來，作者運用「月」這意象是為了映襯梅花的潔白、清疏、幽冷和寂靜。

二、氣象類：雪、雲、霜、雨、冰、風、霧、煙。

雪	雲	霜	雨	冰	風	霧	煙
54	21	17	21	23	44	2	17

此類意象之中，以「雪」及「風」兩者出現次數最多，皆因

[203] 同注[201]。

[204] 《全宋詞》冊2，頁1366。

梅花生於雪霜未溶，春風吹動之時，故詠梅詞中雪、風是較常出現的意象。（注意：雖然此處用的詞作樣本不同，但「雪」、「霜」、「冰」三者的出現頻率與本章2・1節統計的差不多。）

雪：

「雪」在詠梅詞之中是不可缺少的意象。它擔當以下重要的角式：

a、突顯梅花堅強的個性、高尚的情操：

在詠梅詞作，雪代表惡劣環境。如吳潛《暗香》（淡然絕色）：

「問平生、雪壓霜欺，得似老枝擎獨。」[205]

寫梅花生爲雪霜欺壓，仍堅穩生存。

「雪」也代表了惡勢力。如史浩《白苧・次韻真書記梅花》：

「又誰管、雪勢霜威埋妒。」[206]

梅花雖爲有威勢的雪霜嫉妒，卻不予理會。

「雪」這意象烘托梅花不畏惡劣環境、惡勢力的高尚品格。

b、突顯梅花的耐寒：

雪本是寒冷冰凍，故令百花凋零，但梅花偏偏開於雪堆之中。

---

[205] 《全宋詞》冊4，頁2749。

[206] 《全宋詞》冊2，頁1281。

如趙長卿《浣溪沙·賦梅》：

「雪壓前村曲徑迷。萬山寒立玉參差。……一枝凍蕊出疏籬。」[207]

姚述堯（1154－1181 在世）《減字木蘭花·再用前韻》：

「霜天奇絕。江上寒英重綴雪。」[208]

上句寫一枝梅花，開於四周被霜雪包圍的疏籬中；下句謂梅花冒寒而開。兩詞皆以「雪」的意象烘托梅花凌霜傲雪的精神。

c、烘托梅花的潔白：

雪本身代表潔白，詞人用白雪映襯梅花的潔白明媚。如姜夔《卜算子》（家在馬城西）詠寫梅雪同色：

「梅雪相兼不見花，月影玲瓏徹。」[209]

純白色的梅花與皚皚白雪相映同色，不能分辨。又如劉學箕（約十二世紀末至十三世紀）《賀新郎·再韻賦梅》將梅花與雪相比：

「竹外一枝斜更好，玉質冰肌粲雪。」[210]

---

[207] 《全宋詞》冊 3，頁 1803。

[208] 《全宋詞》冊 3，頁 1556。

[209] 《全宋詞》冊 3，頁 2185。

[210] 《全宋詞》冊 4，頁 2435。

竹外一枝梅花，仿如冰玉的花朵如雪般潔白。「雪」這意象襯托了梅花的潔白，突顯了梅花的鮮艷明媚。

風：

詠梅詞裡「風」的意象也有三種用途：

a. 象徵環境的惡劣：

以強風勁飆作爲惡劣環境的代表，映襯梅花頑強不屈的精神。如史浩《白苧・次韻真書記梅花》：

「臘天寒，曉風勁，幽香頻吐。」[211]

寫臘日寒風雖勁，梅花無懼寒風而頻吐幽香。

b. 代表送香的媒介：

用風傳遞梅花的幽香，烘托出梅、雪之不同：彼此雖同白，梅有香而雪無香。如史浩《慶清朝・梅花》：

「冷定半疑是雪，因風還度暗香來。」[212]

詞人看見白色一片，懷疑是雪；幸而微風吹來清香，讓作者明白是雪中梅花。

c. 與「東」或「春」字相連，形成春天的象徵。

[211] 《全宋詞》冊 2，頁 1281。
[212] 《全宋詞》冊 2，頁 1265。

如：

「小梅影下東風曉。」（史達祖《龍吟曲·問梅劉寺》）[213]

「莫似春風，不管盈盈，早與按排金屋。」（姜夔《疏影》）[214]

詞句中的「東風」、「春風」皆是指春天。

三、時間類：春、秋、曉、朝、暮及黃昏。

春	秋	曉	朝	暮	黃昏
52	1	7	2	7	14

在時間意象之中，以梅花爲代表的「春」出現次數高達 52 次；其次是擁有淡淡月色的「黃昏」，共出現十四次。

春：

在詠梅詞之中，「春」一意象主要是：

一是印證梅花的早開。黎廷瑞（？－1298）《秦樓月·梅花十闋》其六云[215]：

「春來了。孤根矯樹花開早。」[216]

春天才來梅花便開了。

---

[213] 《全宋詞》冊 4，頁 2344。

[214] 《全宋詞》冊 3，頁 2182。

[215] 《全宋詞》冊 5，頁 3390。

[216] 《全宋詞》冊 5，頁 3152。

二是代表梅花。何夢桂（1228－1274在世）《玉漏遲·和何君元壽梅》：

「問春先開未，江南野水，得春初小。」[217]

問春開未，實是問梅花開未；「得春初小」是得初開細小之梅。

黃昏：

「黃昏」屬夕陽西下之時，本是一美麗的時段，可惜美景短暫，總予人一點遺憾和惋惜之感。故此，黃昏早已帶著淒美的色彩。在南宋詠梅詞中，「黃昏」的出現不僅顯示時間，還增添了梅花的淒美。如陸游《卜算子·詠梅》：

「已是黃昏獨自愁，更著風和雨。」[218]

此處的「黃昏」為梅花的愁緒加添感傷的色調。其後的「風和雨」進一步把梅花的苦況展示。又如葛長庚《漢宮春·次韻李漢老詠梅》：

「黃昏顧影，說橫斜、清淺今誰。」[219]

寫梅花在水邊顧影自憐，自林逋之後無人懂得欣賞自己。「黃昏」一意象正好深化了梅花對水自憐的孤寂之感。

---

[217] 《全宋詞》冊3，頁1586。

[218] 《全宋詞》冊3，頁1588。

[219] 《全宋詞》冊4，頁2585。

四、地理類：池、溪、江、海、波、水、石、崖、島、山。

池	溪	江	海	波	水	石	崖	島	山
2	5	11	1	5	21	3	1	1	22

在各種地理意象之中，以「水」、「山」兩者出現次數最多。「水」是梅花生長所需，而「山」是梅花生長之地。

水：

在南宋詠梅詞的「水」沒有在鬧市出現過，只出現於山林、茅舍等等幽靜的地方。故「水」這意象代表了隱逸、寧靜之地，正好反映梅花生長環境的寂靜。且看下文：

「歲華凋謝，水邊籬落，雪後忽橫枝。」

——張炎《尾犯》（一白受春知）[220]

「疏林野水，任橫斜、誰與妝修。」

——陳亮《漢宮春》（雪月相投）[221]

前者「水」出現於有籬笆的茅舍；後者「水」見於疏疏的野林內。由於梅花多傍生水邊，「水」的意象加強梅花幽獨孤清的隱逸形象。

---

[220] 《全宋詞》冊 5，頁 3522。

[221] 《全宋詞》冊 3，頁 2107。

山：

「山」並不像庭園花圃那般容易到達，是較難接觸、到達，又遠離人煙的地方。「山」反映梅花孤寂的特質，因為梅花生於山上，無人到訪探賞。如陳亮《醜奴兒·詠梅》：

「黃昏山驛消魂處，枝亞疏離。」[222]

點出梅花生於「山驛」這消魂（偏遠又惹人思鄉）的地方。范成大《玉樓春》：

「山深翠袖自生寒」[223]

指出梅花在深山獨自生寒。其實，首句「佳人無對甘幽獨」已點明梅花的孤寂；然而，運用「山」這意象更加渲染出梅花的孤獨幽寂。

五、花木類：花有桃、李、杏、蓮、蘭、蕙、菊、瓊花、梨花、水仙、山礬、海棠、薔薇。樹則有松、竹、楊、柳。

瓊花	梨花	水仙	山礬	海棠	薔薇	桃	李	杏	蓮	蘭	蕙	菊
1	4	1	1	2	1	10	7	7	2	2	2	2

在花類的意象之中，以「桃」、「李」、「杏」三者出現次數最

[222] 《全宋詞》冊 3，頁 2106。

[223] 《全宋詞》冊 3，頁 1622。

多。三種花皆是春天開放的花朵，與梅花正好作比較，以襯托梅花的高雅脫俗。

桃／李：

「桃、李」兩意象在詠梅詞中扮演重要的角式。

第一、以兩者的遲開突出梅花的早開：桃、李較梅花遲開：

「恐桃李、開時妒他太早。」（馬子嚴《花心動》）[224]

以桃李遲開，應妒梅開早，說明梅花乃先百花而開的春魁。

第二、以兩者的俗艷突出梅花的清雅：梅花素來予人清雅脫俗的感覺，只有雪月可與相比。而「桃」「李」兩意象反襯了梅花的高雅。劉學箕《賀新郎・再韻賦梅》：

「桃李漫山空春艷，不比仙風道骨。」[225]

漫山凡俗艷麗的桃李也比不上梅花脫俗的風姿。

梅花不同桃李，不但清雅而且有幽香。如楊澤民《醜奴兒・梅花》：

「冰姿冠絕人間世，傲雪凌霜。……清芬不是先桃李，桃李無香。」[226]

---

[224] 《全宋詞》冊 3，頁 2067。

[225] 《全宋詞》冊 4，頁 2435。

[226] 《全宋詞》冊 4，頁 3013。

梅花的冰姿雖然冠絕人間，沒有比較則難以突顯，故此，詞人以艷麗的桃李無香與梅花相比，立見梅花清香之可貴。

第三、以桃李怕冷突出梅花耐寒：桃李畏寒遲開，令梅花無懼冰霜的早開更顯得珍貴。如張孝祥《清平樂·梅》詞云：

「吹香嚼蕊。獨立東風裡。玉凍雲嬌天似水。羞殺夭桃穠李。」[227]

東風猶寒，梅花獨立而開；其冰玉嬌姿令夭艷的桃李羞愧。

杏：

杏花一意象的作用猶如桃李。李曾伯《聲聲慢·賦紅梅》：

「較量盡，勝夭桃輕俗，繁杏麤肥。」[228]

詞人把梅花與桃杏相比，指出桃花太艷俗，杏花太粗肥。「杏」這意象突出梅花的清雅疏秀。

竹	松	楊	柳
12	9	1	2

樹木之中，以「竹」、「松」兩意象出現的頻率最高。松、竹、

[227] 《全宋詞》冊3，頁1710。

[228] 《全宋詞》冊4，頁2806。

梅常被合稱「歲寒三友」，皆是耐寒之物。竹、松的出現印證梅花不畏寒冷的情操。

松／竹：

在詠梅詞之中，「松」「竹」兩意象是爲了印證梅花的耐寒。如李處全《水調歌頭·詠梅》云：「松下淩霜古幹，竹外橫窗疏影，同是歲寒姿。」[229]

「松下」、「竹外」梅花，皆是歲寒能見的花木，在寒風中展幽姿。詞人運用「松」、「竹」是爲了讚美梅花遇寒不凋，好比松竹長青。如姚述堯《念奴嬌·梅詞》云：

「更看難老，歲寒長友松竹。」[230]

以梅花與長青不老的松竹爲友，點明三者遇歲寒不凋的共同特質。

此外，運用「竹」一意象是爲了暗示梅花高尚不屈的志節。竹是直而不屈、中空有節的樹木，被文人喻爲志節的象徵。蘇東坡《御史臺榆槐竹柏四首·竹》詩云：「蕭然風霜意，可折不可辱。」[231]詠賞竹樹寧折斷也不受辱的志節。竹與梅花共同出現，暗示梅花有竹的高尚情操：不屈於風雪、不屈於權貴。故此，詠梅詞之中多有竹的意象。如葛長庚《好事近》：

---

[229] 《全宋詞》冊3，頁1730。

[230] 《全宋詞》冊3，頁1550。

[231] （宋）王十朋撰：《蘇軾詩集註》（台北：商務印書館，1981 年）（四庫全書珍本十一集，文淵閣本影印本）卷25，頁29。

「行到竹林頭，探得梅花消息。」[232]

詞人探梅，結果在竹林處得其消息。冰清玉潔的梅花只肯生於有志節的竹林前。「竹」一意象加強了梅花的貞潔。松、竹如此重要，難怪陳著（1214－1297）《小重山令·次韻定海趙簿詠梅》指梅花：「松是交朋竹是鄰。」[233]

六、蟲鳥類：昆蟲有蝶、蜂；禽鳥則有鸞、鴻、雁、鶯、燕、鵲、鶴、鵙、鷗、鳳、翠禽、青鳥。

鸞	鴻	雁	鶯	燕	鵲	鶴	鵙	鷗	鳳	翠禽	青鳥	蝶	蜂
1	3	5	2	1	1	3	1	1	3	3	1	9	10

在禽鳥類中，以「雁」在詠梅詞的出現次數較多。雁可傳書以慰思念，梅花亦可寄贈以托相思之情，兩者在抒發相思的詠梅詞中是不可缺失的。而「蜂」、「蝶」是採花的昆蟲，扮演著惜花者的角式。

蜂／蝶：

梅花幽香清奇本應得到蜂蝶的賞識採探，但偏偏事實又非如此。梅花沒有得到蜂蝶（惜花者）的賞識。詞人借「蜂」、「蝶」兩

---

[232] 《全宋詞》冊4，頁2575。

[233] 《全宋詞》冊4，頁3024。

意象，說明以下三點：

甲、梅花孤高隱逸：在劉鎮《天香·對梅花懷王侍御》一詞，此意思十分明顯。詞云：

「孤標最甘冷落，不許蝶親蜂近。」[234]

寫清高的梅花自甘冷落，不許蜂蝶（惜花者）親近，不願受賞識。表現梅花孤芳自賞的隱逸風範。

乙、梅花無人賞識：如李曾伯《聲聲慢·賦紅梅》云：

「香韻別，怕滿園、蜂蝶未知。」[235]

梅花香韻與凡花有別，縱使花開燦爛也沒有蜂蝶（惜花者）知道，暗示梅花欠缺賞識之人。

丙、梅花香韻出眾：王十朋《點絳脣·奇香臘梅》云：

「蠟換梅姿，天然香韻初非俗。蝶馳蜂逐。蜜在花梢熟。」[236]

以蜂蝶（惜花者）的馳逐競賞，襯托蠟梅的國色天香。因爲蠟梅的幽香脫俗，花蜜甜美，故深得蜂蝶垂青。

---

[234] 《全宋詞》冊 2，頁 1355。

[235] 《全宋詞》冊 3，頁 1710。

[236] 《全宋詞》冊 2，頁 1353。

可見詞人運用「蜂」、「蝶」兩意象，只爲讚美梅花孤高隱逸的情操、出眾的幽姿香韻，並揭示梅花無人賞識的一面。

總　結

詞人大量運用意象，以多方面刻劃梅花。詞人以「月」、「雪」、「風」詠寫梅花的素淡、潔白、耐寒、幽香。以「春」暗示梅花的早開，以「黃昏」渲染梅花的淒美。詞中出現的「山」、「水」描繪渲染梅花的隱逸，暗示梅花生於不易到達的山林野水旁。詞人又借用「桃」、「李」、「杏」三種花卉的凡俗、畏寒、遲開，反襯梅花的清雅、耐寒、早開。而「松」、「竹」兩樹木則印證梅花是遇寒不凋、擁有高尚志節的花卉。最後，以「蜂」、「蝶」意象一方面暗示梅花的吸引力，一方面又指出梅花欠缺賞識者，備受冷落。

在詠梅詞之中，詞人繪畫了不少人物的肖像。主要可以分作以下三大類：

一、美人：以美人的意象，詠寫梅花的清秀脫俗。

二、隱士：以隱士的意象，詠寫梅花的隱逸風姿。

三、貞士：以貞士的意象，詠寫梅花堅貞的志節。

此部分已在第二章〈梅花在宋人心目中的形象〉中論及，在此不予重複。

第六章　總　結

這總結的一章中會側重兩點：一、梅花在古籍上的記載和用途；二、詠梅詞在詞史上的地位（對後世的影響）。

6・1 梅花在古籍上的記載及用途

關於梅花的記載：

早於先秦時代就有關於梅的記載，但主要是梅樹、梅子，而不是梅花（見第一章節 1・3）。先秦以後的漢代，出現梅的記錄，卻依然以梅子爲主。如《大戴禮記》卷二〈夏小正・五月〉有「煮梅爲豆實也」❶之句。點出梅子在煮食的用途。此外，（漢）劉安（約公元前 122 年）《淮南子》卷十七云：

「百梅足以為百人酸，一梅不足以為一人和。」❷

---

❶ （漢）戴德（約公元前二世紀）撰、（北周）盧辯（約 557－581 時人）注：《大戴禮記》卷二；見《叢書集成初編》，第 1027－1028 冊，頁 20。

❷ （漢）劉安撰、高誘註：《淮南子》（浙江書局，清光緒二年〔1876〕據武進莊氏本校）卷十七，頁十。

以百顆梅子令百人酸喻聚眾共濟的力量。高誘（漢代，生卒不可考）注：「喻眾能濟少，少不能有所成也。」❸王充（公元27—91）《論衡》談及梅樹，不外輕輕帶過。略有細談的，亦以梅子爲主：

「桃生李，李生梅。」❹
「桃李梅杏，〔奄〕丘蔽野。」❺
「榆柏梅李，葉皆洽薄，威委流，民嗽吮之，甘如飴蜜。」❻

點出李由桃衍生，梅由李衍生。次句指出桃、李、梅、杏遍野的情況。最後一句寫榆、柏、梅、李的葉濕潤可吸吮，甘甜如蜜糖。及至魏晉、隋唐時代，雖有提及梅的古籍，仍不離烹調用的梅子。如（晉）葛洪（284—364）《抱朴子外篇》：

「所謂考鹽梅之鹹酸。」❼

真正有關梅花的記錄可謂始於宋代。除了范成大《梅譜》外，朱熹的《詩集傳》亦載有梅花的記錄：

---

❸ 同上注。

❹ （漢）王充：《論衡》（上海：上海人民出版社，1974 年）（據通津草堂本校訂排印）卷二十六，〈實知第七十八〉，頁 400。

❺ 同上注，卷十三，〈超奇第三十九〉，頁 215。

❻ 同上注，卷十九，〈驗符第五十九〉，頁 305。

❼ （晉）葛洪：《抱朴子外篇》（台北：古老文化事業公司，1978 年）（據光緒甲申〔1884〕孫谿槐廬家塾本影印）卷四十，頁 336。

「梅，木名；華白、實似杏而酢。」❽

梅花是樹木名，花朵白色，果實似杏而酸。（明）李時珍（1518－1593）的《本草綱目》更加詳盡的解說梅花類別及其生態：

「梅乃杏類。」❾

「花開於冬而實熟於夏，得木之全氣，故其味最酸，所謂曲直作酸也。」❿

梅花與杏同類，但花開於冬季，結子於夏，其子甚酸。

（明）王象晉（1604 年進士）輯《二如亭群芳譜》對梅花及杏花作了一仔細的比較：

「梅，似杏。……先眾木花，花似杏，甚香、杏遠不及。老幹如杏，嫩條綠色，葉似杏。有長尖樹最耐久，實者大如小兒拳，小者如彈，熟則黃微，甘酸可啖。」⓫

梅花似杏，枝幹及樹葉皆相似，香氣卻遠勝杏。梅花先眾芳而開，

---

❽ （宋）朱熹：《詩集傳》（台北：藝文印書館，1967 年）（據宋刊本影印），頁 44。

❾ （明）李時珍著：《本草綱目》（北京：人民衛生出版社，1975－1981 年間）（果部·第二十九卷），頁 1736。

❿ 同上注。

⓫ （明）王象晉輯：《二如亭群芳譜》（汲古閣重刻本）（果譜·卷一）頁一。

有梅實甘酸可吃。

梅花的用途：

相傳梅花樹下的草藥能治百病，《太平御覽》卷九百七十曾有以下的記載：

> 「桂陽先賢傳曰：有人謂蘇統後園梅樹下種藥可治百病。」⓬

古時人相信梅樹下所種草藥能治病。事實上，梅花除了給人觀賞及賦詠以外，暫未發現有特別的醫學用途，但在吃用方面卻有甚多貢獻。《本草綱目》說明此點：

> 「白梅花，古方未見者。近時有梅花湯：用半開花，溶蠟封花口，投蜜罐中，過時以一兩朵同蜜一匙點沸湯服。又有蜜漬梅花法：用白梅肉少許，浸雪水，潤花，露一宿，蜜浸荐酒。又梅花粥法：用落英入熟米粥再煮食之。」⓭

雖未見用梅花醫治疾病的藥方，吃方面卻頗多，有梅花湯、蜜漬梅花，以及梅花粥，顯見梅花能應用於生活的細節上。梅樹亦有特別功用，《物類相感志》〈文房〉云：

⓬ （宋）李昉撰：《太平御覽》（北京：中華書局，1963年）冊四，卷970〈果部七〉，頁4299。

⓭ 《本草綱目》（果部・第二十九卷），頁1740。

「臘梅樹皮，浸硯水磨墨，有光彩。」⓮

臘梅樹皮可以令磨出的墨汁有光彩。〈身體〉一節指出白梅有去污的功用：

「指甲中有垢者，以白梅與肥皂一處洗，則自去。」⓯

白梅配肥皂可以洗去指甲污垢。

梅花亦可以製成香料。（明）周嘉胄（崇禎 1628－1644 時人）《香乘》列舉了各種香料名字，其中有四種含白梅花及梅肉成份：一、「梅花香」含白梅末二錢；二、「梅英香」含白梅末三錢；三、「壽陽公主梅花香」含白梅一百枚；以及「笑梅香」含白梅肉一両。⓰作者又說明「梅萼衣香」的製作方法：

「丁香二錢、雪陵香一錢、檀香一錢、舶上茴香五分微炒、木香五分、甘松一錢半、白芷一錢半、腦麝各少許。右同剉，候梅花盛開。晴明無風雨，於黃昏前，擇未開含蕊者，以紅線繫定。至清晨日未出時，連梅蒂摘下，將前藥同伴陰乾。

⓮ 《物類相感志》〈文房〉，頁 406。

⓯ 《物類相感志》〈身體〉，頁 401。「白梅」一物，作者未下注解，自非「白梅花」蛇類，中藥又似無名為「白梅」之草藥，故推斷為平常之白梅樹果或花朵。

⓰ （明）周喜胄撰：《香乖》卷 18，見《筆記小說大觀（續編）》第三冊，頁 3171－3172。

以紙裹，貯紗囊佩之，旖旎可愛。」⑰

「梅萼衣香」的成份包括：風乾連蒂梅花，伴銼細的丁香、雪陵香、檀香、舶上茴香、木香、甘松、白芷及臘麝。然而，梅花最大的貢獻在於生產梅子，梅子在吃用及治病兩方面，用途甚廣。梅子在吃的貢獻，早於晉代陸機（261－303）的《草木鳥獸蟲魚疏》已有論及：

「梅，杏類也。樹及葉皆如杏而黑耳。曝乾為臘，置羹臛齏中；又可含以香口。」⑱

梅花的果實可以晒乾爲臘梅，用作和羹或口食。梅肉有助烹調，蘇軾《物類相感志》（飲食）云：

「煮老雞，以山裡果煮，就爛；或以白梅煮亦好。」⑲

據東坡之言，以白梅煮老雞最好。梅子在醫療的功用，《本草綱目》略有記載：

---

⑰ 《香乘》卷19，頁3176。

⑱ （晉）陸璣撰：《草木鳥獸蟲魚疏》（《寶顏堂秘笈》1920年文明書局印行版，第二十五冊）卷上，頁七。

⑲ （宋）蘇軾撰：《物類相感志》〈飲食〉，見桃源居士編：《宋人說粹》（上海：上海文藝出版社，1990年影印本），頁402。

> 「明目，益氣，不飢。」[20]

梅子可以充飢、補氣及明亮眼睛。但梅子的藥用非僅僅如此，它可治多種病症、解百毒。[21]

6・2 詠梅詞在詞史上的地位

詠梅詞對後世的影響及其詞史上的地位，可以從以下各點窺見一二：

後世對梅花的重視：

宋以後，文人開始注意梅花，重之、愛之，並大量詠頌梅花。〈四庫全書・梅苑・提要〉云：

> 「昔屈宋遍陳香草，獨不及梅。六代及唐篇什亦寥寥可數，自宋人始絕重此花，人人吟詠。方回撰《瀛奎律髓》於著題之外，別出梅花一類，不使溷於群芳。」[22]

---

[20] 同注[13]。

[21] 據《本草綱目》所記，青梅熏黑成烏梅後，可「斂肺澀腸，止久嗽瀉痢，反胃噎膈，蛔厥吐利，消腫湧痰，殺蟲，解魚毒，馬汗毒、硫黃毒。」把青梅以鹽汁漬之成鹽梅，則可「治中風驚癇，喉痺痰厥僵仆，牙關緊閉者，取梅肉揩擦牙齦，涎出即開。又治瀉痢煩渴，霍亂吐下，下血血崩，功同烏梅。」（見《本草綱目》（果部・第二十九卷），頁 1737。）

[22] 黃大輿輯：《梅苑》（四庫全書珍本六集，文淵閣本影印），〈提要〉，頁 2。

自宋以後梅花極受重視，元代方回（1227－1307）的《瀛奎律髓》把唐宋詩分類時，特地開設梅花一門。梅花爲何受重視？自然因爲宋代詠梅詩詞興盛繁多，論梅者眾，引起後人對梅花注目。文人對梅花的重視程度，可從《梅花字字香》的〈提要〉中窺見：

「南宋以來……江胡詩人，無論愛梅與否，無不惜梅以自重。凡別號及齋館之名多帶梅字，以求附於雅人。」㉓

自南宋至清，文人非常喜愛梅花。雖然明代詞的創作不多，但文人對梅花的鍾情不遜於宋。（明）張大復（1554－1630）《梅花草堂集》卷二反映了個人對梅花的痴愛：

「譚公亮北亭外有梅一株。倚窗數蕊。白雪擁雪，恨腳痛不能坐臥其下……梅哉、梅哉，應不恨我隔斷窗前月也。」㉔

記述他因腳痛不能外出觀賞梅花的遺憾。明《永樂大典》更存有五卷，專介紹梅花及歷代詠梅作品。所介紹的梅花，包括白梅、紅梅、臘梅、墨梅、胭脂梅、鴛鴦梅、重葉梅、湘梅、榔梅、青蒂梅、紫

㉓ （元）郭豫亨撰：《梅花字字香》，（北京：中華書局，1985 年）（據琳琅秘室叢書本排印）〈提要〉，頁 1。

㉔ （明）張大復：《梅花草堂集》卷二，見《筆記小說大觀（續編）》（台北：新興書局，1962 年）第三冊，頁 3006。

蒂梅……等等，各種各樣曾於書籍上記載過的梅花。㉕內容比范成大的《梅譜》更詳盡，可謂梅花總集。由歷代文人對梅花的痴愛，可見梅花備受重視。這種重視始自宋代，尤其是南宋。

後人對詠梅詞的評價：

後世對南宋詠梅詞作出整體評論的較少，個別評論的較多，尤以明、清評論者最多，如（明）楊慎（1488－1559）《詞品》云：

> 「蔣捷有效稼軒（辛棄疾）體招落梅魂《水龍吟》一首……其詞幽秀古艷，迥出纖冶穠華之外，可愛也。」㉖

稱賞蔣捷詠梅詞《水龍吟》的秀美，將它與稼軒的《醉翁操》媲美離騷：「小詞中離騷，僅見此二首也。」㉗楊氏又評論南渡詞人李邴（1085－1146）詠梅詞云：

> 「其《漢宮春》梅詞入選最佳。」㉘

指出其詠梅詞《漢宮春》的優秀。

㉕ 有關梅花的記載詳見（明）解縉（1369－1415）等纂修、姚廣考（1335－1419）等監修：《永樂大典》（台北：世界書局，1962 年）〈梅花部〉，卷 2808－2813，共計五卷。

㉖ （明）楊慎：《詞品》卷二，見唐圭璋編：《詞話叢編》（北京：中華書局，1996 年）冊 1，頁 464。

㉗ 同上注，頁 465。

㉘ 同上注，頁 463。

除了明代文人激賞南宋詠梅詞外，清人亦高度評價南宋詞人的詠梅詞。如王弈清（康熙 1662－1722 時人）《歷代詞話》卷七：

「朱新仲（翌）南渡後待制填詞，嘗雪中至西湖看梅，作《點絳脣》詞……自然大雅，首推此詞。」㉙

「尤袤潛心理蘊，所著《梁溪集》，長短句尤工。其詠落梅《瑞鷓鴣》云……。」㉚

「洪皓為通問使，途間作《梅花引》……終以仵秦檜謫官，則《梅花引》何減廣平賦乎。」㉛

「真德秀詠紅梅詞云……蓋蝶戀花也。作大學衍義人，又有此等詞筆。」㉜

分別讚賞南宋各詞人的詠梅詞作：朱翌（1097－1167）的詠梅詞自然清麗；尤袤（1127－1194）的詠落梅詞工整；洪皓（1088－1144 在世）的《梅花引》有宋璟《梅花賦》的風範；真德秀（1178－1235）作爲政殿大學士，卻有如此嫵媚的詠紅梅詞。

王氏以外，其他評論者對南宋詠梅詞人的作品，可謂褒揚至極。如（清）李調元（1734－1803）在《雨村詞話》中頌揚趙以夫（1189－1256）的詠梅詞：

㉙ （清）王弈清：《歷代詞話》卷七，見《詞話叢編》冊 2，頁 1227。

㉚ 同上注，頁 1230。

㉛ 同上注，頁 1231。

㉜ 同上注。

「虛齋（趙以夫）梅花詞云：『江南春早……』可謂一塵不染。」㉝

讚賞趙氏《孤鸞·梅》一詞的格調高雅。

（清）查禮（1716－1783）《銅鼓書堂詞話》評論南宋三位詞人吳文英、李彭老（1228－1252在世）及李萊老（1170在世）的落梅詞：

「宋人落梅詞，名句甚多。如高陽臺一解賦落梅者……三人寫落梅之情景魂魄各有不同。其雅正澹遠、柔婉深長之處，令人可思可詠。」㉞

評賞三人賦詠落梅之詞各具特色，同樣雅澹深遠。又評蕭泰萊（1239－1253在世）的詠梅詞，不論措詞、命意皆不平凡：

「小山（蕭泰萊字）嘗有《霜天曉角》詠梅詞云……命意措詞，自覺不凡。」㉟

況周頤（1859－1926）《蕙風詞話》卷二云：

「魏文節（杞）《虞美人》詠梅云……輕清婉麗，詞人之

㉝（清）李調元撰：《雨村詞話》卷三，見《詞話叢編》冊2，頁1429。
㉞（清）查禮：《銅鼓書堂詞話》，見《詞話叢編》冊2，頁1479。
㉟同注㉗，頁1481。

詞。」[36]

論魏杞（1142－1184在世）詠梅詞輕清婉麗，有詞人婉約之風。（清）鄧廷楨（1775－1846）《雙硯齋詞話》（梅花詞）云：

> 「姜石帚（夔）之『長記曾攜手處，千樹壓西湖寒碧』……狀梅之多，皆神情超越，不可思議，寫生獨步也。」[37]

評賞白石詠梅詞《暗香》，指其狀寫梅花獨步超脫。

後人選詠梅詞的情況：

孫谷雲（1928－1989）的《歷代名家詠花詞全集》一書，輯錄了唐宋元明清的詠梅詞作共1551首。其中有1068首詠梅詞屬於宋代[38]，而以南宋最多。足見南北兩宋詠梅詞被重視的程度。

鄭國光、曲奉先編著《中國花奔詩詞全集》收錄歷代詠梅詞合共236首，半數（約132首）是宋人的作品。這132首作品之中，南宋詠梅詞佔八十多首，剛好是北宋的兩倍。[39]該書編者序云：

---

[36] （清）況周頤：《蕙風詞話》，見《詞話叢編》冊5，頁4435－4436。

[37] （清）鄧廷楨：《雙硯齋詞話》，見《詞話叢編》冊3，頁2527。

[38] 1551首詠梅詞統計見孫谷雲編：《歷代名家詠花詞全集》（北京：博文書店，1990年），頁5。1068首詠梅詞是筆者統計之數。

[39] 詠梅詞數量根據鄭國光、曲奉先編著：《中國花卉詩詞全集》（鄭州：河南人民出版社，1997年）統計所得。

「梅、蘭、菊、竹，花卉之高品，百代稱頌。」

「『疏影橫斜』『暗香浮動』則為梅之形神絕佳寫照，『零落成泥碾作塵，只有香如故』頌讚梅花之風骨，則為千古絕唱。」[40]

梅花的吸引力實在不容忽視，所以它被選爲中國十大名花之首。而南宋詠梅詞更是歷千百年而不衰，其價值有目共睹。

宋代詠梅詞（特別是南宋）對後世的影響甚廣：在文壇上，使文人的注意力集中在梅花上。在文學評論的領域裡，深受各評者的激賞，尤以明、清兩朝文士爲甚。時至今日，人們在繪畫梅花之時，多以宋人追求的「暗香疏影」爲典範，刻劃梅花的孤高幽雅。坊間刊行的花卉詩詞總集，大量收錄南宋詠梅作品，反映其優越的文學價值與地位。

---

[40] 鄭國光、曲奉先編著：《中國花卉詩詞全集》（鄭州：河南人民出版社，1997年），〈自序〉，頁24。

附錄　南宋詠梅詞統計

類　別

1：寄懷家國身世　（a/ b/ c）2：相思離愁（d/ e/ f）
3：抒發個人情感　（g/ h/ i）4：其他（j/ k/ l）

內容代號

a：追念故國 b：思念家鄉　c：飄泊行役　d：相思之情
e：懷念友人 f：離愁別緒
g：傷春嘆老 h：官運仕途　i：懷才不遇　j：頌詠梅花
k：文人雅事 l：應壽之作

詞　　人	詞　　作	內　　容	代號	冊/頁
葉夢得（1077－1148）	《臨江仙》（不與群芳爭絕艷）	不仕之心	h	2/774
	《鷓鴣天》（不怕微霜點玉肌）	文人雅事（賞梅）	k	2/778
	《千秋歲》（曉煙溪畔）	相思 / 離別	d/f	2/779
	《南鄉子》（山畔小池臺 ）	（種梅）	k	2/781
王　賞（1103－1150）	《眼兒媚》（凌寒低亞出牆枝）	頌詠雪梅	j	2/784
李　光（1078－1159）	《減字木蘭花》（芳心一點）	謝贈梅	e	2/786
	《念奴嬌》（榕林葉暗）	謝友贈梅	e	2/786
王庭珪（1079－1171）	《謁金門》（溪風緊）	（寂寞）	i	2/816
	《臨江仙》（問道春來相識否）	飄泊	c	2/817
	《滿庭芳》（東閣官梅）	仕途	h	2/820
	《醉花陰》（玉妃謫墮煙村遠）	相思	d	2/821

朱敦儒 （1081－1159）	《洞仙歌》（何人不愛） 《鵲橋仙》（竹西散策） 《鷓鴣天》（曾爲梅花醉不歸） 《木蘭花》（前日尋梅椒樣綴） 《驀山溪》（西真姊妹） 《卜算子》（古澗一枝梅）	頌詠江梅 念鄉 相思/嘆老 懷友 相思 寂寞梅花	j b d/g e d i	2/838 2/841 2/843 2/845 2/845 2/862
孫　覿 （1081－1169）	《浣溪沙》（弱骨輕肌不耐寒）	文人雅事（賞梅）	k	2/869
周紫芝 （1147－1151 在世）	《浣溪沙》（近臘風光一半休） （欲醉江梅興未休） （無限春情不肯休） 《菩薩蠻》（寶薰拂拂濃如霧） 《虞美人》（短牆梅粉香初透） 《踏莎行》（鵲報寒枝） 《好事近》（江路繞青山） （香蠟染宮黃）	（待梅花開） （待梅花開） （待梅花開） 頌詠梅花（梅香） 飄泊 謝友寄梅 傷春（梅落） 謝友贈梅	k k k j c e g e	2/871 2/871 2/871 2/879 2/883 2/888 2/889 2/889
莫　將 （？－約 1146）	《木蘭花》（一枝和露珍珠貫） （梅邊曉景清無比） （清姿自是生寒瘦） （寒梢雨裡愁無那） （尋梅莫背東風路） （暗香浮動黃昏後） （花時人道多風雨） （眼前欲盡情何限） （前村雪裡雖然早） （少陵長被花爲惱） 《獨腳令》（絳唇初點粉紅新）	文人雅事（尋梅） 相思 頌詠雪梅 頌詠晴天梅 文人雅事（尋梅） （賞梅） 頌詠雨中梅 傷梅落 念鄉 懷友 相思	k d j j k k j g b e d	2/894 2/894 2/894 2/894 2/894 2/894 2/894 2/894 2/895 2/895 2/895
邵 博 （？－1158）	《念奴嬌》（天然瀟灑）	相思	d	2/896
曾 慥 （1155 在世）	《調笑令》（清友）	念鄉	b	2/918
李清照 （1084－1156？）	《孤雁兒》（藤床紙帳朝眠起） 《滿庭芳》（小閣藏春）	相思（亡夫） 相思	d d	2/925 2/925

	《玉樓春》（紅酥肯放瓊苞碎） 《漁家傲》（雪裡已知春佔至） 《清平樂》（年年雪裡） 《訴衷情》（夜來沈醉卸妝遲） 《臨江仙》（庭院深深深幾許）	相思 / 頌詠紅梅 頌詠梅花 飄泊 / 嘆老 相思 相思	d/j j c/g d d	2/926 2/926 2/926 2/930 2/930
呂本中 （1084－1145）	《虞美人》（梅花自是于春懶） 《踏莎行》（雪似梅花） 《宜州竹》（小溪篷底湖風重）	頌詠梅花 離別 / 頌詠梅花 文人雅事（墨梅）	j f/j k	2/936 2/937 2/939
趙　鼎 （1085－1147）	《蝶戀花》（一朵江梅春帶雪） 《惜雙雙》（度隴信音誰與寄）	念鄉 念鄉	b b	2/941 2/947
李　邴 （1085－1146）	《漢宮春》（瀟灑江梅）	懷友	e	2/949
向子諲 （1085－1152）	《虞美人》（江頭苦被梅花惱） 《鷓鴣天》（江北江南雪未消） 《減字木蘭花》（青松翠篠） 《好事近》（多病臥江干） 《減字木蘭花》（臘前雪裡） 《水調歌頭》（天公深藏巧） 《玉樓春》（記得江城春意動） 《鷓鴣天》（淺妝成淡淡梅） 《卜算子》（竹裡一枝梅） 《浣溪沙》（璧月光中玉漏清）	懷友 / 嘆老 頌詠梅花（紅梅） 懷友 / 嘆老 賞梅 / 嘆老 頌詠梅花 / 懷友 文人雅事（賞梅） 相思 相思 相思 離愁別緒	e/g j e/g k/g j/e k d d d f	2/955 2/957 2/958 2/968 2/968 2/969 2/970 2/970 2/972 2/976
李　璆 （？－1151）	《滿庭霜》（白玉肌膚）	仕途（期望）	h	2/979
王道亨 （約十二世紀）	《桃源憶故人》 （劉郎自是桃花主）	傷春	g	2/984
李邦獻 1125－1170 在世	《菩薩蠻》 （薰沈刻蠟工夫巧）	頌詠梅花 / 探梅 （臘梅）	j/k	2/985
李久善 （約十三世紀）	《念奴嬌》（東君試手）	頌詠梅花	j	2/990
寶　月 （1135 在世）	《驀山溪》（清江平淡） 《鵲踏枝》（斜日平山寒已薄）	頌詠梅花（江梅） 賞梅 / 飄泊	j k/c	2/990 2/990

	《點絳脣》（春遇瑤池）	頌詠梅花	j	2/990
	《惜雙雙》（庾嶺香前親寫得）	念鄉（江南）	b	2/991
	《洞仙歌》（廣寒曉駕）	飄泊	c	2/991
蘇仲及（約十二世紀）	《念奴嬌》（問梅何事）	（梅花寂寞）	i	2/991
趙耆孫（約十二世紀）	《遠朝歸》（金谷先春）	懷友	e	2/992
費時舉（約十二世紀）	《驀山溪》（黃苞初綻）	頌詠梅花（臘梅）	j	2/992
劉均國（約十二世紀）	《梅花引》（千里月）	飄泊 / 相思	c/d	2/993
權無染（約十二世紀）	《鳳凰臺憶吹簫》（水國雲鄉）	懷才不遇	i	2/993
	《烏夜啼》（洗淨鉛華污）	頌詠梅花（消瘦）	j	2/993
	《南歌子》（照水金蓮小）	頌詠梅花（瀟灑）	j	2/993
	《南歌子》（一點檀心紫）	頌詠梅花（幽香）	j	2/993
	《孤館深沈》（瓊英雪艷嶺梅芳）	相思	d	2/994
南山居士（約十二世紀）	《永遇樂》（滿眼寒姿）	相思	d	2/994
	《永遇樂》（玉骨冰肌）	相思	d	2/994
郭仲宣（約十二世紀）	《江神子》（臘寒猶重見年芳）	相思	d	2/994
邵叔齊（約十二世紀）	《連理枝》（淡泊疏籬隔）	飄泊	c	2/995
	《撲蝴蝶》（蘭摧蕙折）	念鄉	b	2/995
	《鷓鴣天》（不比江梅粉作華）	頌詠梅花（臘梅）	j	2/995
李子正（約十二世紀）	《減蘭十梅》（梅萼香嫩）	頌詠梅花	j	2/996
	（東風吹暖）	頌詠（風中梅）	j	2/996
	（瀟瀟細雨）	頌詠（雨中梅）	j	2/996
	（六花飛素）	頌詠（雪中梅）	j	2/996
	（寒蟾初滿）	頌詠（月下梅）	j	2/996
	（朧朧初照）	頌詠（日下梅）	j	2/996
	（急催銀漏）	頌詠（曉梅）	j	2/997
	（天寒欲暮）	頌詠（晚梅）	j	2/997
	（陽和初布）	頌詠（早梅）	j	2/997
	（香苞漸少）	頌詠（殘梅）	j	2/997

房舜卿 （約十二世紀）	《憶秦娥》（與君別） 《玉交枝》（蕙死蘭枯待返魂）	相思 頌詠梅花 / 賞梅	d j/k	2/997 2/997
石耆翁 （約十二世紀）	《鷓鴣天》（借問枝頭昨夜春） 《蝶戀花》（半夜六龍飛海嶠）	頌詠（早梅） 頌詠（月下梅）	j j	2/998 2/998
杜安道 （約十二世紀）	《西江月》（曉鏡初妝玉粉）	頌詠（月下梅）	j	2/998
史遠道 （約十二世紀）	《獨腳令》（牆頭梅蕊一枝新）	相思	d	2/998
郭仲循 （約十二世紀）	《玉樓春》（靚妝才學春無價）	相思	d	2/999
范夢龍 （約十二世紀）	《臨江仙》（試問前村深雪裡）	仕途（期望）	h	2/999
薛幾聖 （約十二世紀）	《漁家傲》（雪月照梅溪畔路）	頌詠（梅影）	j	2/999
洪　皓 （1088－1144 在世）	《點絳脣》（不假施朱） 《點絳脣》（耐久芳馨） 《減字木蘭花》（蜂房餘液） 《江梅引》（天涯除館憶江梅） （春還消息訪寒梅） （重閨佳麗最憐梅） （去年湖上雪欺梅）	文人雅事（栽梅） 頌詠（臘梅） 思家 念鄉 頌詠梅花 仕途（期望） 念鄉	k j b b j h b	2/1000 2/1000 2/1000 2/1002 2/1002 2/1002 2/1002
蔡　伸 （1088－1156）	《定風波》（綠萼冰花）	文人雅事（探梅）	k	2/1021
何　栗 （1089－1130？）	《採桑子》（百花叢裡花君子）	仕途（望期）	h	2/1031
鄭剛中 （1089－1154）	《一剪梅》（漢粉重番內樣妝）	飄泊	c	2/1031
李彌遜 （1089－1153）	《驀山溪》（衝寒山意） 《驀山溪》（竹邊柳外） 《十月桃》（浮雲無定） 《十月桃》（一枝三四） 《洞仙歌》（斷橋斜路） 《清平樂》（斷橋缺月）	仕途（期望） 念鄉（江南） 仕途（期望） 頌詠梅花 嘆老 飄泊	h b h j g c	2/1050 2/1050 2/1051 2/1051 2/1052 2/1058

張元幹 （1091－1162？）	《卜算子》（的皪數枝斜）	嘆老	g	2/1084
	《卜算子》（沾氣入熏籠）	飄泊	c	2/1084
	《卜算子》（芳信著寒稍）	相思	d	2/1084
	《虞美人》（西郊追賞尋芳處）	文人雅事（賞梅）	k	2/1090
	《漁家傲》（寒日西郊湖畔路）	仕途 / 尋梅	h/k	2/1091
	《鷓鴣天》（不怕微霜點玉肌）	懷友	e	2/1093
	《豆葉黃》（冰溪疏影竹邊春）	頌詠（早梅）	j	2/1095
	《豆葉黃》（疏枝冷蕊忽驚春）	相思	d	2/1095
張　燾 （1092－1166）	《踏莎行》（陽復寒根）	（喻政）	h	2/1111
	《恨歡遲》（淡薄情懷）	（恐梅落）	g	2/1111
呂渭老 （1119－1127 在世）	《東風第一枝》（老樹渾苔）	相思 / 念鄉	d/b	2/1135
王之道 （1093－1169）	《蝶戀花》（曾向水邊雲外見）	文人雅事（賞梅）	k	2/1137
	《蝶戀花》（杏西醫桃腮俱有靦）	頌詠梅花（瓶梅）	j	2/1137
	《東風第一枝》（玉骨冰肌）	相思	d	2/1149
	《西江月》（雪後千林尙凍）	文人雅事（賞梅）	k	2/1150
馮時行 （1131－1163 在世）	《點絳脣》（江上新晴）	文人雅事（尋梅）	k	2/1170
	《點絳脣》（眉黛低顰）	文人雅事（賞梅）	k	2/1170
	《醉落魄》（點酥點蠟）	相思	d	2/1170
朱　翌 （1097－1167）	《點絳脣》（流水泠泠）	念鄉（江南）	b	2/1171
楊無咎 （1097－1171）	《水龍吟》（當年誰種官梅）	懷友	e	2/1177
	《柳梢青》（漸近青春）	頌詠梅花（未開）	j	2/1205
	（嫩蕊商量）	頌詠梅花（欲開）	j	2/1206
	（粉牆斜搭）	頌詠梅花（盛開）	j	2/1206
	（目斷南枝）	仕途 /（身世）	h	2/1206
曹　勛 （1098－1174）	《峭寒輕》（照溪流清淺）	文人雅事（賞梅）	k	2/1218
	《青玉案》（塵埃踏遍長安道）	文人雅事（賞梅）	k	2/1227
	《虞美人》（風流賀監栽培好）	文人雅事（栽梅）	k	2/1227
	《虞美人》（芙蓉露下閒庭晚）	頌詠梅花（雪梅）	j	2/1227
	《阮郎歸》（誰將春信到長安）	念鄉（江南）	b	2/1227
	《浣溪沙》（日上龍城散曉陰）	文人雅事（賞梅）	k	2/1231

	《武陵春》（慘慘江雲渾不動）	文人雅事（賞梅）	k	2/1233
	《御街行》（淩寒架雪知春近）	愁緒	f	2/1235
	《菩薩蠻》（等閒將度三春景）	愁緒	f	2/1237
	《點絳脣》（不厭頻來）	文人雅事（探梅）	k	2/1238
胡　詮（1102－1180）	《臨江仙》（我與梅花真莫逆）	懷友	e	2/1244
孫道絢（約十二世紀）	《滴滴金》（月光飛入林前屋）	嘆老	g	2/1247
史　浩（1106－1194）	《慶清朝》（翠竹莖疏）	尋梅 / 相思	k/d	2/1264
	《好事近》（攲枕不成眠）	仕途（期望）	h	21281
	《好事近》（對竹擘吟牋）	仕途（期望）	h	2/1281
	《白　苧》（臘天寒）	懷友	e	2/1281
李　石（1108－1175 在世）	《卜算子》（密葉蠟蜂房）	頌詠梅花（臘梅）	j	2/1301
曾　覿（1109－1180）	《驀山溪》（催花小雨）	頌詠梅花	j	2/1318
	《繡　兒》（瀟灑隴頭春）	飄泊	c	2/1324
黃公度（1109－1156）	《眼兒媚》（一枝雪裡冷光浮）	懷才不遇	i	2/1328
	《朝中措》（幽香冷艷綴疏枝）	懷才不遇	i	2/1328
	《一翦梅》（冷艷幽香冰玉姿）	仕途（期望）	h	2/1329
葛立方（1138－1164 在世）	《滿庭芳》（霜葉停飛）	頌詠梅花	j	2/1340
	（未許蜂知）	懷才不遇	i	2/1340
	（狂吹嗚籬）	文人雅事（探梅）	k	2/1341
	（臘雪方凝）	文人雅事（賞梅）	k	2/1341
	（庾信何愁）	文人雅事（賞梅）	k	2/1341
	（弄月黃昏）	嘆老	g	2/1342
	（一陣清香）	頌詠梅花	j	2/1342
	《多　麗》（冷雲收）	文人雅事（賞梅）	k	2/1343
	《沙寒子》（天生玉骨冰肌）	文人雅事（折梅）	k	2/1343
魏　杞（1142－1184 在世）	《虞美人》（冰膚玉面孤山裔）	相思	d	2/1348
王十朋（1112－1171）	《點絳脣》（雪徑深深）	頌詠梅花（梅香）	j	2/1351
	《點絳脣》（蠟換梅姿）	懷才不遇	i	2/1353

劉　鎮（1114－1148 在世）	《天香》（漠漠江皋）	懷友 / 仕途	e/h	2/1355
毛　幵（約 12 世紀）	《醉落魄》（暮寒淒冽）	離別 / 嘆老	f/g	2/1366
洪　适（1117－1184）	《鷓鴣天》（領客尊花底開）	文人雅事（賞梅）	k	2/1375
	《浣溪沙》（報道傾城出洞房）	贈友（鴛鴦梅）	e	2/1376
	《浣溪沙》（玉頰微醺怯晚寒）	贈友（鴛鴦梅）	e	2/1376
韓元吉（1118－1187）	《菩薩蠻》（江南雪裡花如玉）	頌詠（臘梅）	j	2/1391
朱淑真（約 1148－1180）	《卜算子》（竹裡一枝斜）	相思	d	2/1407
	《菩薩蠻》（濕雲不渡溪橋冷）	相思	d	2/1407
侯　寘（1131－1189 在世）	《念奴嬌》（衰翁憨甚）	文人雅事（探梅）	k	3/1428
	《鳳凰臺上憶吹簫》（浴雪精神）	思家 / 嘆老	b/g	3/1430
	《鳳凰臺上憶吹簫》（淺染霓裳）	頌詠梅花（臘梅）	j	3/1430
	《蝶戀花》（雪壓小橋溪路）	文人雅事（尋梅）	k	3/1430
	《鷓鴣天》（只有梅花是故人）	懷友 / 離別	e/f	3/1434
	《踏莎行》（雪意初濃）	文人雅事（尋梅）	k	3/1436
	《浣溪沙》（倚醉懷春翠黛長）	頌詠梅花（紅梅）	j	3/1437
	《醉落魄》（梅花似雪）	飄泊	c	3/1439
趙彥端（1121－1175）	《醉蓬萊》（向蓬萊雲渺）	仕途（期望）	h	3/1440
	《好事近》（一種歲前春）	頌詠梅花（臘梅）	j	3/1446
	《秦樓月》（梅綴雪）	頌詠梅花（雪梅）	j	3/1447
	《阮郎歸》（歲寒堂下兩株梅）	文人雅事（賞梅）	k	3/1447
	《鵲橋仙》（江梅仙去）	傷春	g	3/1448
	《訴衷情》（江梅初試兩三花）	文人雅事（賞梅）	k	3/1454
	《眼兒媚》（黃昏小宴史君家）	文人雅事（賞梅）	k	3/1459
洪惠英（約十二世紀）	《減字木蘭花》（梅花似雪）	（喻己身世）		3/1491
袁去華（1145 進士）	《念奴嬌》（蕊珠宮女弄幽妍）	飄泊 / 愁緒	c/f	3/1494
	《驀山溪》（蕊珠宮闕）	嘆老 / 飄泊	g/c	3/1501
	《浣溪沙》（玉骨冰肌比似誰）	飄泊	c	3/1505
	《減字木蘭花》（微紅嫩白　）	飄泊 / 愁緒	c/f	3/1507
	（燈前初見）	相思	d	3/1507

朱　雍 （1131－1162在世）	《生查子》（簾櫳月上時）	飄泊	c	3/1509
邵伯雍 （1131－1162在世）	《虞美人》（玉壺滿插梅梢瘦）	離別 / 相思	f/d	3/1513
曹　冠 （1154－1174在世）	《漢宮春》（一品天香） 《水調歌頭》（造物巧鍾賦） 《水龍吟》（來自百卉千葩）	仕途 頌詠梅花（紅梅） 仕途	h j h	3/1531 3/1536 3/1538
葛　郯 （1154－1181）	《鷓鴣天》（千樹家園銷舊津）	頌詠梅花（野梅）	j	3/1546
姚述堯 （1154－1188在世）	《念奴嬌》（早春時候） 《減字木蘭花》（暗香清絕） （霜天奇絕） （天寒人靜） 《醜奴兒》（山城寂寞渾無緒）	應壽 頌詠（千葉梅） 頌詠梅花（瓶梅） 文人雅事（看梅） 謝友贈梅	l j j k e	3/1550 3/1556 3/1556 3/1557 3/1559
吳　儆 （1125－1183）	《浣溪沙》（茅舍疏離出素英）	頌詠梅花	j	3/1577
陸　游 （1125－1209）	《定風波》（攲帽垂鞭送客回） 《滿江紅》（疏蕊幽香） 《朝中措》（幽姿不入少年場） 《卜算子》（驛外斷橋邊） 《月下海棠》（斜陽廢苑朱門閉）	懷友 / 嘆老 飄泊 / 嘆老 飄泊 懷才不遇（身世） 追念故國	e/g c/g c i a	3/1580 3/1581 3/1584 3/1586 3/1588
周必大 （1126－1204）	《點絳脣》（踏白江梅）	頌詠梅花	j	3/1608
范成大 （1126－1193）	《鷓鴣天》（厭蕊拈鬚粉作團） 《好事近》（昨夜報春來） 《虞美人》（霜餘好探梅消息） 《玉樓春》（佳人無對甘幽獨） 《霜天曉角》（晚晴風歇）	頌詠梅花（雪梅） 相思 嘆老 頌詠（綠蕚梅） 愁緒	j d g j f	3/1619 3/1619 3/1621 3/1622 3/1623
尤　袤 （1127－1194）	《瑞鷓鴣》（梁溪西畔小橋東）	念鄉（孤山）	b	3/1632
王　質 （1127－1189）	《生查子》（見汝小溪灣） 《清平樂》（從來清瘦）	頌詠梅花 頌詠梅花（梅影）	j j	3/1636 3/1637

	《西江月》（月斧修成膩玉）	應壽	l	3/1638
	《西江月》（輕蠟細凝蜂蜜）	應壽	l	3/1638
	《青門引》（尋遍江南麓）	文人雅事（尋梅）	k	3/1638
	《水調歌頭》（花上插蒼碧）	行役	c	3/1645
	《鳳時春》（標格風流前輩）	頌詠梅花（殘梅）	j	3/1648
李　洪（1129－？）	《念奴嬌》（麗譙吹角）	觀落梅 / 仕途	k/h	3/1669
	《卜算子》（南國小春時）	念鄉	b	3/1669
	《西江月》（可是江梅開晚）	頌詠梅花（臘梅）	j	3/1672
朱　熹（1130－1200）	《念奴嬌》（臨風一笑）	懷友	e	3/1675
	《憶秦娥》（梅花發）	仕途 / 飄泊	h/c	3/1676
沈端節（1176 在世）	《五福降中天》（月朧煙澹霜蹊）	飄泊 / 遇才不懷	c/i	3/1679
	《卜算子》（冷蕊伴疏枝）	飄泊 / 相思	c/d	3/1679
	（踏雪探孤芳）	文人事雅（探梅）	k	3/1679
	（客裡見梅花）	飄泊 / 思家	c/b	3/1679
	（烘手熨笙簧）	相思	d	3/1679
張孝祥（1132－1169）	《鵲橋仙》（吹香成陣）	飄泊	c	3/1697
	《柳梢青》（溪南溪北）	戍役	c	3/1699
	《臨江仙》（試問梅花何處好）	念鄉	b	3/1705
	《清平樂》（吹香嚼蕊）	戍役	c	3/1711
	《卜算子》（雪月最相宜）	念鄉（江南）	b	3/1711
	《風入松》（玉妃孤艷照冰霜）	頌詠梅花（臘梅）	j	3/1719
陳　造（1133－1203）	《洞仙歌》（蝶狂風鬧）	頌詠梅花（紅梅）	j	3/1726
	《水調歌頭》（勝日探梅去）	頌詠梅花（紅梅）	j	3/1726
	《菩薩蠻》（冰花的皪冰蟾下）	文人雅事（題畫）	k	3/1727
李處全（1134－1189）	《水調歌頭》（微雨眼明處）	仕途（期望）	h	3/1730
丘　崇（1135－1209）	《千秋歲》（梅妝竹外）	仕途	h	3/1742
	《一翦梅》（瀟灑佳人淡淡妝）	頌詠梅花（瓶梅）	j	3/1747
	《梅弄影》（十分風味似詩人）	頌詠梅花（清高）	j	3/1749
	《錦帳春》（翠竹如屏）	頌詠梅花（初開）	j	3/1749
呂勝己（活動於12世紀中期	《醉桃源》（去年手種十株梅）	文人雅事（栽梅）	k	3/1752
	《長相思》（冒寒吹）	文人雅事（探梅）	k	3/1754

至 13 世紀初）	《謁金門》（芳信拆）	頌詠梅花（早梅）	j	3/1755
	《瑞鶴仙》（南州春又到）	文人雅事（栽梅）	k	3/1756
	《滿江紅》（慘慘枯梢）	頌詠梅花	j	3/1759
	《江城子》（年年臘後見冰姑）	頌詠梅花	j	3/1759
	《如夢令》（梅雪當時候）	文人雅事（尋梅）	k	3/1765
	《漁家傲》（聞道西洲梅已放）	文人雅事（尋梅）	k	3/1765
	《漁家傲》（特爲梅花來渭水）	文人雅事（尋梅）	k	3/1766
趙長卿（約十三世紀）	《念奴嬌》（小春時候）	傷春	g	3/1769
	《花心動》（風軟寒輕）	飄泊 / 思家	c/b	3/1769
	《江神子》（年年長見傲寒林）	傷春	g	3/1770
	《江神子》（小溪清淺照孤）	相思	d	3/1772
	《菩薩蠻》（梅花有意舒香粉）	愁緒 / 相思	f/d	3/1775
	《菩薩蠻》（梅花枝上東風軟）	離別	f	3/1775
	《水龍吟》（煙姿玉骨塵埃外）	仕途（期望）	h	3/1775
	《朝中措》（別來無事不思量）	相思	d	3/1777
	《清平樂》（楚梅嬌小）	頌詠梅花	j	3/1778
	《訴衷情》（檀心刻玉幾千重）	頌詠梅花	j	3/1779
	《探春令》（冰檐垂箸）	頌詠梅花（江梅）	j	3/1780
	（而今風韻）	頌詠梅花（孤潔）	j	3/1780
	（彫牆風定）	頌詠（梅香）	j	3/1780
	（龜紗隔霧）	相思	d	3/1780
	（疏籬橫出）	文人雅事（折梅）	k	3/1780
	（冰澌池面）	仕途（期望）	h	3/1780
	（溪橋山路）	相思	d	3/1780
	（雨孱風瘦）	（喻己爲人妒）	i	3/1781
	（樓頭月滿）	相思	d	3/1781
	（清江平淡）	傷春	g	3/1781
	《念奴嬌》（銀蟾光滿）	梅影 / 離愁	j/f	3/1782
	《念奴嬌》（玉龍聲杳）	落梅 / 離別	j/f	3/1782
	《念奴嬌》（蘭枯菊槁）	仕途（期望）	h	3/1782
	《念奴嬌》（水邊籬落獨橫枝）	念鄉	b	3/1783
	《菩薩蠻》（肩輿曉踏江頭月）	（無人賞花）	i	3/1784
	《點絳脣》（開盡梅花）	嘆老	g	3/1784

	《鷓鴣天》（手種梅花三四株）	文人雅事（栽梅）	k	3/1784
	《攤破醜奴兒》（樹頭紅葉飛都盡）	頌詠梅花（江梅）	j	3/1799
	《柳梢青》（雲暗天低）	飄泊	c	3/1801
	《柳梢青》（千林落葉聲聲悲）	仕途（期望）	h	3/1801
	《西江月》（背日猶餘殘雪）	嘆老	g	3/1801
	《驀山溪》（玉妃整佩）	仕途（治世）	h	3/1802
	《浣溪沙》（雪壓前村曲徑迷）	（己之寂寞）		3/1803
	《浣溪沙》（憶爲梅花醉不醒）	文人雅事（臘梅）	k	3/1803
	《阮郎歸》（年年爲客遍天涯）	飄泊/ 思家	c/ b	3/1804
	《霜天曉角》（香來不歇）	（無人賞花）	i	3/1804
	《霜天曉角》（雪花飛歇）	文人雅事（折梅）	k	3/1804
	《浪淘沙》（窈窕繡幃深）	離愁	f	3/1816
林　淳 （1172 在世）	《菩薩蠻》（鵝谿淨稱煙籠月）	文人雅事（畫梅）	k	3/1833
廖行之 （1137－1189）	《如夢令》（應是南枝向暖）	相思	d	3/1840
	《鷓鴣天》（九日東籬已汎觴）	仕途	h	3/1840
王　炎 （1138－1218）	《鷓鴣天》（淡淡疏疏不惹塵）	相思	d	3/1853
	《好事近》（玉頰映紅綃）	離別	f	3/1856
	《臨江仙》（雪片幻成肌骨）	頌詠梅花（落梅）	j	3/1856
楊冠卿 （1138－？）	《憶秦娥》（東風惡）	思念故都	a	3/1862
	《鷓鴣天》（歲月如馳烏兔飛）	懷友	e	3/1864
辛棄疾 （1140－1207）	《臨江仙》（老去惜花心已懶）	文人雅事（探梅）	k	3/1880
	《念奴嬌》（江南盡處）	文人雅事（畫梅）	k	3/1892
	《念奴嬌》（疏疏淡淡）	飄泊	c	3/1892
	《浣溪沙》（百世孤芳肯自媒）	文人雅事（種梅）	k	3/1901
	《最高樓》（花知否）	賦梅	j	3/1911
	《念奴嬌》（未須草草）	（追念古人）		3/1916
	《鷓鴣天》（病繞梅花酒不空）	文人雅事（賞梅）	k	3/1923
	《永遇樂》（怪底寒梅）	頌詠（雪梅）	j	3/1935
	《卜算子》（修竹翠羅寒）	懷才不遇	i	3/1937
	《念奴嬌》（是誰調護）	頌詠梅花	j	3/1949
	《瑞鶴仙》（雁霜寒透幕）	思念家鄉	b	3/1955

	《洞仙歌》（冰姿玉骨） 《江神子》（暗香橫路雪垂垂） 《卜算子》（年年索盡梅花笑） 《生查子》（百花頭上開）	（梅不爲人識） 頌詠梅花 頌詠梅花 懷友（贈梅）	i j j e	3/1956 3/1957 3/1968 3/1977
程　垓 （約十二世紀）	《生查子》（長記別郎時）	相思	d	3/2000
虞　儔 （1190－1200 在世）	《滿庭芳》（色染鶯黃）	思家	b	3/2014
徐安國 （1166－1202 在世）	《驀山溪》（青梅骨瘦）	飄泊	c	3/2015
黃人傑 （1166 進士）	《浣溪沙》（的皪江梅共臘梅）	文人雅事（賞梅）	k	3/2017
陳三聘 （約十二世紀）	《鷓鴣天》（翦碎霜綃巧作團） 《虞美人》（融融睡覺東風息）	頌詠梅花（雪梅） 相思 / 嘆老	j d/g	3/2029 3/2030
石孝友 （1166 進士）	《滿庭芳》（蘭畹霜濃）	思家 / 飄泊	b/c	3/2050
劉光祖 （1142－1233）	《江城子》（十分雪意卻成霜）	離別 / 嘆老	f/g	3/2063
馬子嚴 （1175 進士）	《水龍吟》（買莊爲貯梅花） 《玉樓春》（南枝又覺芳心動） 《桃源憶故人》（幾年閒作園林主） 《十拍子》（點綴莫窺天巧） 《花心動》（雨洗胭脂） 《浪淘沙》（嬌額尚塗黃）	文人雅事（栽梅） 相思 頌詠梅花 頌詠（臘梅） 頌詠（紅梅） 頌詠梅花（臘梅）	k d j j j j	3/2066 3/2067 3/2067 3/2067 3/2067 3/2072
趙師俠 （1175 進士）	《蝶戀花》（剪水凌虛飛雪片） 《浣溪沙》（本是孤根傲雪霜） 《菩薩蠻》（瓊英爲惜輕飛去） 《一翦梅》（雪裡盈盈玉破花） 《賀聖朝》（千林脫落群芳息） 《少年遊》（玉壺冰結暮天寒） 《畫堂春》（西真仙子宴瑤池）	念鄉（江南） 頌詠（鴛鴦紅梅） 文人雅事（畫梅） 文人雅事（賞梅） 仕途 頌詠梅花 戍役	b j k k h j c	3/2080 3/2083 3/2084 3/2087 3/2089 3/2093 3/2095

陳　亮 （1143－1195）	《點絳脣》（一夜相思） 《好事近》（的皪兩三枝） 《浪淘沙》（院落曉風酸） 《品令》（瀟灑林塘暮） 《最高樓》（春乍透） 《醜奴兒》（黃昏山驛消魂處） 《滴滴金》（斷橋雪霽聞啼鳥） 《漢宮春》（雪月相投） 《漢宮春》（雪滿江頭）	相思 頌詠（月下梅） 頌詠梅花 頌詠梅花（雪梅） 頌詠梅花 （梅花無人賞） 客愁 頌詠梅花 念友飽試風霜	d j k k k i c j e	3/2103 3/2103 3/2104 3/2105 3/2105 3/2106 3/2106 3/2107 3/2108
趙師㟢 （1148－1217）	《減字木蘭花》（江南春早）	頌詠梅花（早梅）	j	3/2119
張　鎡 （1153－1211）	《菩薩蠻》（前生曾是風流侶） 《謁金門》（何許住） 《卜算子》（常記十年前） 《祝英臺近》（暖風回） 《滿江紅》（玉照梅開） 《燭影搖紅》（宿雨初乾）	相思（願同白頭） 文人雅事（賞梅） 懷友 文人雅事（賞梅） 文人雅事（賞梅） 文人雅事（賞梅）	d k e k k k	3/2129 3/2129 3/2132 3/2136 3/2136 3/2137
劉　過 （1154－1206）	《糖多令》（解纜蓼花灣）	飄泊	c	3/2157
盧　炳 （1214 在世）	《柳梢青》（雅淡精神） 《武陵春》（常記江南春欲到） 《減字木蘭花》（冰姿雪艷） 《鷓鴣天》（閣雨浮雲寒尚輕） 《蝶戀花》（羅幕護寒遮曉霧）	頌詠（臘梅） （梅爲風雨欺） 頌詠梅花 文人雅事（賞梅） 文人雅事（探梅）	j i j k k	3/2160 3/2165 3/2167 3/2167 3/2168
姜　夔 （約 1155－1221）	《小重山令》（人繞湘皋月墜時） 《鶯聲繞紅樓》（十畝梅花作雪飛） 《玉梅令》（疏疏雪片） 《清波引》（冷雲迷浦） 《暗香》（舊時月色） 《疏影》（苔枝綴玉） 《卜算子》（江左詠梅人） （月上海雲沈）	相思 頌詠（落梅） 頌詠（雪梅） 家國 家國 / 相思 家國 懷友 文人雅事（賞梅）	d j j a a/d a e k	3/2170 3/2170 3/2173 3/2178 3/2181 3/2182 3/2185 3/2185

	（蘚榦石斜妨）	頌詠梅花（古梅）	j	3/2185
	（家在馬城西）	文人雅事（折梅）	k	3/2185
	（摘蕊暝禽飛）	文人雅事（尋梅）	k	3/2186
	（綠蕁更橫枝）	（梅花無人賞）	i	3/2186
	（象筆帶香題）	離別	f	3/2186
	（御苑接湖波）	文人雅事（觀梅）	k	3/2186
汪　莘 （1155－？）	《滿江紅》（唐宋諸公）	（追念林逋）		3/2195
	《滿江紅》（洞府瑤池）	頌詠梅花	j	3/2195
	《西江月》（紅白雖分兩色）	追念故國	a	3/2198
	《西江月》（曾把江梅入室）	（無人賞紅梅）	i	3/2198
韓　淲 （1159－1224）	《好事近》（春色入芳梢）	頌詠（紅梅）	j	4/2239
	《菩薩蠻》（平生常爲梅花醉）	文人雅事（觀梅）	k	4/2239
	《朝中措》（爲茲春酒壽詩翁）	懷友	e	4/2246
	《太常引》（小春時候臘前梅）	（梅花無人賞）	i	4/2247
	《一翦梅》（一朵梅花百和香）	相思	d	4/2247
	《生查子》（山意入春晴）	文人（賞梅柳）	k	4/2247
	《菩薩蠻》（風前覓得梅花句）	文人雅事（賞梅）	k	4/2249
	《賀新郎》（梅蕊依稀矣）	嘆老	g	4/2249
	《菩薩蠻》（隴頭無驛奚爲朵）	懷友	e	4/2249
	《減字木蘭花》（菊花開了）	嘆老	g	4/2252
	《好事近》（湖上有孤山）	懷友	e	4/2254
	《百字令》（園居好處）	文人雅事（賞梅）	k	4/2255
	《菩薩蠻》（的皪南枝橫縣宇）	懷友	e	4/2259
	《鵲橋仙》（紅梅已謝）	相思	d	4/2261
	《少年游》（閒尋杯酒）	離愁	f	4/2264
俞國寶 （1174－1189在世）	《賀新郎》（夢裡驂鸞鶴）	（夢往仙山）		4/2281
鄭　域 （1184－1220在世）	《昭君怨》（道是花來春未）	頌詠梅花 （茅舍玉堂）	j	4/2300
王　澡 （1166－1220在世）	《霜天曉角》（疏明瘦直）	（梅花無人識）	i	4/2302

徐鹿卿 （1170－1249）	《漢宮春》（庾嶺梅花） 《漢宮春》（吏隱南昌）	梅花清高 懷友	j e	4/2317 4/2317
史達祖 （1205－1207 在世）	《留春令》（故人溪上） 《瑞鶴仙》（館娃春睡起） 《換巢鸞鳳》（人若梅嬌） 《龍吟曲》（夜寒幽夢飛來） 《一翦梅》（誰寫梅谿字字香）	相思 頌詠紅梅 相思 尋梅 / 傷老 相思	d j d k/g d	4/2336 4/2336 4/2344 4/2344 4/2346
高觀國 （約十二世紀末至十三世紀初人）	《金人捧露盤》（念瑤姬） 《賀新郎》（月冷霜袍擁） 《花心動》（碧蘇封枝） 《生查子》（香驚楚驛寒） 《留春令》（玉清冰瘦） 《留春令》（玉妃春醉）	傷春 梅花寂寞 思家 戍役 念鄉 頌詠（紅梅）	g i b c b j	4/2349 4/2350 4/2352 4/2354 4/2364 4/2364
盧祖皐 （1199－1223 在世）	《卜算子》（寒谷耿春姿） 《醉梅花》（傳得西林一派清）	念鄉（江南） 應壽	b l	4/2415 4/2418
真德秀 （1178－1235）	《蝶戀花》（兩岸月橋花半吐）	頌詠（紅梅）	j	4/2423
劉學箕 （約十二世紀末至十三世紀人）	《賀新郎》（東閣憑詩說）	嘆老 / 相思	g/d	4/2434
洪咨夔 （？－1236）	《賀新郎》（放了孤山鶴）	文人雅事（尋梅）	k	4/2463
趙與洽 （1129 進士）	《摸魚兒》（甚幽人）	（憐愛梅花恐其落）	g	4/2470
劉　鎮 （1202 進士）	《玉樓春》（泠泠水向橋東去）	相思	d	4/2475
張　侃 （1223－1235 在世）	《感皇恩》（佳處記曾遊） 《感皇恩》（換骨有丹砂）	賞梅 / 嘆老 頌詠（紅梅）	k/g j	4/2477 4/2477
吳　泳 （1208 進士）	《卜算子》（漠漠雨其濛）	懷友	e	4/2510
岳　珂 （1183－1234 在世）	《木蘭花慢》（試晨妝淡佇）	頌詠梅花（身世）	j	4/2516

黃　機 （約 12 世紀至 13 世紀）	《霜天曉角》（玉粲冰寒）	客愁 / 頌詠梅花	c/j	4/2536
葛長庚 （1194－1229）	《洞仙歌》（南枝漏泄） 《好事近》（行到竹林頭） 《酹江月》（孤村籬落） 《漢宮春》（瀟瀟江梅）	傷春（愁梅落） （無人賞梅花） （梅花甘淒涼） （無知音賦梅）	g i i i	4/2574 4/2575 4/2583 4/2585
劉克莊 （1187－1269）	《沁園春》（天造梅花） 《漢宮春》（青女初晴） （多謝句芒） （酷愛名花） （牆角殘紅） 《長相思》（寒相催） 《賀新郎》（鵲報千林喜）	（無人知梅美） 文人（賞梅） 相思（念妻） 清高淡薄名利 嘆老 （惜梅） 懷才不遇 / 嘆老	i k d h g j i/g	4/2597 4/2600 4/2600 4/2600 4/2601 4/2611 4/2626
李　億 （約十二世紀末至十三世紀初人）	《徵招》（翠壺浸雪明遙夜）	（無人賞梅）	i	4/2653
趙以夫 （1189－1156）	《孤鸞》（江南春早） 《角招》（曉風薄） 《念奴嬌》（梅花度曲）	相思 / 嘆老 念鄉 念鄉	d/g b b	4/2660 4/2663 4/2670
張　矩 （1241－1252）	《孤鸞》（寒鴻來早） 《燭影搖紅》（春小寒輕） 《孤鸞》（荆谿清曉） 《虞美人》（金爐鈒裙紋摺） 《醉落魄》（瑤姬妙格）	嘆老 / 仕途 仕途 仕途 / 應壽 念鄉 / 懷友 懷友	g/h h h/l b/e e	4/2676 4/2676 4/2678 4/2679 4/2682
黃　載 （1237－1252 在世）	《孤鸞》（冰心孤寂） 《東風第一枝》（迅影彫年）	念鄉（江南） 傷春	b g	4/2690 4/2690
吳　淵 （1190－1257）	《沁園春》（十月江南）	念鄉 /思國	b/a	4/2692
劉清夫 （約十二世紀末至十三世紀中人）	《念奴嬌》（亂山深處）	（梅花高潔）	j	4/2698

吳　潛 （1196－1262）	《滿江紅》（試馬東風） 《酹江月》（曉來窗外） 《聲聲慢》（挨晴拶暖） 《暗香》（曉霜一角） 《疏影》（佳人步玉） 《暗香》（雪來比色） 《疏影》（寒梢砌玉） 《暗香》（澹然絕色） 《疏影》（嗤瓊笑玉） 《滿江紅》（安晚堂前） 《滿江紅》（問信江梅） 《霜天曉角》（梅花一簇）	（寂寞梅花） （寂寞梅花） 飄泊行役（寂寞） 思家（望歸） 戍役 飄泊（悴憔往事） （梅爲雪霜欺） 念鄉 / 懷友 相思 文人雅事（觀梅） 仕途（樂隱不仕） 念鄉（江南）	i i c b c c i b/e d k h b	4/2727 4/2732 4/2735 4/2748 4/2749 4/2749 4/2749 4/2749 4/2750 4/2756 4/2756 4/2761
王　柏 （1197－1274）	《酹江月》（今歲臘前）	文人雅事（畫梅）	k	4/2775
李曾伯 （1198－？）	《滿江紅》（姑射山人） 《聲聲慢》（紅綃剪就） 《聲聲慢》（修潔孤高） 《滿江紅》（萬紫千紅）	文人雅事（畫梅） （蜂蝶不知梅） 仕途 頌詠梅花（效用）	k i h j	4/2802 4/2806 4/2806 4/2825
趙崇嶓 （1198－1256）	《謁金門》（春意泄） 《戀繡衾》（江煙如霧水滿汀）	（醉賞梅花） 頌詠梅花	k j	4/2831 4/2833
方　岳 （1199－1262）	《沁園春》（有美人兮） 《賀新涼》（霜月寒如洗） 《漢宮春》（問訊何郎） 《花心動》（雪北帶邊寒） 《虞美人》（鷗清眠碎晴溪月）	嘆老 / 無人賞梅 嘆老 / 無人識梅 思家 念鄉（江南） 頌詠梅花	g/i g/i b b j	4/2837 4/2839 4/2841 4/2845 4/2847
樓　槃 （1225－1227在世）	《霜天曉角》（月淡風輕）	飄泊	c	4/2850
蕭泰來 （1239－1253在世）	《霜天曉月》（千霜萬雪）	寂寞梅花受磨折	j	4/2858
徐元杰 （1232－1245在世）	《滿江紅》（似玉仙人）	仕途	h	4/2860

陸　叡（1232－1266 在世）	《瑞鶴仙》（溼雲黏雁影）	相思	d	4/2860
吳文英（1260－1264 在世）	《解語花》（門橫皺碧）	傷春（春怨）	g	4/2881
	《花犯》（翦橫枝）	嘆老 / 謝友贈梅	g/e	4/2893
	《浣溪沙》（冰骨清寒瘦一枝）	頌詠梅花	j	4/2894
	《浣溪沙》（蝶粉蜂黃大小喬）	頌詠（臘梅）	j	4/2894
	《暗香疏影》（占春壓一）	文人雅事（畫梅）	k	4/2902
	《天香》（蠟葉霜）	嘆老 / 離愁	g/f	4/2909
	《燭影搖紅》（莓銷虹梁）	嘆老 / 頌詠紅梅	g/j	4/2915
	《高陽臺》（宮粉雕痕）	追念故國	a	4/2922
	《漢宮春》（名厭年芳）	應壽	l	4/2925
	《點絳脣》（春未來時）	離愁	f	4/2929
	《西江月》（枝嫋一痕雪在）	頌詠梅花（晚花）	j	4/2929
	《一翦梅》（色頻生玉鏡塵）	賦友贈梅	e	4/2931
	《金縷歌》（喬木生雲氣）	追念故國	a	4/2939
施　樞（1237－1243 在世）	《疏影》（低枝亞實）	相思 / 仕途	d/h	4/2955
虞　玨（1248－1253 在世）	《水調歌頭》（憔悴朔家種）	仕途（不欲仕）	h	4/2961
章謙亨（1228－1238 在世）	《念奴嬌》（畫樓側畔）	文人雅事（觀梅）	k	4/2966
李彭老（1228－1252 在世）	《高陽臺》（飄粉杯寬）	追念故國	a	4/2969
	《法曲獻仙音》（雲木槎枒）	追念故國	a	4/2969
李萊老（1170 在世）	《高陽臺》（門掩香殘）	傷春嘆老	g	4/2974
應次蘧（約十三世紀）	《點絳脣》（雪意嬌春）	頌詠梅花	j	4/2992
黃　昇（約十三世紀）	《賀新郎》（自掃梅花下）	嘆老 /（抑鬱）	g	4/2993
	《行香子》（寒意方濃）	行役	c	4/2994
楊澤民（約十三世紀）	《醜奴兒》（冰姿冠絕人間世）	頌詠梅花－梅勝桃李在清香	j	4/3013

陳草閣 （約十三世紀）	《沁園春》（霜剝枯崖）	仕途（歸隱之心）	h	4/3020
陳景沂 （1253－1258在世）	《壺中天》（江鄅湘驛）	飄泊行役	c	4/3022
陳　著 （1214－1297）	《小重山》（松是交朋竹是鄰）	頌詠梅花	j	4/3042
姚　勉 （1216－1262）	《聲聲慢》（江涵石瘦）	仕途（乃餘事）	h	5/3096
陳允平 （1275－1276在世）	《花犯》（報南枝）	戍役	c	5/3118
何夢桂 （1228－1274在世）	《水龍吟》（倚窗閒嗅梅花） 《玉漏遲》（問春先開未） 《水龍吟》（分知白首天寒）	應壽 應壽 應壽	l l l	5/3149 5/3153 5/3155
曾晞顏 （1262進士）	《好事近》（昨夜探寒梅）	應壽	l	5/3185
劉辰翁 （1232－1297）	《點絳脣》（小閣橫窗） 《點絳脣》（一雪蹉跎） 《攤破浣溪沙》（經年寂寞） 《行香子》（月露吾痕） 《臨江仙》（西曲買衣迷去路） 《漢宮春》（疏影橫斜） 《酹江月》（冰肌玉骨） 《酹江月》（歲歲相命） 《摸魚兒》（記歌頭）	頌詠梅花（瓶梅） 文人雅事（尋梅） 頌詠梅花（紅梅） 文人雅事（探梅） 文人雅事（尋梅） 懷友 文人雅事（尋梅） 梅花寂寞無人賞 嘆老 / 頌詠梅花	j k j k k e k i g/j	5/3189 5/3189 5/3191 5/3199 5/3204 5/3211 5/3220 5/3221 5/3248
周　密 （1232－1308）	《齊天樂》（宮檐融暖晨妝懶） 《憶舊遊》（念芳鈿委路） 《齊天樂》（東風又入江南岸） 《梅花引》（瑤妃鸞影逗仙雲） 《滿庭芳》（玉沁脣脂） 《疏影》（冰條木葉） 《齊天樂》（護春簾幕東風裡） 《獻仙音》（松雪飄寒）	賞梅 / 傷春 傷春嘆老 相思 / 嘆老 追念故國 追念故國 頌詠梅影 傷春 / 思家 追念故國	k/g g d/g a a j g/b a	5/3272 5/3272 5/3275 5/3276 5/3280 5/3287 5/3290 5/3291

王　奕 （約十三世紀）	《摸魚兒》（問梅花）	相思/ 飄泊	d/c	5/3294
彭元遜 （1261 在世）	《解珮環》（江空不渡）	文人雅事（尋梅）	k	5/3313
汪元量	《暗香》（館娃艷骨）	思家 / 相思	b/d	5/3343
（1241－？）	《疏影》（蚪枝茜萼）	追念故國	a	5/3343
王沂孫	《花犯》（古嬋娟）	追念故國	a	5/3352
（？－約 1289）	《疏影》（瓊妃臥月）	追念故國	a	5/3354
	《一萼紅》（思飄飄）	追念故國	a	5/3357
	《一萼紅》（占芳非）	相思	d	5/3358
	《一萼紅》（翦丹雲）	懷念友人	e	5/3358
	《西江月》（裉粉輕盈瓊靨）	頌詠（梅雪）	j	5/3365
黃公紹 （1265 進士）	《喜遷鶯》（世情冰盡）	頌詠梅花	j	5/3370
趙必瑑 （1245－1294）	《醉落魄》（西園飲歇）	頌詠梅花	j	5/3384
黎廷瑞	《秦樓月》（雲根屋）	頌詠（梅花幽獨）	j	5/3390
（？－1298）	（羅浮暮）	頌詠（松林下梅）	j	5/3390
	（葉葉裡）	念鄉	b	5/3390
	（春脈脈）	頌詠（村茅中梅）	j	5/3390
	（紅苞拆）	頌詠（梅初開）	j	5/3390
	（春來了）	相思	d	5/3390
	（齊山頂）	文人雅事（賞梅）	k	5/3390
	（花孤冷）	頌詠（晚梅）	j	5/3390
	（醒人眼）	戍役	c	5/3391
	（幽香歇）	頌詠（落梅）	j	5/3391
陳　紀 （1274－1279 在世）	《念奴嬌》（斷橋流水）	頌詠梅花	j	5/3392
仇　遠	《酹江月》（探春消息）	文人雅事（尋梅）	k	5/3396
（1247－1305 在世）	《雪獅兒》（武林春早）	頌詠梅花	j	5/3405
蔣　捷	《水龍吟》（醉兮瓊瀣浮觴）	（招落梅魂）	a	5/3436
（1274 在世）	《翠羽吟》（紺露濃）	（羅浮夢事）		5/3446

張　炎 （1248－？）	《一萼紅》（倚欄干） 《疏影》（黃昏片月） 《瑤臺聚八仙》（近水橫斜） 《一枝春》（竹外橫枝） 《壺中天》（苔根抱古） 《尾犯》（一白受春知）	頌詠（紅梅） 頌詠（梅影） 頌詠（梅影） 念鄉（西湖） 嘆老／思家 嘆老／念鄉	j j j b g/b g/b	5/3471 5/3474 5/3498 5/3509 5/3513 5/3522
黃子行 （約十三世紀）	《西湖月》（初弦月挂林梢） 《花心動》（誰倚青樓）	探梅 相思	k d	5/3557 5/3558

（備注：以上合共172詞人，573首詠梅詞，筆者根據唐圭璋主編的《全宋詞》統計所得。）

據以上統計，詠寫梅詞最多的十一位南宋詞人如下：

南宋詞人	詠梅詞作
趙長卿	38
辛棄疾	15
韓　淲	15
姜　夔	14
吳文英	13
吳　潛	12
莫　將	11
李子正	10
向子諲	10
曹　勛	10
黎廷瑞	10

參考書目舉要

《尚書》（四部備要本）第二冊

《景印文淵閣四庫全書》（台北：商務印書館，1986 年）第 1205 冊

《景印文淵閣四庫全書》（台北：商務印書館，1986 年）第 69 冊

〔日〕竹添光鴻撰：《毛詩會箋》（台北：大通書局，1920 年）第一冊

丁傳靖輯：《宋人軼事彙編》（台北：商務印書館，1982 年）

丁福保輯：《全漢三國晉南北朝詩》（北京：中華書局，1959 年）

上海博物館編輯：《宋人畫冊》（上海：人民美術出版社，1979 年）

中華書局編輯：《曹操集》（北京：中華書局，1962 年）

孔凡禮：《全宋詞補輯》（北京：中華書局，1981 年）

方回編：《瀛奎律髓》（上海：上海古籍出版社，1993 年）

王十朋：《宋王忠文公全集》（甌城：梅溪書院，1876 年）

王十朋撰：《蘇軾詩集註》（台北：商務印書館，1981 年）（四庫全書珍本十一集，據文淵閣本影印）

王水照：《唐宋文學論集》（濟南：齊魯書社，1984 年）

王水照：《唐宋文學論集》（濟南：齊魯書社，1984 年）

王充：《論衡》（上海：上海人民出版社，1974 年）（據通津草堂本校訂排印）

王兆鵬：《宋南渡詞人群體研究》（台北：文津出版社，1992 年）
王安節摹繪、李笠翁刊序：《芥子園畫譜大全》（香港：中興圖書公司，1965 年）（掃葉山房刊本）
王易：《詞曲史》（上海：上海書店，1989 年）
王弈清：《歷代詞話》，《詞話叢編》（北京：中華書局，1996 年）第二冊
王偉勇：《南宋詞研究》（台北：文史哲出版社，1987 年）
王國維：《人間詞話》（香港：中華書局，1972 年）
王梓材、馮雲濠撰、張壽鏞校補：《宋元學案補遺》（台北：世界書局，1962 年）第四冊
王象晉輯：《二如亭群芳譜》（汲古閣重刻本）
王槩：《芥子園畫譜》（上海：上海書店影印，1982 年）
王筱芸：《碧山詞研究》（南京：南京出版社，1991 年）
王讜：《唐語林》（上海：上海古籍出版社，1978 年）
北京大學古文獻研究所編：《全宋詩》（北京：北京大學出版社，1991 年）
司馬遷著、吳汝綸評點：《史記》（台北：中華書局，1970 年）
四水潛夫輯：《武林舊事》（杭州：西湖書社，1981 年）
四川大學古籍全宋文整理研究所編：《全宋文》（成都：巴蜀書社，1988 年）
田汝成撰：《西湖遊覽志》，《四庫全書珍本五集》（台北：商務印書館，1975 年）
石茂良：《避戎夜話》，《筆記小說大觀（十編）》（台北：新興書局，1975 年）第一冊

朱熹：《楚辭集注》（香港：中華書局，1987 年）

朱熹：《詩集傳》（台北：藝文印書館，1967 年）（據宋刊本影印）

朱熹等注：《四書五經》（北京：中國書店，1985 年）中冊

朱熹著、洪力行注：《朱子詩集》（民國、暢和室石印本）

朱熹撰、黎靖德編：《朱子諸子語類》（上海：上海古籍出版社，1992 年）

朱彝尊、汪森編：《詞綜》（上海：上海古籍出版社，1978 年）

米芾：《畫史》，《景印文淵閣四庫全書》第 813 冊，子部 119

西湖老人：《繁勝錄》（台北：文海出版社，1981 年）

何廣棪：《李清照研究》（台北：九思出版社，1977 年）

佚名：《尙書商書殘卷》，《雲窗叢刻》（約 1914 年刊印）第十種，第一冊

佚名：《宣和畫譜》，《畫史叢書》（上海：上海人民美術出版社，1963 年）第二冊

佚名：《宣和遺事》，《筆記小說（十四編）》（台北：新興書局，1976 年）第一冊

佚名：《錦繡萬花谷》（台北：新興書局，1969 年）

吳梅：《詞學通論》（香港：太平書局，1964 年）

吳錦龍著：《唐代邊塞詩研究》（香港：香港大學哲學碩士論文，1995 年）

吳寶芝：《花木鳥獸集類》（台北：商務印書館，1971 年）

李心傅：《建炎以來朝野雜記》（上海：商務印書館，1937 年）甲集

李旭東：《詞的寫作與賞析》（台北：益群書店，1984 年）
李延壽：《南史》（北京：中華書局，1975 年）第五冊
李昉：《太平御覽》（北京：中華書局，1963 年）
李時珍：《本草綱目》（北京：人民衛生出版社，1975－81 年間）
李皋：《梅花志》，《華隱籠》（天津：新華書店，出版年份不詳）
李祖清：《中國十大名花》（香港：文化教育出版社，1991 年）
李瑞騰：《詩心與國魂》（台北：漢光文化事業股份有限公司，1984 年）
李調元《雨村詞話》，《詞話叢編》（北京：中華書局，1996 年）第四冊
沈明權等編：《中國畫名作類編——梅花編》（上海：上海書畫出版社，1994 年）
沈括：《夢溪筆談》（上海：上海古籍出版社，1980 年）
沈義父：《樂府指迷》，《詞話叢編》（北京：中華書局，1996 年）第一冊
辛文房：《唐才子傳》（上海：古典文學出版社，1958 年）
辛棄疾撰、劉廣銘箋注：《稼軒詞編年箋注》（上海：上海古籍出版社，1995 年）
卓德元：《百物源》（長沙：湖南文藝出版社，1987 年）
周密：《西湖遊幸記》，《筆記小說大觀（五編）》（台北：新興書局，1974 年）第二冊
周密：《齊東野語》，《筆記小說（十三編）》（台北：新興書局，1976 年）第四冊

周康燮主編：《陸游研究彙編》（香港：崇文書店，1975 年）
周勛初主編、嚴杰、武秀成、姚松編：《唐人軼事彙編》（上海：上海古籍出版社，1995 年）
周喜冑：《香乖》，《筆記小說大觀（續編）》第三冊
周濟：《介存齋論詞雜著》，《詞話叢編》（北京：中華書局，1996 年）第二冊
周濟：《宋四家詞選眉批》，《詞話叢編》（北京：中華書局，1996 年）第二冊
孟元老：《東京夢華錄註》（北京：中華書局，1982 年）
孟棨等撰：《本事詩、續本事詩、本事詞》（上海：上海古籍出版社，1991 年）
屈原著、王逸章句、王闓運注：《楚詞釋》（台北：文海出版社，1967 年）
房玄齡：《晉書》（北京：中華書局，1974 年）
林正秋、金敏：《南宋故都杭州》（鄭州：中川書畫社，1984 年）
林洪：《山家清事》，《宋代筆記小說》（石家莊：河北教育出版社，1995 年）第八冊
林逋：《宋林和靖先生集》（婺源：清蔭堂，1895 年）
林逋：《省心錄》，《寶頻堂秘笈》第十冊
武林愛菊主人：《花史》，《筆記小說大觀（十四編）》（台北：新興書局，1976 年）第十冊
況周頤：《蕙風詞話》，《詞話叢編》（北京：中華書局，1996 年）第五冊
版社，1995 年）

金啓華、蕭鵬：《周密及其詞研究》（濟南：齊魯書社，1993 年）
青山宏著、程郁綴譯：《唐宋詞研究》（北京：北京大學出版社，1995 年）
俞玄穆：《宋代詠花詞研究》（台北：政治大學碩士論文，1985 年）
姜夔：《白石詩詞集》（香港：商務印書館，1961 年）
姚鉉纂：《唐文粹》（台北：商務印書館，1971 年）
故宮博物院編輯委員會編：《景印宋本纂圖互註毛詩》（臺北：故宮博物院，1995 年）
查禮：《銅鼓書堂詞話》，《詞話叢編》（北京：中華書局，1996 年）第二冊
柳宗元撰：《龍城錄》，《唐代叢書》（京都，琉璃廠刊本，清同治 10 年，1871 年）第七冊
洪興祖：《楚辭補注》（台北：天工書局，1989 年）（據汲古閣刊本點排）
耐得翁：《都城紀勝》（台北：文海出版社，1981 年）
胡舜申：《巳酉避亂錄》，《筆記小說大觀（七編）》（台北：新興書局，1975 年）第八冊
胡稚：《增廣箋注簡齋詩集》（四部叢刊本）
范成大：《梅譜》，《宋代筆記小說》（石家莊：河北教育出版社，1995 年）第九冊
范曄撰、李賢等注：《後漢書》（北京：中華書局，1965 年）第二冊
唐圭璋編：《全宋詞》（北京：中華書局，1986 年）

夏文彥：《圖繪寶鑑》，《畫史叢書》（上海：上海人民美術出版社，1963 年）第三冊
夏承燾箋：《姜白石編年箋注》（北京：中華書局，1961 年）
孫谷雲編：《歷代名家詠花詞全集》（北京：博文書店，1990 年）
孫麟趾：《詞逕》，《詞話叢編》（北京：中華書局，1996 年）第三冊
徐北文：《李清照全集評注》（濟南：濟南出版社，1996 年）
殷儀著：《悠悠游子情——游子文學透視》（上海：學林出版社，1995 年）
班固撰、顏師古注：《漢書》（北京：中華書局，1962 年）
祝穆：《古今事文類》（後集）（上海：上海古籍出版社，1992 年）
袁暉：《比喻》（合肥：安徽人民出版社，1982 年）
馬寶蓮：《兩宋詠物詞研究》（台北：師範大學碩士論文，1982 年）
高明、張壽平編：《隋唐五代文彙》（台北：台灣書店，1957 年）
高敏主編：《隱士傳》（鄭州：河南人民出版社，1994 年）
涂公遂：《文學概論》（香港：自由出版社，1956 年）
國立故宮博物院編輯委員會：《畫梅名品特展》（台北：國立故宮博物院，1991 年）
庾信著、屠隆評：《庾子山集》（明萬曆〔1573－1605〕年間刊印本）
張大復：《梅花草堂集》，《筆記小說大觀（續編）》（台北：新興書局，1962 年）第三冊

張戒：《歲寒堂詩話》（清乾隆 39 年（1774）武英殿聚珍本）
張宗橚輯：《詞林紀事》（上海：掃葉山房石印本）
張章、黃畬編：《全唐五代詞》（台北：文史哲出版社，1986 年）
張翊：《花經》，《筆記小說大觀（五編）》（台北：新興書局，1974 年）第三冊
張惠言：《張惠言論詞》，《詞話叢編》（北京：中華書局，1996 年）第二冊
張溥撰、吳汝綸評：《漢魏六朝百三家集選》（出版地區不詳：都門書局，1917 年）
張德瀛：《詞徵》，《詞話叢編》（北京：中華書局，1996 年）第三冊
張毅：《宋代文學思想史》（北京：中華書局，1995 年）
張謙德：《缾花譜》，《筆記小說大觀（十三編）》（台北：新興書局，1976 年）第五冊
張鎡：《梅品》，《（明刊本）夷門廣牘》（台北：商務印書館，1969 年）第十冊
曹鄴：《梅妃傳》，《唐代叢書》（京都，琉璃廠刊本，清同治 10 年〔1871〕）第十三冊
清乾隆 13 年敕撰：《欽定禮記義疏》（台北：商務印書館，1978 年）
疏影編：《歷代梅花詩選》（台北：超藝出版有限公司，1976 年）
脫脫：《宋史》（北京：中華書局，1977 年）第四冊、第十七冊
郭象注、陸德明音義：《莊子》（清光緒二年（1876）浙江書局，據明句德堂本校刻）

郭璞註：《爾雅》（清嘉慶六年〔1801〕曾燠〔1759－1830〕藝學軒刻本）
郭璞傳、郝懿行箋疏：《山海經箋疏》（台北：中華書局，1969年）（据郝氏遺書本校刊）
郭豫亨：《梅花字字香》（北京：中華書局，1985年）（據琳琅秘室叢書本排印）
陳凡鐘：《中國韻文通論》（台北：中華書局，1969年）
陳廷焯：《白雨齋詞話》，《詞話叢編》（北京：中華書局，1996年）第四冊
陳香：《陸放翁別傳》（台北：國家出版社，1992年）
陳香編：《梅詩九百首》（台北：國家出版社，1985年）下冊
陳振濂：《宋詞流派的美學研究》（南京：江蘇教育出版社，1994年）
陳彩玲：《南宋遺民詠物詞研究》（台北：政治大學碩士論文，1984年）
陳景沂：《全芳備祖（前集）》（北京：農業出版社，1982年）（據原宋刻本及部份手抄本影印）
陳聖萌撰：《唐人詠花詩研究——以全唐詩爲範圍》（台北：政治大學碩士論文，1982年）。
陳夢雷編：《古今圖書集成》（台北：文星書店，1964年）〈草木典（三）〉
陳燕：《蔣捷及其詞研究》（台北：華正書局，1983年）
陸九淵：《陸九淵集》（香港：廣智書局，出版年份不詳）
陸游：《劍南詩鈔》（上海：掃葉山房，1915年）

陸游著：《陸游集》（北京：中華書局，1976 年）
陸輔之：《詞旨》，《詞話叢編》（北京：中華書局，1996 年）第一冊
陸璣：《草木鳥獸蟲魚疏》，《寶顏堂秘笈》（1920 年文明書局印行版）第二十五冊
陶弘景：《真誥》，《叢書集成》（1939 年商務印書館發行）第 570 冊
陶壽伯：《歷代名家畫梅專集》（台北：書藝出版社，1992 年）
陶爾夫、劉敬圻：《南宋詞史》（哈爾濱：黑龍江人民出版社，1992 年）
陶潛撰、李公煥箋註：《箋註陶淵明集》（台北：中央圖書館，1991 年）
傅璇琮主編：《唐才子傳校箋》（北京：中華書局，1989 年）
傅熹年：《中國美術全集——兩宋繪畫》（北京：文物出版社，1988 年）下冊
彭定求：《全唐詩》（北京：中華書局，1960 年）
舒迎瀾：《古代花卉》（北京：農業出版社，1993 年）
華光：《華光梅譜》，《歷代論畫名著彙編》（北京：文物出版社，1982 年）
馮子振：《梅花百詠》（上海：上海古籍出版社，1993 年）
馮金伯輯：《詞苑萃編》，《詞話叢編》（北京：中華書局，1996 年）第二冊
黃大輿輯：《梅苑》（台北：商務印書館，1976 年）（據文淵閣四庫全書影印）

黃少甫著：《夢窗詞箋》（台北：嘉新水泥公司文化基金會，1968 年）
黃文吉：《宋南渡詞人》（台北：學生書局，1985 年）
黃永武：《中國詩學——思想篇》（台北：巨流圖書公司，1979 年）
黃兆漢編著：《姜白石詞詳注》（台北：學生書局，1998 年）
黃兆顯：《中國古典文藝論叢》（香港：蘭芳草堂，1970 年）
黃瑞枝：《王碧山詞之藝術研究》（高雄：復文圖書出版社，1991 年）
黃嫣梨：《朱淑真及其作品》（香港：三聯書店，1991）
楊海明：《唐宋詞史》（南京：江蘇古籍出版社，1987 年）
楊海明：《唐宋詞縱橫談》（蘇州：蘇州大學出版社，1994 年）
楊海明：《張炎詞研究》（濟南：齊魯書社，1989 年）
楊慎：《詞品》，《詞話叢編》（北京：中華書局，1996 年）第一冊
楊鐵夫箋：《夢窗詞全集箋釋》（龍門書店，1973 年影印本）
葉申薌：《本事詞》，《詞話叢編》（北京：中華書局，1996 年）第三冊
葉嘉瑩：《唐宋詞十七講》（石家莊：河北教育出版社，1997 年）
葉嘉瑩：《唐宋詞名家論稿》（石家莊：河北教育出版社，1997 年）
葉夢得：《石林避暑錄話》（上海：中華圖書館，石印本）下冊
葛洪：《西京雜記》（北京：中華書局，1985 年）
葛洪：《抱朴子外篇》（台北：古老文化事業公司，1978 年）（據

光緒甲申〔1884〕孫谿槐廬家塾本影印）
解縉等纂修、姚廣考等監修：《永樂大典》（台北：世界書局，1962 年），卷 2808－2813
詹安泰：《宋詞散論》（韶關：廣東人民出版社，1982 年）
詹安泰箋：《花外集箋注》（韶關：廣東人民出版社，1995 年）
廖國棟：《魏晉詠物賦研究》（台北：文史哲出版社，1990 年）
漢光文化事業公司編輯委員會：《梅花》（台北：漢光文化事業公司，1981 年）
翟瞻納：《放翁詞研究》（台北：嘉新水泥公司化基金會，1972 年）
聞子良、聞荃堂：《花卉的栽培與藥用》（北京：中國農業科技出版社，1988 年）
趙正達主編：《中國花卉盆景全書》（哈爾濱：黑龍江人民出版社，1989 年）
趙義山：《君子的風範——松竹梅蘭》（成都：四川人民出版社，1996 年）
劉一清撰：《錢唐遺事》（上海：上海古籍出版社，1985 年）（據嘉慶己未〔1800 年〕掃葉山房藏版影印）
劉文剛：《宋代的隱士與文學》（成都：四川大學出版社，1992 年）
劉向著、曾鞏編校：《說苑》（排印本）
劉安撰、高誘註：《淮南子》（浙江書局，清光緒二年〔1876〕據武進莊氏本校）
劉昫等撰：《舊唐書》（北京：中華書局，1975 年）

劉若愚著、杜國清中譯：《中國詩學》（台北：幼獅文化公司，1971 年）
劉義慶著、劉孝標注：《世說新語》（上海：上海古籍出版社，1982 年）
劉勰著、黃叔琳注、紀昀評：《文心雕龍》（上海：掃葉山房，1915 年）
劉慶雲：《詞話十論》（長沙：岳麓書社，1990 年）
厲鶚輯：《南宋院畫錄》（光緒 10 年〔1884〕錢唐丁氏竹書堂刊）
厲鶚輯撰：《宋詩紀事》（上海：上海古籍出版社，1983 年）上冊
樂史：《太真外傳》，《唐代叢書》（京都，琉璃廠刊本，清同治 10 年〔1871〕）第三冊
歐陽修：《六一居士文集》（上海：會文堂書局，1913 年）第二冊
歐陽詢著、汪紹楹校：《藝文類聚》（上海：上海古籍出版社，1982 年）
蔡秋來：《宋代繪畫藝術成就之探討》（台北：文史哲出版社，1977 年）
蔡英俊主編：《中國文化新論（文學篇二）——意象的流變》（台北：聯經出版事業公司，1982 年）
蔡嵩雲：《柯亭詞論》，《詞話叢編》（北京：中華書局，1996 年）第五冊
鄭國光、曲奉先編著：《中國花卉詩詞全集》（鄭州：河南人民出版社，1997 年）
鄭騫箋：《陳簡齋詩集合校彙注》（台北：聯經出版社，1975 年）
鄧廷楨：《雙硯齋詞話》，《詞話叢編》（北京：中華書局，1996

年）第三冊
鄧廣銘箋：《稼軒詞編年箋注（增訂本）》（上海：上海古籍出版社，1995 年）
蕭瑞峰：《多情自古傷離別——古典文學別離主題研究》（台北：文史哲出版社，1966 年）
蕭翠霞：《南宋四大家詠花詩研究》（台北：文津出版社，1994 年）
蕭鵬：《群體的選擇》（台北：文津出版社，1992 年）
戴德撰、盧辯注：《大戴禮記》，見《叢書集成初編》第 1027－1028 冊
繆鉞、葉嘉瑩：《靈谿詞說》（上海：上海古籍出版社，1987 年）
鍾嶸：《詩品》（上海：商務印書館，1936 年）
韓鄂撰、胡震亨、毛晉同訂：《歲華紀麗》（明德經堂刊本）
韓鄂撰、胡震亨、毛晉同訂：《歲華紀麗》，《津逮秘書》（上海：博古齋，1922 年）第 104 冊
羅大經：《鶴林玉露》（北京：中華書局，1983 年）（甲編）
嚴可均：《全上古三代秦漢三國六朝文》（上海：中華書局，1965 年）（廣雅書局刻本，第三冊）
蘇軾：《物類相感志》，《宋人說粹》（上海：上海文藝出版社，1990 年影印本）

外文參考書目舉要

米沢嘉圃：《中國の名畫——宋之花鳥》（東京：平凡社，1956年）

岩城秀夫：《中國人の美意識》（東京：創文社，1992年）

增田清秀：《樂府の歷史的研究》（東京：創文社，1975年）

Bickford, Maggie. *lnk Plum: The making Of A Chinese Scholar-painting Genre.* Cambridge, New York: Cambridge University Press, 1966.

Fong, Grace S. *Wu Wenying And The Art Of Southern Song Ci Poetry.* Princeton N J: Princeton University Press, 1987.

Yang, Hsien-Ching. *Aesthetic Consciousness In Sung Yung-Wu-Tz'u (Songs on Objects).* Ann Arbor, Mich: UMI Dissertation information Service, 1987.

參考論文目舉要

王兆鵬：〈英雄的苦悶——宋南渡詞人心態試析〉《江海學刊》1991 年 3 期，總第 153 期，頁 154－158。

尹文：〈評介「宋詞中梅花意象的三種類型」〉《古典文學知識》1989 年 4 期，頁 124－128。

向以鮮：〈宋詞創作本源研究之一：美人情結〉《四川大學學報叢刊》1991 年 5 月，第 53 期，頁 81－86。

孫立：〈唐宋詞物象分析〉《社會科學戰線》1993 年第 3 期，總第 63 期，頁 225－230，259。

陶第遷：〈宋代聲妓繁華與詞的發展〉《學術研究》1991 年第 1 期，總第 104 期，頁 121－126。

焦桐：〈感傷：宋詞的美學表徵〉《山東大學學報：哲社版（濟南）》，1990 年 1 月，頁 51－54。

程章燦：〈何遜《詠早梅》詩考論〉《文學遺產》1995 年第五期，頁 47－53。

黃聲儀：〈石湖詞研究及箋注〉（國立台灣師範大學碩士論文，1977 年）

萬雲駿：〈傷春傷別是唐宋詞的主旋律〉《中國古典文學論叢 3》1985 年 12 月，頁 83－94。

韓經太：〈論中國古典詩歌的悲劇性美——對一種典型詩學現象的文化心理透視〉《中國古代、近代文學研究》1990 年 7 月，頁 263－279。

顏崑陽：〈淺談宋詞中三個梅花意象——美人姿態、隱者風標、貞士情操〉《明道文藝》1981年7月，64期，頁90－97。

國家圖書館出版品預行編目資料

南宋詠梅詞研究

賴慶芳著. – 初版. – 臺北市：臺灣學生，
2003[民 92]
面；公分
參考書目：面

ISBN 957-15-1182-X(精裝)
ISBN 957-15-1183-8 (平裝)

1. 詞 – 歷史 – 南宋(1127-1279)
2. 詞 – 評論

820.93052 92011712

南宋詠梅詞研究（全一冊）

著作者：賴慶芳
出版者：臺灣學生書局
發行人：孫善治
發行所：臺灣學生書局
臺北市和平東路一段一九八號
郵政劃撥帳號：00024668
電話：(02)23634156
傳眞：(02)23636334
E-mail：student.book@msa.hinet.net
http：//studentbook.web66.com.tw
本書局登記證字號：行政院新聞局局版北市業字第玖捌壹號
印刷所：宏輝彩色印刷公司
中和市永和路三六三巷四二號
電話：(02)22268853

定價：精裝新臺幣四七〇元
平裝新臺幣四〇〇元

西元二〇〇三年八月初版

82099
有著作權・侵害必究
ISBN 957-15-1182-X(精裝)
ISBN 957-15-1183-8 (平裝)